Burkhard Spinnen
Kalte Ente

Geschichten

Schöffling & Co.

Erste Auflage 1994

Satz: Photosatz Reinhard Amann, Aichstetten
Druck & Bindung: Pustet, Regensburg
ISBN 3-89561-030-5

Für Caspar und Jacob

Inhalt

Samstagnachmittag zu Hause

Meybom hatte lange geschlafen, dann war er aufgestanden, um sich Kaffee ans Bett zu holen. Die Samstagszeitung steckte fest im Briefschlitz; die ersten Seiten zerrissen, als er sie hineinzog. Gegen elf brach Meybom zu Fuß in die Stadt auf. Er ging über den Wochenmarkt, sah kurz ins Museum und blieb vor den Restaurierungsarbeiten am Dom eine Weile stehen. An einem Geldautomaten hob er zweihundert Mark ab und ließ seinen Kontostand anzeigen.

Meybom überlegte. Was sollte er am Nachmittag unternehmen? Der Wetterbericht hatte Regen angesagt. Da fiel ihm ein, daß er sich vor langer Zeit einmal vorgenommen hatte, die Kabel hinter dem Fernseher, dem Hi-Fi-Turm und den Boxen zu ordnen. Seitdem trug er einen Zettel mit der Aufstellung des Materials bei sich. Doch in der Stadt, einmal sogar schon im Elektrogeschäft, war ihn immer ein großer Widerwille angekommen. Später zu Hause nannte er sich jedesmal unentschlossen. Nichts schien ihm dann verheißungsvoller, als einen verregneten Samstagnachmittag auf dem Teppich hockend, zwischen den Möbeln, mit Kabeln, Steckern, Messer und Schraubenzieher zu verbringen.

Meybom ging weiter und blieb vor einer Litfaßsäule stehen. Oder sollte er am Abend ins Theater gehen? Nach der Vorstellung könnte er noch ein Lokal besuchen. Nein, er schüttelte den Kopf, ihm war nicht danach, Pläne zu machen. In einem kleinen Laden nahe bei seinem Haus kaufte er eine Flasche Wein, ein paar Flaschen Bier und zwei Fertiggerichte. Wie immer ärgerte er sich über die Preise.

Als Meybom die Haustür öffnete, begann es zu regnen. Er stieg zu seiner Wohnung hinauf, vor dem zweiten Treppenabsatz blieb er stehen. »Ach«, sagte er. Auf dem Fensterbrett saß Ute; sie hatten sich vor mehr als zehn Jahren getrennt, und seit langem hatte Meybom nichts mehr von ihr gehört. Er wußte jetzt nicht einmal, in welcher Stadt sie lebte.

»Sowas«, sagte Meybom und stellte seine Einkaufstüten ab.

Ute rutschte vom Fensterbrett. Am Boden stand ein kleiner Koffer. »Hallo«, sagte sie. »Du warst nicht zu Hause, und ich wußte nicht, wo ich warten sollte.«

»Das ist ja was«, sagte Meybom. Er wollte den Koffer nehmen, aber dann hätte er die Tüten stehenlassen müssen. Er machte eine Geste zur Entschuldigung und ging voraus. »Komm«, sagte er. Ute nahm den Koffer und folgte ihm. »Du darfst nicht erschrecken«, sagte sie. »Ich bin nämlich nicht allein.«

Vor Meyboms Wohnungstür stand ein Kinderwagen. »Das ist Sarah«, sagte Ute. »Ein Nachbar von dir hat mir beim Rauftragen geholfen. Sie schlief so schön, da wollte ich sie nicht wecken.«

»Deins?« sagte Meybom. Er öffnete die Wohnungstür und stellte die Tüten in den Flur.

»Du kannst fragen«, sagte Ute. »Hilf mir bitte!« Sie wies auf eine Sperre am Gestell des Kinderwagens, die zu lösen war. Dann hob sie die Trage mit dem Kind ab und trat damit in den Flur. Meybom holte den Koffer herein und schloß die Wohnungstür.

»Wohin?« sagte Ute.

»Ins Schlafzimmer.« Meybom ging voran, Ute stellte die Trage aufs Bett und nahm ein Kissen heraus. Meybom beugte sich vor. Aus einer weißen Decke ragte ein kleiner Kopf mit einer weißen Mütze.

»Ich sehe nichts«, flüsterte Meybom.

»Warts ab«, sagte Ute. »In einer Stunde ist Fütterungszeit. Dann wird sie unweigerlich wach. Du kannst die Uhr danach stellen.« Sie zog Meybom zurück und schloß hinter beiden die Schlafzimmertür. »Puh«, machte sie, legte die Hände hinter Meyboms Nacken und beugte sich weit nach hinten. »Jetzt aber«, sagte sie. »Laß dich mal ansehen.«

Meybom hielt sich am Türrahmen. »Vorsicht«, sagte er.

»Und? Was ist? Bist du platt?«

»Sicher bin ich platt.« Meybom zog Ute zu sich und machte ihre Hände von seinem Nacken los. »Komm ins Wohnzimmer«, sagte er. »Oder willst du was essen?«

»Unbedingt«, sagte sie. »Aber du hast bestimmt keine Küche.«

»Warum sollte ich keine Küche haben?« Meybom

öffnete eine Tür. »Bitte«, sagte er, »alles vom Vormieter übernommen.«

Ute trat ein und drehte sich mit ausgestreckten Armen im Kreis. »Toll«, sagte sie. »Ein richtiger Junggesellenhaushalt. Fehlt nur das Gewürzregal aus dem Supermarkt.«

Meybom lachte und zeigte auf einen der Hängeschränke. »Da drin«, sagte er.

Ute ging auf ihn zu und fuhr ihm mit der Hand durchs Haar. »Du hast dich gar nicht verändert«, sagte sie. »Manchmal habe ich gedacht: Was macht er jetzt wohl? Meistens sind mir dann diese Sachen von früher eingefallen. Und jedesmal war ich total sicher, daß ich genau weiß, was du grade tust. Das war richtig komisch.« Sie wandte sich ab, öffnete einen anderen Hängeschrank und sah hinein. »Also, was soll ich uns kochen?«

Meybom trat hinter sie. »Willst du nicht zuerst sagen, was das für ein Besuch ist?«

Ute drehte sich um. »Wie meinst du das?«

Meybom hob die Hände. »Ich will nicht unhöflich sein«, sagte er. »Aber wir haben jahrelang nichts voneinander gehört, und du kommst jetzt mit einem Kind, ohne etwas zu sagen. Ich finde das komisch.«

Ute schwieg. Meybom machte einen Schritt zurück. »Nein, komisch ist nicht das richtige Wort«, sagte er. »Ich bin nur so überrascht. Ich weiß nicht. Ich müßte jetzt doch was fragen, verstehst du? Also zum Beispiel, ob du verheiratet bist.«

Ute schnitt eine Grimasse. »Muß man verheiratet

sein, um ein Kind zu kriegen?« Sie fuhr fort, Schränke zu öffnen, hier und da nahm sie etwas heraus und stellte es auf den Küchentisch.

»So war das nicht gemeint«, sagte Meybom. »Es würde mich eben nur interessieren, was du so machst.«

»Aaah«, sagte Ute. Sie hatte zwei volle Packungen Spaghetti gefunden und hielt sie hoch. »Was hältst du von Nudeln?« sagte sie. Meybom zuckte die Schultern. »Na also, dann machen wir Nudeln. Und wenn wir so ungezogen sind, beim Essen zu reden, dann haben wir ja wohl Zeit genug für unsere Lebensgeschichten. Oder nicht?«

»Entschuldige bitte«, sagte Meybom. »Es war nicht so gemeint.« Er wies auf die Dinge, die auf dem Küchentisch lagen. »Fehlt noch etwas?«

»Kommt auf die Ansprüche an«, sagte Ute. »Tomaten und Parmesan hab ich gefunden. Aber Gehacktes wäre natürlich nicht schlecht.« Sie wies mit ausgestrecktem Arm auf den Kühlschrank und zog die Augenbrauen hoch.

Meybom schüttelte den Kopf. »Ich geh schnell«, sagte er, nahm seine Jacke, lief die Treppen hinunter und aus dem Haus. Es regnete leicht. Die Metzgereiverkäuferin wollte gerade die Ladentür schließen. Meybom schlug bittend die Hände zusammen, zeigte auf seinen Bauch, zog die Wangen in den Mund und verdrehte die Augen. Die Verkäuferin lachte und schloß die Tür wieder auf. Meybom deutete eine Verbeugung an und trat ein. »Sie retten mir das Leben«, sagte er. »Ein Pfund Gehacktes. Oder wieviel nimmt man?«

Die Verkäuferin war hinter die Theke gegangen. »Kommt drauf an«, sagte sie. »Wofür soll es denn sein?«

»Spaghettisoße«, sagte Meybom. »Wir sind zu zweit. Das heißt zu dritt, aber nur zwei essen.«

»Ein Pfund wird genügen«, sagte die Verkäuferin. Meybom nahm das Paket und zahlte. »Und nochmals vielen Dank«, sagte er. Auf dem Heimweg hielt er kurz inne. Vielleicht sollte er versuchen, noch andere Sachen zu besorgen. Wenn Ute über Nacht bliebe, wäre längst nicht genug im Haus. Er ging in eine Seitenstraße, an dem Lebensmittelgeschäft waren bereits die Rolladen vorgezogen. Außerdem, warum sollte Ute über Nacht bleiben? Jetzt wurde der Regen stärker, Meybom lief nach Hause. Dieser Besuch sah ihr ähnlich. Einmal hatte Ute ihn mitten in der Nacht geweckt, um ihm zu sagen, er sei ein selbstgefälliger Mensch. Er hatte vorgeschlagen, das Gespräch auf den Morgen zu verschieben; oder ob es Gründe gebe, sofort zu reden? Da hatte Ute gesagt, sie sei beinahe entschlossen, ihn zu verlassen, doch sie vertraue ihren Argumenten nicht. Ein paar Monate später nahm sie eine Stelle in Stuttgart an. Zuerst hatten sie einander abwechselnd an den Wochenenden besucht, nach einiger Zeit lösten sie die Verbindung.

Als Meybom die Wohnung betrat, wollte er gleich rufen; rechtzeitig fiel ihm ein, daß er leise sein mußte. Er zog Jacke und Schuhe aus und sah in die Küche.

Auf dem Herd stand ein Topf Wasser, aus dem die Spaghetti ragten, auf dem Küchentisch lagen kleingeschnittene Tomaten. Ute war nicht da. Meybom flüsterte ihren Namen. Er öffnete die Tür zum Schlafzimmer einen Spalt, die Trage stand noch auf dem Bett. Vorsichtig schloß er wieder die Tür. »Ute«, flüsterte er noch einmal.

»Hier bin ich!« Die Tür zu Meyboms Arbeitszimmer war angelehnt. Ute saß vor dem Tisch mit den Elektroteilen und den Werkzeugen. »Toll«, sagte sie, als sie Meybom sah. »Du mußt keine Angst haben, ich habe nichts angefaßt. Da darf man doch bestimmt nichts anfassen, oder?«

Meybom schloß die Tür hinter sich. »Wird die Kleine nicht wach?« sagte er.

»Ach wo.« Ute nahm eine lange, gebogene Pinzette vom Arbeitstisch. »Was macht man damit?«

»Man hält die Kleinteile beim Löten.« Meybom nahm die Pinzette, hob mit ihr einen kleinen Widerstand aus einer Schachtel und berührte ihn mit dem Lötkolben.

»Schade«, sagte Ute. Sie seufzte. »Früher hast du sowas nicht gemacht. Dabei könnte ich mir das schön vorstellen. Man sitzt abends zusammen, die Kleine kriegt ihre Nachtmahlzeit, du machst so eine schöne, ruhige Arbeit, und man bespricht, was den Tag über war.«

»Hat dein Mann kein Hobby?«

Ute stand auf. »Risikofrage«, sagte sie. »Gibt es Nudeln mit oder ohne Gehacktes?«

»Mit«, sagte Meybom. Ute ging an ihm vorbei in die Küche. »Dann wollen wir mal«, sagte sie.

Meybom blieb noch im Arbeitszimmer. Er setzte sich vor den Tisch und räumte ein paar Teile in einen Kasten mit kleinen Schubläden. Er versuchte sich zu erinnern, was er damals mit Ute unternommen hatte. Meistens waren sie nur aus gewesen, zu zweit oder mit Freunden. Meybom glaubte, Ute zu sehen, wie sie halb verdeckt von anderen Gästen in der Nische eines Lokals stand. Sie unterhielt sich mit jemandem, den er nicht kannte. Damals hatte es Streit gegeben. Meybom versuchte, sich an den Namen des anderen zu erinnern. Da klingelte das Telephon. Er lief rasch in den Flur und hob ab. Ein Bekannter war am Apparat, der ihn für den Abend zum Essen einladen wollte.

»Lieb von euch«, sagte Meybom, aber er müsse absagen, er habe Besuch bekommen. Ja, ganz überraschend. Ute war neben ihn getreten. Sie hielt eine Schüssel mit roter Soße und rührte darin. »Eine Bekannte von früher«, sagte Meybom ins Telephon. Ute steckte einen Finger in die Soße und hielt ihn Meybom hin. »Probieren?« sagte sie. Meybom schüttelte den Kopf. »Ich melde mich wieder«, sagte er und hängte auf.

»Vielleicht ist es dir zuwenig Pfeffer«, sagte Ute. »Weißt du, ich darf ja nicht so viele Gewürze, wegen des Stillens.« Sie leckte den Finger ab und legte die Hand auf ihre Brust. »Das kriegt sonst alles die Kleine.« Sie ging wieder in die Küche, Meybom folgte ihr. Auf dem Herd kochten jetzt die Nudeln, das Hackfleich briet in einer Pfanne. Ute schüttete die Soße und etwas Wasser dazu. Der Küchentisch war gedeckt, neben den Tellern lagen gefaltete Papierservietten.

»Kerzen hab ich nicht gefunden«, sagte Ute. »Es ist dir doch recht, wenn wir hier essen? In der Küche essen finde ich am gemütlichsten.«

Ganz wie sie wolle, sagte Meybom.

Wer denn am Telephon gewesen sei?

Meybom erzählte von seinem Bekannten, einem Kollegen aus dem Büro.

»Ist der verheiratet?« sagte Ute.

»Ja«, sagte Meybom. »Immer schon. Das heißt, seit ich ihn kenne.«

»Und du«, sagte Ute, während sie weiter die Soße durchrührte.

»Das weißt du doch jetzt.«

»Sicher weiß ich«, sagte Ute. »Aber wie sind denn die Aussichten?«

Meybom nahm ihr den Löffel aus der Hand und probierte die Soße. Er nickte und gab den Löffel zurück. »Keine Aussichten im Moment«, sagte er. »Ah«, sagte Ute. »Dann habe ich mir das immer ganz richtig vorgestellt.« Eine Frau sei nämlich nie dabeigewesen. Wie sowas nur kommen könne?

Meybom hob eine Hand. »Was ist das?« sagte er und wandte sich zum Flur. Von der Straße her kam eine Stimme aus einem Megaphon. Ute faßte Meybom am Arm und drehte ihn zu sich. »Hör mir zu«, sagte sie. »Das ist wirklich komisch. Ich hab mir immer gedacht, jetzt sitzt er irgendwo alleine und liest oder räumt eine Schublade auf oder repariert was am Auto. Wie früher, weißt du noch, du hast an meinem Käfer immer die Roststellen weggemacht.«

»Was ist da draußen?« sagte Meybom.

»Hier, rühren, sonst brennt es an!« Ute drückte ihm den Löffel in die Hand und lief durch den Flur und das Wohnzimmer zum Fenster. Sie zog die Gardine beiseite und sah auf die Straße. »Rotes Kreuz!« rief sie laut. »Die suchen einen Blutspender mit einer besonderen Gruppe. Kennst du deine Blutgruppe?«

Meybom machte ein Zeichen, sie solle leise sein. Er wies auf das Schlafzimmer. Ute zog die Gardine zu. »Ist sowieso ihre Zeit«, sagte sie. »Ich glaube, ich höre sie schon.« Sie ging in die Küche und stellte die Kochplatten ab. »Wir müssen eben noch warten«, sagte sie, dann schob sie Meybom zur Schlafzimmertür.

»Ich höre nichts.«

»Alles Übung, dafür bekommt man den sechsten Sinn.« Ute öffnete die Tür, ging zum Bett und beugte sich über die Trage. »Ist meine Prinzessin wach?« sagte sie, dann nahm sie das Kind heraus. Sie zog ihm die weiße Mütze ab und legte es an die Schulter. Das Kind hob den Kopf und gähnte, dann ließ es ihn wieder zurückfallen. »So müde noch?« sagte Ute. Sie hielt das Kind hoch über den Kopf. Es machte ein helles, quietschendes Geräusch. »Hier«, sagte sie. Meybom nahm das Kind vorsichtig aus ihren Händen, und Ute legte ihm die weiße Decke um. »Freundet euch etwas an«, sagte sie. »Ich komme gleich.«

Meybom ging mit dem Kind ins Wohnzimmer und

setzte sich auf die Couch. Vorsichtig ließ er es in die Armbeuge sinken und sah es an. Es hatte feine blonde Haare und helle blaue Augen, die kleinen Hände krallten sich in die Decke, und es leckte einen Spitzenkragen, der sich unter seinem Kinn hochgeschlagen hatte.

Meybom schob seinen Zeigefinger unter die Kinderhand, und sie umklammerte ihn. Er überlegte. Hatte er damals darüber nachgedacht, wie es wäre, mit Ute ein Kind zu haben? Oder hatten sie darüber gesprochen? Er konnte sich nicht mit Sicherheit erinnern. Er stand wieder auf und trat mit dem Kind auf dem Arm ans Fenster, dann hielt er es so, daß es nach draußen sehen konnte. Der Regen hatte aufgehört. »Schau, die Autos«, sagte Meybom. »Und die Menschen. Da hinten geht ein Hund.« Er hielt inne. »Der Hund macht wauwau.«

Meybom sah sich um, ob Ute ihn beobachtete, aber sie schien in der Küche beschäftigt. »Und die Katze macht miau«, sagte er zu dem Kind. »Allerdings ist jetzt keine Katze zu sehen. Die Leute im ersten Stock, die haben eine Katze. Dabei ist es verboten, Katzen in der Wohnung zu halten.« Er trat vom Fenster zurück und drückte das Kind wieder an die Schulter. »Weißt du«, sagte er ihm leise ins Ohr. »Es sind alte Leute, da hat der Vermieter eine Ausnahme gemacht. Und als die Katze letzthin gestorben ist, da haben sie es niemandem gesagt und sich schnell eine neue gekauft. Und der Vermieter hat nichts gemerkt. Wie findest du das?«

»Was flüstert ihr denn da?« sagte Ute. Sie stand in der Tür und drückte eine kleine Flasche gegen die Wange. »Her mit dem Blag«, sagte sie, stellte die Flasche auf den Tisch und nahm Meybom das Kind aus den Armen. Dann setzte sie sich auf die Couch und legte ihm ein weißes Tuch über die Brust.

»Ich dachte, du stillst«, sagte Meybom.

Ute sah ihn an. »Ja ja«, sagte sie. »Mach du nur auch mit! Ich höre schon nichts anderes mehr. Weißt du eigentlich, wie belastet die Muttermilch ist? Wenn alles so weitergeht, kannst du Stillen bald ganz vergessen.«

»Aber du hast gesagt, du darfst nichts Gewürztes essen.«

»Bitte«, sagte Ute. »Wir müssen uns jetzt konzentrieren.«

»Entschuldige«, sagte Meybom und ging aus dem Zimmer. »Sieh nach den Nudeln!« rief Ute hinter ihm her. »Daß die nicht ganz Matsche werden.«

»Gut.« Meybom stellte die Kochplatte unter der Pfanne wieder auf mittlere Stärke, dann nahm er mit einer Gabel eine Nudel aus dem Wasser. Sie fühlte sich weich und klebrig an. Er schüttete das Wasser ab und warf die Nudeln in den Abfalleimer. Dann brachte er neues Wasser zum Kochen und tat die zweite Packung Spaghetti hinein. Er sah auf die Uhr, jetzt spürte er starken Hunger. Ute hörte er leise mit dem Kind sprechen. So wäre das; vor keiner Überraschung wäre man sicher. Und kein Zeitplan würde aufgehen. Meybom ging zur Wohnzimmertür und lehnte sich vor. »In zehn Minuten müßten wir essen«, sagte er leise. »Sonst hat es keinen Zweck mehr.«

»Kein Problem«, sagte Ute.

In der Küche stellte Meybom die Zeituhr auf zehn Minuten und rührte weiter in der Soße. Zu dickflüssig geworden, dachte er und wollte Ute rufen, aber jetzt hörte er sie im Schlafzimmer. Dann war es eine Zeitlang ruhig. Als die Uhr ablief, stand Ute in der Tür. »Wir können«, sagte sie.

Meybom schüttete das Nudelwasser ab und stellte den Topf und die Pfanne mit der Soße auf den Tisch. »Sehr junggesellenmäßig«, sagte Ute und nahm von beidem.

»Du siehst abgespannt aus«, sagte Meybom.

»Den Grund hast du gesehen«, sagte Ute. »Laß uns bloß essen, mir ist schon ganz schlecht vor Hunger.«

»Sicher«, sagte Meybom. »Und die Soße ist dir nicht zu bröckelig?« Er könne sie noch einmal auf den Herd stellen und etwas Wasser dazugeben.

»Bitte laß«, sagte Ute. Sie streute Parmesankäse über ihre Portion, dann schnitt sie mit dem Messer die Nudeln in kleine Stücke und begann, sie hastig mit dem Löffel zu essen.

»Komische Technik«, sagte Meybom. Ute wollte antworteten, da kamen helle Schreie aus dem Schlafzimmer. Sie warf den Löffel auf die Nudeln. »Soll ich gehen?« sagte Meybom.

»Nein, das ist Frauensache.« Ute stand auf. »Außerdem bist du noch nicht satt.« Sie ging ins Schlafzimmer. Meybom sah auf seinen Teller. Er hatte mehrmals ein paar Nudeln um die Gabel gedreht, dabei hatten sie sich fast gelb aus der Soße gezogen, und die lag jetzt klumpig am Tellerrand. Er aß einen Löffel davon und begann dann abzuräumen, da klingelte wieder das Telephon. Meybom wischte sich die Hände an einem Küchentuch; aber bevor er im Flur war, hatte Ute schon abgehoben. Er blieb in der Tür stehen. »Nein«, sagte Ute nach einer Weile. »Das muß ein Irrtum sein.«

»Wer ist das?« sagte Meybom. Ute hängte den Hörer auf. »Falsch verbunden«, sagte sie und ging an ihm vorbei in die Küche. Sie sah auf das Geschirr und stützte die Hände in die Seiten. »Laß uns spülen«, sagte sie, »solange die Kleine schläft.«

»Du solltest mich hier ans Telephon gehen lassen«, sagte Meybom.

Ute drehte sich um. »Also doch eine Aussicht?« sagte sie. »Und warum redet sie Unsinn, wenn sich bei dir eine Frauenstimme meldet?« Sie ließ Wasser in das Becken laufen und gab ein Spülmittel hinein. Dabei glitt ihr die Flasche aus der Hand. Sie griff danach und stieß an einen Teller, der zu Boden fiel und zerbrach. Mit aller Kraft schleuderte sie die Flasche hinterher. Die sprang vom Boden auf und flog dann hoch gegen die Wand.

»Was tust du!« rief Meybom.

»Du machst mich verrückt!« schrie Ute. »Ich hasse das, wenn man Geheimnisse vor mir hat. Wenn hier jemand für dich anruft, kannst du klipp und klar sagen, wer ich bin.« Sie faltete die Hände über der Brust.

»Bitte, ich stehe dir nicht im Weg. Ich kann jederzeit das Kind nehmen und gehen. Um mich brauchst du dich nicht zu sorgen.« Sie setzte sich auf einen Stuhl und stützte ihr Gesicht in die Hände. Meybom schien es, als weine sie. Er begann, die Scherben aufzuheben.

Das Telephon klingelte wieder. Meybom machte eine Bewegung, aber Ute fuhr auf und hielt ihn am Arm. »Geh nicht ran«, sagte sie. »Wenigstens heute nicht. Wir wollen uns den Tag nicht kaputtmachen lassen, oder?« Sie umarmte ihn und drückte sich an ihn.

Meybom bog seinen Kopf in den Nacken. Das Telephon klingelte noch immer. »Ich gehe nicht ran«, sagte er. »Aber du mußt mir sagen, was los ist.« Mit aller Kraft schob er sie von sich. »Es geht dir nicht gut«, sagte er. »Also was ist? Sag was!«

Ute wandte sich ab. »Mein Gott, das Wasser!« rief sie. Sie drehte den Kran zu, aber Meybom zog sie zurück zum Stuhl und zwang sie, sich hinzusetzen. Das Telephon klingelte nicht mehr. Er sah auf die Uhr. »Es wird langsam spät«, sagte er. »Und wenn du hierbleiben willst, müssen wir einiges klären.«

»Klären?« sagte Ute.

»Ja.« Meybom machte ein paar Schritte durch die Küche. »Die ganz einfachen Dinge. Ich muß alles wissen, verstehst du.«

»Warum?«

»Warum! Warum!« schrie Meybom. »Mein Gott, damals haben wir uns gesagt, was los war. Das letzte Mal in Stuttgart, da habe ich gesagt, so geht es nicht weiter. Und du hast gesagt, ja, so geht es nicht weiter.«

»In Stuttgart?«

»Ja.« Meybom nahm den Löffel, fuhr damit durch die Pfanne und hielt ihn hoch. Ein paar Brocken Soße fielen herunter auf den Küchenboden. »Mißlungen«, sagte Meybom. »Klumpig, trocken, fast ungenießbar. Man kann das sagen. Weil es stimmt.«

»Mir hat es geschmeckt«, sagte Ute. »Und ich kann nichts dafür, wenn die Kleine schreit. Oder soll ich sie hungern lassen?«

»Niemand spricht von Schuld«, sagte Meybom. Er legte den Löffel weg und sah zu Boden. »Aber die Tatsachen bleiben die Tatsachen. Das mußt du doch zugeben.«

Jetzt klingelte es an der Wohnungstür. Ute sprang auf und stellte sich in die Küchentür, die Hände preßte sie gegen den Rahmen. »Mach nicht auf«, sagte sie. »Denk dran, was du mir versprochen hast.« Meybom ging langsam auf sie zu. »Ich mache auf«, sagte er. »Wann und wem ich will.« Da schrie Ute einmal und rannte durch den Flur ins Schlafzimmer, die Tür warf sie hinter sich zu. Meybom ging ihr nach, es klingelte wieder, er hörte Stimmen im Treppenhaus. Die Schlafzimmertür öffnete sich kurz einen Spalt, Utes Hand tastete am Schloß, da war kein Schlüssel. Als Meybom die Klinke drückte, spürte er, daß sie sich von innen gegen die Tür lehnte.

»Herr Meybom!« rief eine Frauenstimme laut aus dem Treppenhaus. »Herr Meybom, sind Sie zu Hause?«

»Ja«, sagte Meybom. »Ich bin zu Hause. Aber ich

kann jetzt nicht öffnen.« Er überlegte kurz. »Wir haben hier ein Problem.«

»Herr Meybom, hier spricht die Polizei«, sagte die Frauenstimme. »Wir wissen über alles Bescheid. Wir wollen Ihnen helfen. Hören Sie, Herr Meybom?«

»Ja«, sagte Meybom. Er hatte sein Ohr an die Schlafzimmertür gelegt. Drinnen war alles ruhig.

»Herr Meybom«, sagte die Frauenstimme, »wie geht es dem Kind? Denken Sie bitte an die Eltern. Die sind sehr in Sorge.«

»Ich verstehe«, sagte Meybom. »Aber dazu besteht kein Grund.« Er faßte die Klinke, jetzt gab es keinen Widerstand. Er trat ins Schlafzimmer, Ute saß auf dem Bett, mit dem Rücken zur Tür. Meybom nahm das Kind aus der Trage, drückte es an die Schulter und legte ihm die weiße Decke um. Dann ging er zurück in den Flur. Die Wohnungstür war aus den Angeln gehoben; eine Frau stand da, neben ihr Polizisten, sie hatten Gewehre auf Meybom gerichtet. »Nicht schießen!« rief die Frau.

Meybom sah sich um. Ute lag jetzt auf dem Bett, mit dem Gesicht nach unten. Das Kind begann leise zu weinen, Meybom strich ihm über den Kopf. Die Frau trat auf ihn zu.

»Von mir aus können wir«, sagte er.

Der Infant

Jochen Herdes lernte Eva bei einem Betriebsfest der Lebensmittelkette kennen, zu dem auch die Mitarbeiter der Filialen in die Zentrale eingeladen waren. Sie sprachen lange miteinander, und Herdes, der den ganzen Abend nur Wasser und Saft trank, brachte Eva mit dem Wagen heim. Vor dem Haus ihrer Eltern in einem Vorort küßten sie sich. Ja, sagte Eva, als sie ausstieg, er könne sie morgen anrufen. Ein paar Wochen später, da trafen sie einander schon regelmäßig, wurde Herdes zum Filialleiter befördert und nach F. versetzt. Er sagte es Eva noch am selben Abend.

»Wie weit ist das genau?« sagte Eva.

»Knapp hundertfünfzig Kilometer.« Herdes hob eine Hand. Natürlich könne er zum Wochenende pendeln. Aber an den langen Samstagen lohne es nicht, und außerdem brauche er, wenn er fahre, eine zweite Wohnung. Das allein schlucke den Mehrverdienst. Sie schwiegen eine Zeitlang. Natürlich habe er immer damit rechnen müssen; und es sei eine einmalige Chance.

»Natürlich«, sagte Eva. Trotzdem eine Zwickmühle.

Zwei Wochen später beschlossen Herdes und Eva, zu heiraten und gemeinsam nach F. zu ziehen. Eva kündigte, und sie erhielt von der Kette die Zusage, daß man an sie denke, wenn im Umkreis etwas frei werde. Drei Monate später feierten sie Hochzeit, Evas Eltern richteten alles aus. Herdes war schon als Kind Waise geworden, von seiner Familie kam nur ein alter Onkel zu der Zeremonie. Im Winter darauf, gerade hatte sich angedeutet, daß in Herdes' Filiale eine Fachverkäuferin kündigen werde, wurde Eva schwanger. Und Ende November bekam sie einen gesunden Jungen.

Herdes war bei der Geburt dabeigewesen. In der Nacht war er mit Eva die leeren Gänge der Wöchnerinnenstation auf und ab gegangen, und wenn die Wehen kamen, hatte er sie stützen müssen. Später hatte er ihre Hand gehalten und die Frequenzen vom Wehenschreiber abgelesen. Endlich, frühmorgens, stand er zwischen Ärzten und Geburtshelfern im Kreißsaal. Jemand zeigte ihm, wo er auf Evas Bauch drücken sollte. Danach ließ man ihn das Kind in ein anderes Zimmer tragen. Die Hebamme wusch und wickelte es, sie untersuchte es und trug Zahlen in einen Prüfbogen ein. »Siebenundzwanzig von dreißig«, sagte sie schließlich, »alles in Ordnung.« Sie gab Herdes das Kind zu halten, photographierte ihn mit einer Polaroid-Kamera und klebte das Bild in einen Paß, in dem schon ein Hand- und ein Fußabdruck des Kindes waren. Herdes durfte seinen ganzen Namen hineinschreiben.

Gegen Mittag saß Herdes neben Evas Bett im Krankenzimmer. Das Kind lag in einer fahrbaren Wiege aus Metall mit gläsernen Seitenwänden. Herdes weinte, Eva strich ihm über den Kopf. »Du warst sehr tapfer«, sagte sie.

»Unsinn«, sagte Herdes. Er wischte sich die Augen; als wenn es darauf ankäme. Er nahm Evas Hand von seinem Kopf und drückte sie.

Eva lachte. »Ich habs nur gekriegt«, sagte sie. »Es tat etwas weh, das war alles. Aber du mußtest ein Formular ausfüllen. Das hätte ich nie gekonnt.«

»Mach dich nur über mich lustig«, sagte Herdes. Dann rückten sie zusammen wieder nah an die Wiege heran. Dem Kind waren kleine, weiße Säckchen über die Hände gezogen worden, damit es sich nicht verletze. Jetzt hatte es ein Stück Stoff in den Mund genommen und sog hörbar daran.

»Unser Thronfolger hat Hunger«, sagte Eva und begann, ihr Nachthemd aufzuknöpfen.

»Ferdinand«, sagte Herdes.

»Wie bitte?«

»Er heißt Ferdinand«, sagte Herdes.

Eva hielt einen Moment inne. »Ich dachte, wir haben uns auf Philip geeinigt?«

»Sicher«, sagte Herdes, »von mir aus Philip. Aber auch Ferdinand.«

»Du stehst noch unter Schock«, sagte Eva. Sie klingelte, eine Schwester kam und half ihr, das Kind an die Brust zu legen. Beim Zusehen kamen Herdes wieder die Tränen, und er wandte sich ab.

Eine Woche vor Weihnachten ließ sich ein Mann in Herdes' Büro melden. In einer Lieferantensache, sagte die Substitutin. Der Mann trat ein, wartete, bis die Tür geschlossen war, dann zeigte er kurz einen Ausweis. »Wiedeking«, sagte er, er komme aus der Zentrale, Innenrevision, Herdes solle jetzt nicht erschrecken, aber auf gar keinen Fall dürfe hier jemand erfahren, wer er sei.

»Was ist passiert?« sagte Herdes.

Der Mann zuckte die Schultern. »Was immer passiert«, sagte er.

»Diebstahl?« rief Herdes. Das müsse ihm doch aufgefallen sein, er prüfe ja alle Abrechnungen!

»Kein Vorwurf an Sie«, sagte der Mann. Und es sei etwas komplizierter, mehr dürfe er nicht sagen. Da spielten viele Faktoren hinein.

Was denn jetzt geschehe? sagte Herdes.

»Sie werden jemand einstellen«, sagte der Mann. »Für alles mögliche, hängen Sie gleich nach Weihnachten eines der Schilder raus. Und dann kommt jemand von uns. Eine Art Untersucher. Der agiert sehr unauffällig, aber er hat uneingeschränkte Vollmachten.«

»Und was habe ich zu tun?« sagte Herdes.

»Nichts. Verhalten Sie sich völlig unauffällig. Und denken Sie daran: Niemand darf etwas erfahren.« Sonst sei alles umsonst.

»Das ist eine unangenehme Situation für mich«, sagte Herdes.

»Ich weiß«, sagte der Mann. Übrigens habe er gehört, Herdes sei Vater geworden. Glückwunsch dazu!

»Danke«, sagte Herdes. Dann besprachen sie die Einzelheiten. Am Abend erzählte Herdes alles zu Hause. Eva lag auf der Couch im Wohnzimmer, das Kind neben ihr, in eine weiße Decke gewickelt. »Ich bin heute zehnmal alles durchgegangen«, sagte Herdes. Er habe sich sogar eine Liste gemacht. Aber keine Idee, wer für sowas in Frage komme.

»Du sagst doch, du weißt gar nicht, worum es geht«, sagte Eva.

»Ja ja«, sagte Herdes. »Aber jetzt kriege ich einen, der sich in alles einmischt.« Und am Ende falle es auf ihn zurück.

»Nimm es nicht tragisch«, sagte Eva. Das Kind machte ein Geräusch, sie setzte sich und nahm es auf den Arm.

»Was anderes«, sagte Herdes, er griff in seine Jakkettasche und reichte Eva ein Papier. »Die Einladung zur Taufe.«

Eva nahm das Papier. »Am siebenundzwanzigsten Dezember?« rief sie. »So früh? Und so kurz nach Weihnachten?«

»Warum nicht«, sagte Herdes. Er habe zuerst den achtundzwanzigsten gewollt, das Fest der unschuldigen Kinder. Aber da sei die Kirche nicht frei gewesen.

Eva schüttelte den Kopf. Man mache das nicht mehr so früh. Außerdem, da bleibe ja keine Zeit mehr für die Vorbereitungen. Sie legte das Papier neben sich auf die Couch. »Im Frühjahr«, sagte sie. »Nicht vor April.« Ein bißchen warm sollte es schon sein.

Herdes nahm das Papier wieder an sich. »Es ist alles

arrangiert«, sagte er. »Ich habe mit dem Pfarrer gesprochen, die Einladungen gehen morgen raus. Und nur die Verwandten.«

»Bist du verrückt?« rief Eva.

Herdes wies auf das Kind. »Pst«, sagte er. »Es werden ein paar von meiner Familie kommen, die du noch nicht kennst. Und die müssen rechtzeitig Bescheid wissen, die wohnen im Ausland.«

»Was ist in dich gefahren?« sagte Eva. »Du kannst das doch nicht allein entscheiden. Wir wissen nicht einmal sicher die Paten.«

»Die stehen fest«, sagte Herdes. »Und ich trage jetzt die Verantwortung. Du hast dich vorerst um nichts zu kümmern. Das mache alles ich.« Er stand auf, setzte sich neben Eva auf die Couch und schlug vorsichtig die weiße Decke ein wenig zurück. »Wie der schläft«, sagte er.

Der siebenundzwanzigste Dezember fiel auf einen Mittwoch. Frühmorgens fuhren Herdes und Eva mit dem Kind zur Kirche. Es trug ein weißes Taufkleid mit Spitzen um den Kragen und eine weiße Haube. In der Kirchentür stand neben dem Pfarrer ein sehr alter Geistlicher in einem langen Ornat.

»Monsignore, das ist Eva, meine Frau«, sagte Herdes. Der Geistliche reichte Eva die Hand, dann betrachtete er das Kind und drückte dabei den Spitzenkragen ein wenig herab. Seine Hand zitterte. »Zweihundertsiebzehn Jahre«, sagte er.

»Fast auf den Tag«, sagte Herdes.

Der Pfarrer gab ein Zeichen, und sie gingen in Richtung Altar. In den ersten Reihen saßen die Verwandten, rechts die von Eva, sie winkten herüber. Links saßen der Onkel und ein Dutzend andere, die meisten sehr alte Leute. Eva sah hinüber, sie nickten ihr lächelnd zu. Gleich begann die Zeremonie, und bald standen sie vor dem Taufbecken im Seitenschiff. Herdes hielt das Kind über das Becken. Der alte Geistliche trat vor, zog ein Papier aus seinem weiten Ärmel und las einen lateinischen Text. Er griff in das Wasser und besprengte das Kind. »Ich taufe dich auf die Namen Ferdinand Philip Sebastian Remigius Karl«, sagte er. Dann trat an seine Stelle der Onkel, auch er zog ein Papier hervor und las: »Lieber Ferdinand. Gemäß dem Schwur, den Ferdinand Karl, Graf zu G., vor seinem König getan, seinen Titel und Namen abzulegen, gleichfalls alle seines Geschlechtes, bis nach zweihundert Jahren wieder ein Erbe geboren ist, setze ich dich in deinen Stand und Namen.« Der Onkel faltete das Papier zusammen. »Liebe Eva«, sagte er. »Lieber Jochen. Wir alle danken euch sehr, und wir wünschen euch viel Kraft für eure große Aufgabe.«

Herdes gab Eva das Kind in den Arm, und der Reihe nach kamen nun seine Verwandten zu ihr, sie berührten das Kind an der Hand oder küßten das Taufkleid. Am Ende trat der Onkel heran, er verbeugte sich tief und reichte Herdes einen kleinen silbernen Dolch, und der legte ihn auf das Kind in Evas Arm.

»Ferdinand ist jetzt das Familienoberhaupt«, sagte Herdes leise.

Eva sah ihn an. »Philip«, sagte sie.

Spät am Abend, als alle Verwandten gegangen waren, saßen Eva und Herdes mit dem Kind im Wohnzimmer. Eva stillte. Am Weihnachtsbaum brannten die Kerzen. »Ich verstehe das alles noch immer nicht«, sagte Eva.

»Ich erkläre es dir gerne noch einmal.«

»Danke«, sagte Eva. Die Familiengeschichte kenne sie jetzt. Und zur Genüge. In den letzten zwölf Stunden sei ja von nichts anderem geredet worden. »Ich frage mich nur, was das alles zu bedeuten hat.«

Herdes zog Evas Pullover über der bloßen Brust ein wenig in die Höhe. »Er hat eine Fluse am Mund«, sagte er.

Eva sah hinunter. »Wer?« sagte sie. »Der Thronfolger?« Sie nahm das Kind kurz von der Brust und wischte ihm mit einem Tuch den Mund. »Weißt du«, sagte sie, »eben habe ich mir vorgestellt, wie ich ihn beim Kindergarten anmelde.« Sie hob die linke Hand unter dem Kind und spreizte Daumen und Zeigefinger. »Für den Namen allein brauche ich mindestens zwei Zeilen.«

»Du kannst das abkürzen«, sagte Herdes.

»Kann ich nicht«, sagte Eva. »Außerdem, wie das aussieht! Ein Graf. Und das Kind heißt anders als die Eltern.«

Das komme heute öfter vor, sagte Herdes. Und wenn Philip erst groß sei, werde das keinem mehr auffallen. Eva hatte das Kind wieder an die Brust genommen. »Wenn einer fragt, kann er ja alles erzählen«, sagte Herdes. Er rückte Eva ein Fußbänkchen hin, sie solle den Fuß darauf stellen, sonst strenge sie das Bein zu sehr an.

Eva stellte den linken Fuß auf das Bänkchen. »Schaust du bitte nach der Wärmflasche«, sagte sie. Herdes ging hinüber ins Kinderzimmer, er zog die Wärmflasche aus der bestickten Hülle, fühlte daran, dann trug er sie in die Küche, leerte das Wasser ins Spülbecken und goß heißes aus einer Thermosflasche hinein.

»Kommst du bitte mal!« rief Eva aus dem Wohnzimmer. Herdes verschloß rasch die Wärmflasche. »Guck mal«, sagte Eva. »Ist das vielleicht Ausschlag?« Herdes drehte den Kopf des Kindes vorsichtig ein wenig ins Licht. »Er kann doch keinen Ausschlag haben«, sagte er. Das komme sicher vom Speichel. Er nahm einen Ratgeber vom Wohnzimmertisch und schlug ihn auf. »Herpes steht nicht mal im Register«, sagte er. »Du mußt die Sauger nur öfter auskochen.«

»Unsinn«, sagte Eva. »Und wieso ich?« Sie legte das Kind an die andere Brust. »Müßte ein Graf nicht seinen eigenen Auskocher haben. Und einen Grafenwickler und einen grafmäßigen Spucktuchträger.« Das Kind gluckste, und Eva stützte seinen Kopf.

»Bitte«, sagte Herdes. »Bei der Taufe hätte Onkel Walter beinahe geweint. Und Onkel Walter hat viel mitgemacht. Er war sechs Jahre im Krieg. Seine Frau und seine drei Kinder sind auf der Flucht ermordet worden. Und meinst du, er hätte je eine Miene verzogen? Nie!«

»Und jetzt hat er geweint?«

»Beinahe«, sagte Herdes.

»Ich glaube, Philip schläft ein«, sagte Eva. Herdes beugte sich über das Kind. »Er saugt noch«, sagte er.

»Der trinkt im Schlaf«, sagte Eva. »Aber er wird so schwer, ich spür das.«

»Willst du ihn rüberbringen?«

»Noch nicht.«

Herdes schlug sich an den Kopf. »Die Wärmflasche!« Er holte sie aus der Küche, trug sie ins Kinderzimmer und legte sie zurück in die Wiege. Dabei stieß er an das Medaillon, das vom Wiegenhimmel herab an einer silbernen Kette hing. Herdes klappte es auf. Darin war das einzige Bild des Urahns, der auf den Namen verzichtet hatte. Ein anderes hatten sie nicht. Herdes hielt es ins Licht. Ob Ferdinand ihm ähnlich sah, war natürlich noch nicht zu sagen. Er klappte das Medaillon wieder zu. Auf den Deckel war das Familienwappen graviert, auf der oberen Hälfte lag ein geflügelter Löwe, die untere war geteilt, links ein paar Kirschen an ihren Stengeln, rechts eine Burg über einem angedeuteten Fluß.

Herdes überlegte, ob er das Wappen auf eine Tafel übertragen lassen und es dann an die Tür zum Kinderzimmer hängen sollte. Aber im Flur lag schon der Dolch auf zwei Nägeln an der Wand. Herdes strich jetzt das kleine Plumeau glatt. Vor ein paar Jahren war ein älterer Vetter, dessen Familie in Südamerika lebte, bei einem Unfall ums Leben gekommen. Seitdem war ganz sicher, daß nur er noch der Vater des Namensträgers würde werden können. Damals hatte ihm Onkel Walter das Medaillon gegeben.

Als Herdes sich umwandte, stand Eva in der Tür. Er machte ein Zeichen, alles sei in Ordnung, hob das Plumeau aus dem Bett und deckte es auf das Kind, als Eva es hingelegt hatte. Dann gingen sie beide langsam aus dem Zimmer, Herdes schloß vorsichtig die Tür. »Zwei Stunden Ruhe«, sagte Eva.

Am nächsten Tag, einem Donnerstag, meldeten sich die ersten Bewerber auf die Stellenausschreibung. Herdes vertröstete sie, bis ein junger, etwas ungepflegter Mann ihm sagte, er komme von Wiedeking. In der Mittagspause, im Umkleideraum, stellte Herdes ihn den anderen vor: das sei Herr Spors; alle sollten ihm ein bißchen unter die Arme greifen. Dann ging er in sein Büro und sah noch einmal die Liste durch, die er angelegt hatte. Daß einer dabei war, der Diebstähle beging, konnte er sich nicht vorstellen. Vorausgesetzt, es handelte sich um Diebstahl. Herdes sah durch das kleine Fenster schräg hinter seinem Schreibtisch in den Verkaufsraum, später ging er hinunter und machte seine Runde, manchmal blieb er an den Regalen oder im Kassenraum stehen. Abends beobachtete er, wie die Angestellten aufbrachen.

Auf dem Heimweg begann es zu schneien. Herdes schaute eine Zeitlang in die Auslage eines Spielwarengeschäfts, dann trat er in den Laden. Im ersten Stock ließ er sich die Sachen für die ganz Kleinen zeigen. Es gab ein Gestell, ähnlich einer Schaukel, von der Querstange hingen bunte Sachen herab. Auf dem Karton war ein Bild; man legte das Baby darunter, damit es nach den Sachen greifen konnte. Es war auch eine Spieluhr dabei. *Ab sechs Wochen*, las Herdes. Ferdinand war jetzt fünf. Daneben lagen einfache kleine Stofftiere, runde oder ovale Kissen aus buntem Zeug mit kleinen Stücken eines groberen Materials als Ohren und Schwänze. Ein paar davon waren in Folie eingeschweißt. *Brutkastengeeignet*, las Herdes. Er stieg wieder hinunter. Auf dem Treppenabsatz war ein Indianerzelt aufgebaut.

Herdes blieb stehen. Wir haben großes Glück gehabt, dachte er. Spätestens zur Erstkommunion würden die Verwandten wieder kommen, und dann würde er Philip alles erklären. Sie waren nämlich eine Ausnahme. In fast allen solchen Fällen war die Familie ausgestorben. Oder man hatte es einfach vergessen. Herdes stieg wieder nach oben; er wolle doch das kleine Gestell kaufen. Die Verkäuferin drehte ein paarmal den Karton. Die Spieluhr spiele *Guten Abend, gut' Nacht*, sie könne aber sehen, ob noch andere auf Lager seien. »Nicht nötig«, sagte Herdes.

Zu Hause empfing ihn Eva in der Wohnungstür. »Endlich«, sagte sie. »Dein Königssohn bringt mich heute um den Verstand.« Herdes hörte das Kind schreien. Er stellte den Karton zu Boden. »Was ist los?« sagte er.

Was los sei? »Er hat nicht eine halbe Stunde geschlafen!« sagte Eva. »Und wenn er wach ist, will er sofort an die Brust. Weißt du, der frißt mich auf, keine Minute kann ich den weglegen.«

Herdes hing seinen Mantel an die Garderobe und ging ins Wohnzimmer. Wo das Buch sei? sagte er.

»Ich hab schon nachgesehen«, sagte Eva. Das sei alles normal, aber wenn das normal sei, werde sie dabei verrückt.

Herdes ging ins Kinderzimmer und nahm das schreiende Kind aus der Wiege. Er drückte es an die Schulter und schlug die weiße Decke locker darum. Dann begann er, im Flur auf und ab zu gehen.

»Was versprichst du dir davon?« sagte Eva.

»Nichts«, sagte Herdes. Er sang ein Kinderlied, immer nur die erste Strophe, die anderen kannte er nicht. Als nach einer Viertelstunde das Kind noch schrie, nahm Eva es und legte es an die Brust. Beim Trinken schlief es ein. »Übrigens kommen Mama und Papa zu Sylvester«, sagte Eva. Aber nur am Nachmittag.

»Von mir aus gerne«, sagte Herdes.

Sylvester fiel auf den nächsten Sonntag; den Samstag über war von acht Uhr an die Filiale dauernd überfüllt. Herdes war kaum in seinem Büro, meist lief er zwischen der Fleisch- oder der Käsetheke und dem

Kassenbereich hin und her, um Anweisungen zu geben. Der Untersucher fuhr die ganze Zeit mit einem flachen Gabelstapler Paletten aus dem Lager und füllte die Regale nach. »Sie finden sich zurecht?« sagte Herdes einmal im Vorübergehen.

»Natürlich«, sagte der Mann.

Gegen zwei stand Herdes an der Eingangstür zur Filiale, den Schlüssel in der Hand, und nach jedem Kunden, der ging, schloß er ab. Ein paarmal mußte er Leute abweisen, die noch hinein wollten. Dann trugen die Kassiererinnen den Kasseninhalt in sein Büro, und Herdes kontrollierte die Abrechnungen. »Ein Plus von vier Mark dreißig«, sagte er, nahm ein paar Münzen und warf sie in einen Kasten. »Also dann schönes Wochenende allerseits. Und einen guten Rutsch!« Die Angestellten verabschiedeten sich. Herdes ordnete noch ein paar Papiere, dann packte er die Tageseinnahmen in eine Geldbombe, tat sie in seine Aktentasche und ging damit durch das Lager zum Personalausgang. Dort stand der Untersucher. »Was gibts?« sagte Herdes.

»Das Geld«, sagte der Mann. Die Tageseinnahme.

Was damit sei?

Er solle sie ihm bitte geben, sagte der Mann, er wisse ja, daß er besondere Vollmachten habe.

»Ich verstehe das nicht«, sagte Herdes. Seine Leute zu beschatten, das sei das eine. Aber die Abrechnung habe gestimmt, und was in aller Welt spreche dagegen, daß er selbst das Geld zur Bank bringe?

Der Mann schnippte zweimal mit den Fingern. Auskünfte könne er keine geben, sagte er. Herdes solle nur glauben, daß er seine Gründe habe.

Herdes hob die Aktentasche ein Stück in die Höhe. »Das sind fast hunderttausend«, sagte er.

Der Mann zuckte die Schultern. Eine Quittung habe er schon vorbereitet. Sie schwiegen eine Zeitlang, dann öffnete Herdes die Aktentasche und gab dem Mann die Bombe. Der nahm sie, zog ein Papier aus der Tasche und reichte es herüber. Den Betrag solle er selbst einsetzen, Vertrauen gegen Vertrauen. Dann grüßte er und verließ das Lager. Herdes prüfte noch einmal die Schlösser, dann ging er nach Hause. »Wie war es denn heute?« sagte er, als er die Wohnung betrat. »Gut«, sagte Eva, sie trug das Kind auf dem Arm. Und im Geschäft? »Hektisch«, sagte Herdes.

Am Sylvesternachmittag kamen Evas Eltern. Sie könne das alles noch immer nicht fassen, sagte Evas Mutter. Diese Familiengeschichte! Jochens Onkel habe ja so schön davon erzählt, aber eigentlich müßte sie ihn bitten, ihr einmal alles aufzuschreiben. Oder vielleicht gebe es ja eine Familienchronik?

»Nein«, sagte Eva. »Das ist alles im Krieg verbrannt.«

»Schade«, sagte die Mutter.

Herdes hatte inzwischen das kleine Gestell zusammengebaut und darunter die dicke, flauschige Decke geschoben, die die Eltern mitgebracht hatten. Schön, sagte Evas Mutter. Wenn der Prinz jetzt wach werde, könne man alles zusammen ausprobieren. Wann es denn soweit sei?

»Unregelmäßig«, sagte Eva. Sie sollten ruhig anfangen, Kaffee zu trinken. Das kenne sie, sagte Evas Mutter, bei Eva sei es auch mal so und mal so gewesen. Sie setzten sich um den Tisch, die Mutter erzählte, wie sie die Geschichte überall wiederholen müsse. Eine halbe Stunde später sagte Herdes dann, er werde jetzt einmal nachsehen. Es sei doch sehr über die Zeit. Er stand auf und ging leise ins Kinderzimmer, da lag das Kind wach in der Wiege, Herdes schien es, als sehe es hoch zu dem Medaillon. Evas Eltern standen schon in der Tür. »Ihr könnt kommen«, sagte er.

Als das Kind getrunken hatte, legte Eva es im Wohnzimmer auf die Decke und unter das Gestell, daß seine Hände die Sachen erreichen konnten. Alle knieten darum herum, und Herdes zog die Spieluhr auf. Sie spielte *Guter Mond*. Man könne sich auf gar nichts mehr verlassen, sagte Herdes.

»Wieso?« sagte Evas Vater. Herdes winkte ab; das sei nur so gesagt. Das Kind hatte eine Zeitlang ruhig auf die Spieluhr gesehen, jetzt verzog es das Gesicht und begann zu weinen. Eva hob das Gestell zur Seite. »Das ist noch zuviel für dich«, sagte sie und nahm das Kind auf den Arm. Gegen sechs fuhren die Eltern ab. Nein, Sylvester sollten sie zwei schon allein miteinander sein. Oder besser sie drei! Sie würden anrufen, wenn sie zu Hause seien.

Um Mitternacht standen Herdes und Eva am offenen Wohnzimmerfenster und sahen in die Straße hinaus. Über den Dächern auf der anderen Seite stiegen Leuchtraketen in die Luft und zerplatzten laut in grüne und gelbe Sterne.

»Wenn nur der Kleine nicht wach wird«, sagte Herdes. Eva zitterte vor Kälte und drückte sich an ihn. »Dann sagen wir ihm, das ist zu seinen Ehren«, sagte sie. »Ein Feuerwerk zu Ehren seiner gräflichen Exzellenz.«

»Exzellenz ist eine Anrede für Botschafter«, sagte Herdes. In ihrem Fall sei der Titel ein Bestandteil des Namens. Eva seufzte laut. Dann schlossen sie das Fenster und horchten in Richtung Kinderzimmer. »Nichts zu hören«, sagte Eva, trotzdem gut, daß morgen Feiertag sei.

»Stimmt«, sagte Herdes. Er zog die Vorhänge zusammen. An Dienstag dürfe er gar nicht denken. »Die haben uns komplett leergekauft«, sagte er. Wie die Irren.

»Und was macht dein Aufpasser?«

»Der?« sagte Herdes. Dann lachte er. Der habe jedenfalls ordentlich ran gemußt. Und am Schluß habe er sogar darauf bestanden, die Geldbombe wegzubringen.

»Komisch«, sagte Eva.

»Wieso komisch«, sagte Herdes. Die wüßten schon, was sie tun. Dann gingen sie zu Bett. Eine Stunde später schrie das Kind.

Am Neujahrsmorgen stand Herdes vom Frühstückstisch auf. »Ich muß kurz telephonieren«, sagte er. Er suchte die Nummer der Zentrale heraus und rief an; natürlich meldete sich niemand. Herdes überlegte. Wie der Leiter der Innenrevision hieß, hatte er vergessen, mit der Abteilung hatte er nie zu tun gehabt. Dann fiel ihm der Name eines Kollegen ein, der dort gearbeitet hatte, bis er in den Einkauf versetzt worden war. Herdes rief die Auskunft an, es gab vier Einträge dieses Namens. Er notierte die Nummern und wählte sie der Reihe nach. Beim zweiten Mal war der Kollege am Apparat.

»Jochen Herdes«, sagte Herdes. »Du erinnerst dich doch?« Es sei natürlich unmöglich, jetzt anzurufen. Aber er habe ein Problem.

»Immer raus damit«, sagte der Kollege, und Herdes schilderte, was vorgefallen war. Er habe jetzt Zweifel, ob er sich richtig verhalten habe.

»Wie war der Name?« sagte der Kollege.

»Wiedeking«, sagte Herdes.

»Kenn ich nicht«, sagte der Kollege. Aber er sei schon lange weg aus der Innenrevision.

Ob denn das üblich gewesen sei? sagte Herdes. Einen zu schicken?

»Sicher«, sagte der Kollege, in Ausnahmefällen. Andererseits, er habe mal von so einem Trick gehört. Aber das sei im Ausland gewesen. Glaube er jedenfalls.

»Danke«, sagte Herdes. Dann legte er auf. Eva stand jetzt hinter ihm, das Kind an der Schulter. Was denn mit dem Geschäft sei, jetzt am Feiertag?

»Die haben mich reingelegt«, sagte Herdes. »Die

haben mich fertiggemacht.« Tränen stiegen ihm in die Augen.

»Wie bitte?« sagte Eva.

»Das wars!« sagte er. »Jetzt sind wir ruiniert. Jetzt können wir sehn, wo wir bleiben!« Er ging ein paar Schritte, dann nahm er seinen Mantel vom Haken. Er müsse wenigstens zur Polizei. Eva hielt ihn zurück. Er solle um Gottes willen endlich sagen, was passiert sei! Herdes machte sich los und öffnete die Wohnungstür. »Warte doch!« rief Eva, da war er schon auf der Treppe.

Draußen schneite es. Herdes stieg in den Wagen, da fiel ihm ein, daß er nicht wußte, wo die nächste Polizeistation war. Er suchte im Handschuhfach nach dem Stadtplan. Seine Hände zitterten, eine Taschenlampe fiel zu Boden, da plötzlich hielt er inne. Ruhe! sagte er sich. Und nicht gleich alles verloren geben. Das war keine Art! Er legte den Kopf aufs Lenkrad und schloß die Augen. Ja, natürlich. Das fing alles erst an! Die hatten ihn einmal für dumm verkauft, die würden das wieder tun. Und zwar morgen, nach zwei Feiertagen, da wäre die Kasse wieder randvoll.

Herdes sah auf. Die Schneeflocken liefen die Windschutzscheibe herunter. Sein Sohn ein Graf! Genau genommen war das Unsinn. Wenn Onkel Walter nicht gewesen wäre, er hätte vielleicht alles auf sich beruhen lassen. Und die Verwandten? Was lag ihm an denen. Die er kannte waren steinalt. Und die anderen sollten Abenteurertypen sein. Die würden sich nie hier blicken lassen. Eine halbe Stunde blieb Herdes im

Wagen sitzen, dann ging er zurück in die Wohnung. Er sagte Eva alles, was geschehen war. Jetzt habe er getan, was er könne. Jetzt müßten sie abwarten.

In der Nacht schlief Herdes kaum, und am Dienstagmorgen war er weit vor der Zeit in der Filiale. Er blieb in seinem Büro, und durch das Fenster zum Verkaufsraum sah er die Angestellten kommen; als letzter kam der angebliche Untersucher! Herdes biß sich von innen auf die Wangen, bis ihm vor Schmerz die Augen tränten. Gewonnen! sagte er sich. Er hatte gewonnen. Jetzt war er unwiderruflich im Vorteil. »Na?« rief er laut, als die Substitutin ins Zimmer trat. »Wie wars? Gut reingekommen?«

»Ja«, sagte die Substitutin. Und ziemlich spät sei es geworden.

»Gut«, sagte Herdes. Er sei heute wenig im Büro. Am letzten Samstag sei ihm so einiges aufgefallen, das wolle er sich noch einmal ansehen. Dann wartete er, bis der Untersucher aus dem Umkleideraum kam; im Flur trat er ihm entgegen. »Kommen Sie mit«, sagte er und ging voran zu den Regalen mit den Konserven. »Folgendes: Hier stehen sich die Leute nur auf den Füßen. Wir tauschen jetzt Gemüse, Obst und so weiter gegen die Babynahrung und den Krempel auf der anderen Seite.«

»Alles?« sagte der Mann.

»Sicher«, sagte Herdes. »Fangen Sie gleich an.« Dann drehte er sich rasch um und ging hinüber zur

Fleischtheke. Er fühlte sein Herz klopfen. Die Verkäuferin schnitt gerade eine Wurstsorte, die Scheiben zeigten ein Clownsgesicht. »Wissen Sie, wie die das machen?« sagte er.

»Mit einer Düse«, sagte die Verkäuferin. Ob er eine Scheibe wolle? Sie rollte mit einer langen Gabel eine zusammen und reichte sie über die Theke. »Danke«, sagte Herdes. Dann schloß er den Haupteingang auf. Draußen standen schon die ersten Kunden. »Alles frisch«, sagte er und hielt die angebissene Wurstrolle hoch.

Gegen Mittag stapelte der Untersucher immer noch Konservendosen auf die Paletten. Um ihn herum standen Kunden, die ihm wegnahmen, was er gerade aus den Regalen geräumt hatte. Alle Viertelstunden ging Herdes durch den Gang. »Entschuldigung«, sagte er. »Wir räumen ein bißchen um. Der Verkauf geht weiter.« Spät am Nachmittag hatte der Untersucher die Konserven in den Nachbargang gefahren, jetzt trug er in Körben Babynahrung auf die andere Seite. Herdes beobachtete ihn aus der Entfernung; wenn der Mann herüberschaute, sah er weg oder ging hinter ein Regal. Dann war Ladenschluß. Rasch ließ sich Herdes die Einnahmen geben, und ohne eine Abrechnung zu machen, tat er das Geld in die Geldbombe. Vor dem Umkleideraum wartete er, bis alle Angestellten gegangen waren, dann trat er ein. Der Untersucher saß auf einem Stuhl, seinen rechten Fuß hatte er auf den Tisch gelegt, und er rieb sein Knie mit der Hand. Als er Herdes sah, stand er auf.

»Knochenarbeit, was?« sagte Herdes.

»Ich muß Sie sprechen«, sagte der Mann.

»Sicher«, sagte Herdes. »Kommen Sie in mein Büro.« Er ging voran, ließ den Mann ein und blieb vor der Tür stehen.

»Wenn Sie mir solche Aufgaben geben, kann ich nicht arbeiten«, sagte der Untersucher.

Herdes schlug sich an die Stirn. Wie er das habe vergessen können! Er müsse schon vielmals entschuldigen. Aber dafür habe er auch eine Überraschung. Er zeigte auf die Geldbombe auf seinem Schreibtisch. »Da«, sagte Herdes. »Eine große Einnahme.« Dann schloß er die Tür ab, zog den Schlüssel und steckte ihn in die Tasche.

»Was machen Sie?« sagte der Untersucher.

»Sie haben mich reingelegt«, sagte Herdes langsam. Er griff in die Innentasche seines Kittels und zog den silbernen Dolch heraus. »Ich wette, Sie haben lange darüber nachgedacht«, sagte er. »Mit dem kann mans machen, haben Sie gedacht. Der ist ganz neu. Der springt noch, wenn man pfeift.«

Der Mann wollte etwas sagen.

»Hinsetzen und Hände auf den Rücken!« sagte Herdes. Der Mann setzte sich hinter den Schreibtisch. Herdes trat heran und legte den Dolch neben die Geldbombe. »Aber Sie sind im Irrtum!« sagte er. »Ich werde mit ganz anderen Sachen fertig.« Der Mann zog eine Hand hervor. »Nicht!« rief Herdes. »Keine Bewegung. Ich könnte Ihnen Geschichten erzählen. Da wären Sie sprachlos.«

»Ich bitte Sie«, sagte der Mann.

»Bitten ist zwecklos«, sagte Herdes. »Sie wissen nicht, mit wem Sie es zu tun haben.« Er nahm wieder den Dolch und wies damit auf das Telephon. »Rufen Sie Ihren Komplizen an«, sagte er. »Und bestellen Sie ihn her. Sofort, verstanden, mit dem Geld. Das ist jetzt Ehrensache. Nur Sie beide und ich. Sonst wird keiner was erfahren.«

Der Mann schüttelte langsam den Kopf. Dann zog er das Telephon zu sich. Herdes trat hinter ihn und legte ihm den Dolch mit der Schneide an die Kehle. »Langsam wählen«, sagte er. »Und kein falsches Wort«.

Der Mann wählte: Eins, Eins, Null. Herdes ließ den Dolch sinken. Ein paar Sekunden verstrichen, dann war eine Stimme in der Leitung. »HIT-Markt am Rosenplatz«, sagte der Mann. »Überfall.«

Herdes drückte die Gabel herunter. »Entschuldigung«, sagte er.

Der Deichgraf

Auf gut Glück hatten sich Volker und Ruth an einem Freitagmittag, als der Erste Mai auf den Dienstag fiel und das Wetter sehr gut war, zu einem langen Wochenende am Meer entschlossen; am Montag würde ihr fünfter Hochzeitstag sein. Sie hatten Koffer und Reisetasche in den Wagen geladen und die Autobahn Richtung Norden genommen. Nach achtzig Kilometern gerieten sie in einen Stau.

»Macht nichts«, sagte Volker. »Heute könnten wir sowieso nichts mehr unternehmen. Und der Dienstag bleibt auch noch.«

Ruth öffnete das Schiebedach und richtete sich auf.

»Siehst du was?« sagte Volker.

»Nein«, sagte Ruth. »Da ist erst eine Kurve.« Eine Stunde später fuhren sie langsam an drei Wagen vorbei, die ineinander verkeilt halb auf dem Mittelstreifen standen. Benzin war ausgelaufen und mit Sand abgedeckt, ein paar Gepäckstücke lagen neben der Leitplanke. Bald danach löste der Stau sich auf, gegen sechs Uhr erreichten Volker und Ruth den ersten Ort am Meer. Alle Zimmer seien belegt, sagte die Frau im Touristikbüro. Sie könnten es selbst versuchen, aber da sei wenig Aussicht.

»Na, dann weiter«, sagte Volker.

Im nächsten Ort war es dasselbe. »Sie hätten buchen müssen«, sagte ein junger Mann.

Als sie im dritten Ort ankamen, war das Touristikbüro geschlossen. Volker notierte die Telephonnummern der Hotels von einem Plakat an der Tür und führte aus einer Zelle ein paar Gespräche.

»Nichts mehr frei«, sagte er, als er zum Wagen zurückkam. »Wir machen jetzt folgendes: Wir fahren weiter die Küste entlang, und wenn wir was sehen, halten wir an und fragen.« Am Telephon werde man doch nur abgewimmelt.

»Wenn du meinst«, sagte Ruth.

Sie fuhren eine Zeitlang. Vor den Pensionen, die an der Durchgangsstraße lagen, hingen *Belegt*-Schilder, ebenso vor den beiden Hotels im nächsten Ort. Volker stieg jedesmal aus und fragte. Nein, da sei nichts zu machen, alles langfristige Buchungen. Und dann das schöne Wetter, jetzt, für die Jahreszeit.

Auf dem Weg in den nächsten Ort begann es dunkel zu werden. Ruth sah auf die Uhr. »Wenn wir zurückfahren, können wir um Mitternacht zu Hause sein.«

»Ja ja«, sagte Volker. »Wir waren auch naiv. Wenn Dienstag Feiertag ist, nehmen alle den Montag frei und hauen ab.«

»Und was tun wir jetzt?«

Volker zeigte auf ein Schild, das in eine kleine, zwischen Wiesen meerwärts führende Straße wies. *Zum Deichgraf* stand darauf. »Letzter Versuch«, sagte er und bog ein. Nach einer Kurve sahen sie ein erhöht liegendes Gebäude mit der Leuchtschrift *Hotel* zwischen zwei kleinen Türmen auf dem Dach. »Ich komme mit«, sagte Ruth, als sie auf einem Parkplatz anhielten. Sie öffnete die Beifahrertür und stieg aus. »Das ist aber kalt geworden«, sagte sie.

»Der Wind vom Meer«, sagte Volker. Er öffnete den Kofferraum, nahm Ruths Mantel und half ihr hinein. Dann gingen sie eine Treppe zum Eingang hinauf. Die Tür war unverschlossen, sie traten ein, hinter einem schmalen Tresen stand ein älterer Mann.

»Wir suchen ein Zimmer«, sagte Volker.

»Tut mir leid«, sagte der Mann. »Wir sind voll belegt.« Ruth atmete hörbar ein und aus. Volker strich ihr übers Haar. »Wir würden ja mit allem vorliebnehmen«, sagte er. »Seit Stunden suchen wir nach einem Zimmer. Jetzt sieht es so aus, als müßten wir im Auto schlafen. – Und meine Frau ist im sechsten Monat.«

Ruth sah Volker an und faßte ihn am Arm. Er zog die Schultern hoch. »Warum soll man das nicht sagen?«

»Das tut mir leid«, sagte der Mann.

»Bitte«, sagte Volker. »Es ist natürlich meine Schuld, wir waren kurz entschlossen. Aber es wird kalt draußen, und zurück nach Hause sind es mehr als vier Stunden. Das sind die Fakten.«

Der Mann klopfte auf den Tresen und griff zu einem Schlüsselbord. »Gut«, sagte er. »Ein Zimmer ist leer diese Nacht, aber die Herrschaften kommen morgen sehr früh. Um sieben allerspätestens müßten Sie das Zimmer freimachen. Wenn Ihnen damit gedient ist?«

»Und ob«, sagte Volker. »Das rettet uns. Nicht

wahr?« Er nahm Ruths Hand und drückte sie, dann wandte er sich zur Tür. »Wir holen nur rasch das Nötigste!« Die beiden traten zusammen aus dem Haus.

»Was machst Du?« sagte Ruth, als sie zum Wagen gingen.

Volker legte einen Finger auf den Mund. »Still«, sagte er. »Was willst du, wir haben ein Zimmer für die Nacht. Und morgen sehen wir weiter.«

»Aber ich bin nicht schwanger«, sagte Ruth. »Wie soll das gutgehen?«

Volker nahm die Reisetasche aus dem Wagen. »Unter dem Mantel sieht man nichts.«

»Ich weiß nicht«, sagte Ruth. Sie steckte eine Hand in die Manteltasche und wölbte den Stoff, mit der anderen stützte sie sich in den Hüften, dabei lehnte sie sich leicht zurück und stöhnte.

»Sehr gut«, sagte Volker. »Täuschend echt.« Sie gingen zurück, und der Hotelier stieg vor ihnen über eine schmale Treppe in den ersten Stock. Sie bogen in einen engen Flur.

»Ist das Haus ganz aus Holz?« sagte Volker.

»Ja«, sagte der Hotelier und schloß ein Zimmer auf. »Früher hat hier der Deichgraf gewohnt, wissen Sie, mein Großvater, wir haben nur ein bißchen umgebaut.« Er wies auf das dunkle Fenster. »Hinter den Wiesen und dem Deich ist schon das Meer«, sagte er. »Und der schönste Strand in der Gegend.« Er machte eine entschuldigende Bewegung.

»Trotzdem«, sagte Volker. »Wir sind Ihnen sehr zu Dank verpflichtet.« Er stellte die Reisetasche auf einen Hocker. »Meine Frau möchte sich auch gleich hinlegen.«

»Ich müßte Sie dann ganz früh wecken. Gegen sechs vielleicht?«

»Natürlich«, sagte Volker. »Für uns kein Problem.« Als der Hotelier die Tür geschlossen hatte, ließ er sich aufs Bett fallen. »Wahnsinn«, sagte er. »Wie im Film.« Er legte eine Hand auf seine Brust. »Stell dir vor, ich habe richtiges Herzklopfen.«

Ruth hatte den Mantel ausgezogen und an einen Kleiderhaken neben der Tür gehängt. Aus der Reisetasche holte sie Nachthemd und Waschzeug und trat vor das kleine Becken.

»Sollen wir wirklich schon ins Bett?« sagte Volker. »Es ist gerade neun.«

»Mein Zustand«, sagte Ruth. »Schon vergessen?« Sie drehte sich um und krempelte langsam ihren Pullover hoch.

Volker lachte. Auf dem Bett liegend zog er sich aus. »Gar nicht schlecht, das Zimmer«, sagte er, als Ruth zu ihm kam. »Sogar ein Fernseher. Und das Meer gleich hinter den Wiesen.«

»Nicht für uns«, sagte Ruth. Volker drehte sich zu ihr und strich ihr über den Bauch. »Mütter haben so was Besonderes«, sagte er.

»Perverser Mensch«, sagte Ruth. Dann schliefen sie miteinander. Später schalteten sie den Fernseher ein und sahen die Wiederholung eines *Tatort*-Krimis.

Am nächsten Morgen um sechs klopfte es an die

Tür. »Wir sind schon wach«, rief Volker. Er faßte Ruth an der Schulter. »Aufstehen, Mutti«, sagte er laut.

Ruth richtete sich auf und sah zur Tür. »Weißt du eigentlich, wie es jetzt weitergeht?« sagte sie. »Ich kann doch nicht im Mantel frühstücken.«

»Mußt du nicht«, sagte Volker. Er stand auf, nahm ein kleines Kissen von einem Sessel und zog den Gürtel aus seiner Hose, beides hielt er hoch. »Hier«, sagte er. »Komm!« Ruth ließ sich das Kissen mit dem Gürtel um den Bauch binden, dann zog sie ihren Pullover darüber und stellte sich vor den Spiegel über dem Waschbecken. »Ich sehe nichts«, sagte sie und stieg aufs Bett. »Es sieht schrecklich aus.«

»Egal«, sagte Volker. »Niemand kontrolliert das. Und was sollen sie auch sagen?«

Ruth sah ihn an. »Eben«, sagte Volker. »Nichts sagen die.«

Sie wuschen sich, zogen sich an und gingen hinunter. Im Frühstückszimmer war niemand sonst, ein Tisch war für zwei Personen gedeckt. Als sie sich gesetzt hatten, kam eine Frau und fragte, ob sie Kaffee oder Tee wollten. Die Frau lächelte Ruth an; wenn sie etwas Besonderes wolle, brauche sie es nur zu sagen.

»Siehst du«, sagte Volker leise, als die Frau den Kaffee gebracht hatte. »Wie ich gesagt habe.«

»Ich kriege langsam ein schlechtes Gewissen«, sagte Ruth.

»Wieso? Wir nehmen keinem was weg. Im Gegenteil. Wahrscheinlich verdienen sie diese Nacht doppelt.«

»Trotzdem«, sagte Ruth.

Volker schaute zum Fenster hinaus. »Da!« sagte er. »Man sieht wirklich den Deich. Eigentlich ist das ein idealer Platz hier. Ein bißchen wie verwunschen.«

»Wir können es ja weiter versuchen.«

Volker schüttelte den Kopf. »Zwecklos. Vielleicht fahren wir auf einem Umweg nach Hause.«

Ruth sah auf die Uhr. »Noch eine Viertelstunde.«

Im Flur klingelte ein Telephon. Sie hörten eine Stimme, dann wurde aufgelegt, und der Hotelier trat ins Frühstückszimmer. Er breitete die Arme aus und kam an den Tisch. »Gut geschlafen?« sagte er.

»Danke, ausgezeichnet.«

»Ich habe Nachrichten für Sie«, sagte der Hotelier. »Gerade rufen mich die Gäste für Ihr Zimmer an. Aus der Traum! Motorschaden auf der Autobahn. Sie lassen den Wagen zurückschleppen und kommen nicht. Was sagen Sie dazu?«

»Ist nicht wahr«, sagte Volker.

»Doch doch. Sie können bleiben. So lange Sie wollen.«

»Schön«, sagte Volker.

»Und Sie haben wirklich Glück.« Der Hotelier beugte sich vor und sah aus dem Fenster. »Im Umkreis ist alles belegt. Und der Wetterbericht heute morgen sagt: Fast heiter und warm.« Er richtete sich wieder auf. »Vergessen Sie bitte nicht das Gästebuch.« Dann ging er und schloß die Tür hinter sich.

»Was jetzt?« sagte Ruth.

»Leise!« Volker goß sich Kaffee ein. »Erstmal können wir in Ruhe überlegen.«

»Können wir nicht«, sagte Ruth. »Du hast ja schon zugesagt.«

»Hab ich nicht. Außerdem, was sollte ich machen? Wir können ja gleich raufgehen, und in einer Stunde sagen wir, dir ist schlecht geworden und wir müssen fahren. Du könntest Wehen kriegen.«

»Bist du verrückt? Die rufen einen Arzt!«

»Unsinn«, sagte Volker. »Und überhaupt! Es hat heute morgen geklappt. Warum soll es nicht bis Dienstag klappen? Ich seh da keinen Grund.«

»Ich kann nicht drei Tage mit einem Kissen auf dem Bauch rumlaufen.«

Volker wischte Brotkrümel von seiner Hose. »Es ist doch nur zum Frühstück«, sagte er. »Und wenn wir rein- und rausgehen. Sonst sind wir am Meer, oder wir fahren wo hin. Da kannst du es wegnehmen.«

Ruth warf ihre Serviette auf den Tisch, stand auf und ging zur Tür. Mit ein paar Schritten holte Volker sie ein. »Bitte«, sagte er leise. »Natürlich nur, wenn du willst. Aber warum nimmst du es nicht als Spaß? Stell dir vor, wir erzählen zu Hause davon. Ich könnte ein Photo machen. Du hier beim Frühstück.« Er faltete die Hände vor dem Bauch.

»Nein«, sagte Ruth und öffnete die Tür. Auf dem Tresen lag das geöffnete Gästebuch, sie trugen sich ein und gingen hinauf in ihr Zimmer. Ruth stellte sich vor dem Spiegel aufs Bett und drückte das Kissen zurecht. »Ich komme mir blöd vor«, sagte sie.

»Ja klar«, sagte Volker. »Aber denk mal. Die Übernachtung müssen wir sowieso bezahlen, und das Benzin auch. Es wäre völlig verrückt, nicht hier zu bleiben.« Er ließ sich aufs Bett fallen. »Und so ein Zimmer hätten wir sonst nie gekriegt.«

»In Ordnung«, sagte Ruth. »Aber ich will nichts sagen müssen, verstehst du. Kein Gerede über Kinder und so.«

»Brauchst du nicht«, sagte Volker.

»Dann gehen wir jetzt.«

Volker küßte Ruth auf die Stirn, dann holte er den Koffer aus dem Wagen. Sie zogen sich um und fuhren in die große Hafenstadt. Als sie dort ankamen, öffneten gerade die Geschäfte. Sie gingen durch die breiten Ladenstraßen, dann erkundigten sie sich in einem Büro nach den Hafenrundfahrten. Später saßen sie in einem flachen Schiff mit gläsernem Dach und fuhren vorbei an den großen Tankern, die auf Reede lagen. Eine junge Frau erklärte in vier Sprachen, was es zu sehen gab. Zu Mittag aßen Volker und Ruth in einem Lokal für Meeres-Spezialitäten, dann bummelten sie noch ein wenig durch die Stadt und fuhren zurück zum Hotel. Als sie in die kleine Straße zwischen den Wiesen einbogen, drückte Ruth das Kissen unter den Pullover.

»Wirklich toll, das Haus«, sagte Volker. »Man kann sich richtig vorstellen, wie die früher hier gelebt haben, so weit ab von allem. Nur mit dem Meer.«

»Was ist eigentlich ein Deichgraf?« sagte Ruth.

Volker nahm eine Hand vom Lenkrad. »So eine Art

Aufsicht beim Küstenschutz, früher. Ich kenne das nur aus dem *Schimmelreiter*. Das hat auch immer sowas Mythisches. Die See als Bedrohung, verstehst du.«

»Was machen wir heute noch?« sagte Ruth, als sie auf dem Parkplatz anhielten.

»Ich dachte, wir gehen spazieren? In Richtung Meer.«

»Dann lasse ich das Kissen besser drin. Vielleicht sieht man uns vom Haus aus.«

Volker tat, als schaue er durch ein Fernglas. »Sicher«, sagte er. »Auf dem Balkon seines Hauses, gebaut wie die Kommandobrücke eines Windjammers, steht der Urenkel des Deichgrafen und späht hinaus aufs Meer, ob nicht falsche schwangere Fregatten steuerlos an seinen Strand treiben.«

»Ekel«, sagte Ruth. Sie stiegen aus, im Flur begegneten sie der Frau. Was sie denn unternommen hätten, und ob es nicht zu anstrengend gewesen sei? Nein, sagte Volker, die Seeluft tue seiner Frau sehr gut. Sie gingen hinauf und zogen sich um, dann machten sie einen langen Spaziergang zwischen den Wiesen hindurch zum Deich, eine befestigte Treppe hinauf und weiter am Ufer entlang. Es war warm, Wolken zogen mit dem Wind von See herüber. Abends tranken Volker und Ruth eine Flasche Wein auf ihrem Zimmer und gingen bald zu Bett. Am Sonntag fuhren sie nach dem Frühstück durch die Fischerorte in der Umgebung. In einem kleinen Hafen sahen sie einen alten Kutter einlaufen. Der Fang wurde in hölzernen Kisten an Land gebracht, auf gehacktem Eis lagen flache, graue Fische. »Wie das riecht«, sagte Ruth. »Wenn ich schwanger wäre, würde mir jetzt schlecht.« Sie aßen in einem Lokal am Hafen, saßen noch eine Zeitlang auf einer Bank am Marktplatz und fuhren dann zurück zum Hotel. »Nochmal ans Meer?« sagte Volker. Ruth nickte und brachte das Kissen an seinen Platz.

Auf dem Kamm des Deiches weideten Schafe. Eine Gruppe junger Radfahrer kam vorbei, mit farbigen Packtaschen auf den Rädern und Kartenständern über den Lenkern, sie grüßten herüber. Leute lagen auf Strohmatten am Strand, einige im Badezeug, gegen den Wind hatten sie gestreifte Zeltbahnen an Stangen aufgestellt und mit Schnüren befestigt. »Die sind mutig«, sagte Volker. Sie stiegen vom Deich hinab und gingen bis dahin, wo der Sand fest und dunkel wurde. Es war Ebbe, in schmalen Rinnen stand das Wasser, es roch nach Salz und Tang.

»Wir könnten im Sommer wiederkommen«, sagte Ruth. »Genau hierhin. Ein bißchen mehr Betrieb schadet ja nicht.«

Volker tippte sich an die Stirn. »Und was sagen wir, wo das Kind ist? Im August müßte es gerade geboren sein.«

Ruth ließ den Kopf in den Nacken fallen. »Mann!« sagte sie laut. Sie gingen noch eine Strecke, bis Volker Ruth am Arm faßte. »Schau dir das an«, sagte er. »Ein ganz Harter.« Aus einem kleinen See zwischen den Rinnen stieg gerade ein älterer, weißhäutiger Mann mit Glatze und wenigen langen, dunklen Haaren, die ihm über die Ohren hingen. Er lief armeschlenkernd zu einem karierten Handtuch, das neben einem Kleiderhaufen ausgebreitet im Sand lag. Damit frottierte er sich laut prustend und auf der Stelle hüpfend ab.

»Ist es nicht zu kalt?« sagte Volker, als sie herangekommen waren. »Oder zu gefährlich?«

»Eine Frage des Verhaltens«, sagte der Mann. »Und natürlich der Kenntnisse.« Mit schnellen Bewegungen zog er sich das Handtuch quer über den Rücken, dann beugte er sich nach vorne und rieb seine Schenkel. »Es gefällt Ihnen hier?« sagte er.

»Ja«, sagte Volker. Er wies über die Schulter. »Wir wohnen da hinten. In dem Holzhaus.«

»Ich weiß«, sagte der Mann. »Beim *Deichgrafen*. Wie ich selbst.«

»Ich glaube, wir haben Sie nicht gesehen.«

»Man übersieht mich leicht.« Der Mann strich sich über den Bauch. »Trotz der Fülle. – Und ich höre, die Frau Gemahlin ist in besseren Umständen, hier, meerumschlungen sozusagen. Weiß man schon, was es werden soll?«

»Nein«, sagte Volker, aber es sei ja noch so lange hin, mindestens drei Monate.

»Ach, lange«, sagte der Mann und warf das Handtuch zu Boden. »Was ist schon lange? Im Oktober sechzehnvierunddreißig war hier Sturmflut. Vier Stunden Stärke Zwölf, dann war alles wieder ruhig. Die Dämme brachen nicht, ich sage Ihnen, sie zerflossen. Die Höfe wurden einfach fortgespült, alles ins

Meer. Am nächsten Tag hat die Sonne geschienen. Vier Stunden! Ich frage Sie, ist das lange?«

»Nun ja«, sagte Volker, es habe eben jeder seine eigene Zeitrechnung.

»Ich verstehe«, sagte der Mann. Er zog eine helle Hose und ein rotes Hemd an. »Hier rechnete man früher von Sturmflut zu Sturmflut. Manchmal kam sie Jahr für Jahr, dann Jahrzehnte nicht. Dem einen nahm sie nach und nach alles, andere sind gestorben, ohne sie zu erleben.«

Ruth faßte Volker am Ärmel. »Mein Rücken«, sagte sie. Volker nickte ihr zu. »Ich denke, wir müssen gleich«, sagte er. »Sie scheinen sich in der Gegend auszukennen.«

»Zum achtzehnten Mal hier in diesem Jahr«, sagte der Mann. »Es wird zur Leidenschaft.«

Volker nahm Ruth in den Arm. »Dann kennen Sie vielleicht etwas Besonderes hier in der Nähe. Morgen ist nämlich unser fünfter Hochzeitstag.«

»Da muß ich nachdenken«, sagte der Mann. »Auf Anhieb nichts Passendes. Aber wir wohnen ja unter einem Dach. Wenn es mir einfällt, sage ich Bescheid.«

»Vielen Dank.« Volker hob die Hand, und sie gingen weiter.

»Was war denn das für einer?« sagte Ruth, als sie ein Stück entfernt waren.

»Neptun«, sagte Volker. »Oder der Geist des Deichgrafen. Ich weiß nicht.«

»Gut, daß ich das Kissen anhatte. Der kommt uns

doch nicht nach?« Ruth drehte sich um. Der Mann war verschwunden. »Gott sei Dank«, sagte sie.

Den Abend verbrachten Volker und Ruth wieder auf dem Zimmer. Sie hatten überlegt, bis Mitternacht wach zu bleiben, doch gegen zehn fielen Ruth vor dem Fernseher die Augen zu. Am nächsten Morgen um acht stand Volker auf, zog die Gardine beiseite und öffnete das Fenster. Der Himmel war wolkenlos und strahlend blau, der Wind hatte abgeflaut. Ruth drehte sich zum Fenster und bedeckte die Augen mit der Hand. Dann küßten sie sich. Hand in Hand gingen sie ins Frühstückszimmer; da erwarteten sie der Hotelier und die Frau. Auf ihrem Tisch stand ein kleiner Blumenstrauß.

»Meinen Glückwunsch«, sagte der Hotelier. »Und Ihnen dreien Gesundheit und alles Gute.« Die anderen Gäste applaudierten. Volker sah sich um, der Mann vom Strand war nicht darunter. »Danke«, sagte er dann, in beider Namen. Und sie könnten sich nicht vorstellen, den Tag an einem schöneren Ort und in netterer Umgebung zu verbringen.

»Was wollen Sie unternehmen?« sagte der Hotelier.

»Nichts Besonderes eigentlich«, sagte Volker. »Vielleicht fahren wir hoch bis zur Grenze.« Der Hotelier nannte den Namen eines Restaurants in der Grenzstadt. Dorthin sollten sie gehen. »Ein bißchen zum Feiern«, sagte er.

Nach dem Frühstück wartete Volker unten im Flur auf Ruth, sie hatte sich umziehen wollen. Als sie auf dem Treppenabsatz erschien, blies sie die Backen auf und schlug den Mantel zurück. Sie trug ein enges schwarzes Kleid, das Kissen hatte sie mit dem Gürtel darübergeschnürt. Sie schloß den Mantel wieder, und zusammen traten sie aus der Tür.

Am Fuß der Treppe zum Parkplatz stand ein metallicfarbener Opel *Rekord*. Auf die Motorhaube war ein Strauß weißer Stoffblumen montiert, auf die Beifahrertür eine Fünf im Lorbeerkranz aus goldener Pappe. Neben dem Wagen stand der Mann vom Strand. Er trug einen weiten, hellen Anzug und ein weißes Hemd. In der Hand hielt er eine große, rote Blume. »Meine Verehrung«, sagte er, als die beiden hinuntergestiegen waren, machte eine Verbeugung und reichte Ruth die Blume. »Und meinen Glückwunsch. Ich hatte Ihnen versprochen nachzudenken. Gesagt, getan. Und dann ist es mir eingefallen.« Er öffnete die Beifahrertür. »Wenn ich bitten darf einzusteigen. Es ist nur eine kleine Reise, keine Störung Ihrer Pläne, hoffe ich jedenfalls.«

»Wohin?« sagte Volker.

Der Mann schlug leicht auf das Dach des Wagens. »Kann nicht verraten werden. Aber wie gesagt, es dauert nicht lange. Die Rückfahrt ist natürlich inklusive.«

»Na dann«, sagte Ruth. Sie raffte den Mantel über dem Bauch zusammen, beim Einsteigen rutschte ihr Kleid nach oben. Der Mann schloß die Beifahrertür, ging um den Wagen und stieg ein. Volker setzte sich auf die Rückbank. Sie fuhren los.

»Das Wetter ist ein Zeichen«, sagte der Mann, als sie

in die Durchgangsstraße einbogen. »Der wärmste April seit Jahren.«

»Und was heißt das?« sagte Volker. »Sturmflut? Oder schlechter Fang?«

Der Mann hob kurz die Hände vom Lenkrad. »Schwer zu sagen.« Er schaute zu Ruth hinüber. »Aber Sie kennen das jetzt sicher, ich meine: schlechte Zeichen, gute Zeichen.« Er holte ein weißes Seidentuch aus dem Handschuhfach und reichte es ihr. »Gleich, für den Kopf«, sagte er. »Es ist kaum Wind heute, aber man geht besser auf Nummer Sicher.«

Nach etwa zwei Kilometern fuhren sie in eine Straße, die wieder zum Meer führte, dann unterhalb des Deichs über einen befestigten Weg, der bald vor einem Gatter endete. Der Mann hielt an. »Wir sind da«, sagte er, stieg aus und öffnete die Beifahrertür. »Es war nicht anstrengend?«

Ruth schüttelte den Kopf. Der Mann bog das Gatter zur Seite, ging voraus einen von Gras überwucherten Weg, dann stieg er eine Treppe aus Holzbalken den Deich hinauf. »Sie halten Ihre Frau!« rief er herab, als die beiden ihm folgten. Oben band Ruth sich das Tuch um den Kopf. Der Mann wies aufs Meer hinaus. Es sei jetzt Flut, und ob sie die flachen Felsen direkt am Ufer sähen?

»Sicher«, sagte Volker.

»Das sind die Weissager. Eine Art Orakel für die Leute hier.«

»Ich verstehe nicht«, sagte Volker.

»Passen Sie auf! Es ist ideal heute, kaum Wind und

ruhiger Seegang.« Gerade rollte eine Welle über die Steine, das Wasser lief auf dem dunklen Sand aus und wich zurück. »Jetzt schauen Sie! Da!« Zwischen den Steinen stieg eine Fontäne empor, einen Meter hoch, vielleicht zwei, und mit einem Klatschen, das bis auf den Deich zu hören war, fiel das Wasser zurück.

»Wie ist das möglich?« sagte Volker.

Der Mann zuckte die Schultern. »Etwas Physikalisches«, sagte er. »Die Lage der Felsen, oder sowas. Der Wirt im *Deichgrafen* kann es erklären.«

»Aber warum ist das ein Orakel?« sagte Ruth.

»Da! Schauen Sie!« Wieder war eine Welle über die Steine und zurück gerollt, aber die Fontäne blieb aus. »Man kann es nicht vorhersagen«, sagte der Mann. »Mal passiert es, mal passiert es nicht. Also! Wenn man etwas wissen will, dann zeigt man auf die nächste Welle und sagt, zum Beispiel: Wenn es hochspritzt, wird es ein Junge.« Er lachte. »Aber man muß ehrlich sein. Nur einmal. Und immer vor Zeugen.«

»Muß das sein?« sagte Ruth.

»Warum nicht«, sagte Volker. Er zeigte aufs Meer. »Die Welle da hinten. Seht ihr sie?«

»Ganz genau«, sagte der Mann.

»Fontäne ist Junge, keine Fontäne ist Mädchen. Abgemacht?«

»Abgemacht«, sagte der Mann.

Die Welle kam und ging. Es blieb still. Bei den nächsten beiden Wellen schoß der Strahl in die Höhe.

»Das war eindeutig«, sagte der Mann. »Ich darf

Ihnen gratulieren. Wenn es nach der Mutter gerät, wird es eine Schönheit.«

»Danke«, sagte Volker. Dann sah er auf die Uhr. »Wirklich interessant. Aber wir wollten noch hoch zur Grenze.«

»Selbstverständlich«, sagte der Mann. Sie stiegen den Deich hinunter und fuhren zurück zum Hotel. Volker und Ruth verabschiedeten sich und setzten sich in ihren Wagen. Ruth legte die rote Blume auf das Armaturenbrett, Volker startete den Motor. Auf der Durchgangsstraße mußten sie eine Zeitlang hinter einem langsamen LKW bleiben, bis die Gegenspur frei war zum Überholen. »Was sollte ich denn tun?« sagte Volker, als er wieder rechts einscherte. »Er hat es ja gut gemeint.«

»Weiß ich selbst.« Ruth griff sich an den Kopf. »Mein Gott, ich habe ja noch sein Tuch an.« Sie band es ab und faltete es zusammen. Dann öffnete sie den Mantel und löste den Gürtel um das Kissen.

»Gib es ihm heute abend«, sagte Volker. »Übrigens, laß uns das sonst niemandem sagen, die Sache mit dem Kissen. Ich finde, das geht nur uns beide an. Oder?«

»In Ordnung«, sagte Ruth.

Noch vor Mittag erreichten sie die Grenze, wegen des Ausflugsverkehrs mußten sie eine halbe Stunde warten. In der Grenzstadt machten sie einen Bummel, ein paar Geschäfte hatten geöffnet, die Straßen waren voller Menschen, auf dem Marktplatz stand ein Mann mit einer großen alten Drehorgel, ein Affe lief umher und sammelte Geld in einer Messingdose. An einem Stand aßen Volker und Ruth einen salzigen Hering. Kurz darauf fanden sie das Restaurant, das der Hotelier genannt hatte, dort ließen sie für sechs Uhr einen Tisch reservieren. Bis dahin wollten sie noch aufs Geratewohl durch die Gegend fahren. Später hielten sie dann an einem kleinen Fluß. Ein Fischerboot lag dort auf dem Trockenen, zwei Männer kratzten Algen und Muscheln vom Rumpf. Volker und Ruth setzen sich ins Gras und sahen zu.

»Wo wir wohl in fünf Jahren sind?« sagte Ruth.

»Und erst in zwanzig«, sagte Volker. »Stell dir vor, wir und Silberne Hochzeit. Übrigens, Rainer und Kristin haben im selben Jahr Silberne Hochzeit, wir könnten zusammen feiern.«

»Was du redest!« sagte Ruth. Silberne Hochzeit sei doch nicht wie Geburtstag. Außerdem hätten sie nicht denselben Bekanntenkreis. Oder ob er an seiner Silbernen Hochzeit Leute sehen wolle, die er gar nicht kenne?

»Ich weiß überhaupt nicht, was ich an meiner Silbernen Hochzeit will.« Volker stand auf und zeigte hinüber zu den Männern am Boot. »Ich dachte, so kleine Fischerboote gibt es gar nicht mehr.«

»Du siehst ja, was es hier alles gibt«, sagte Ruth. »Fischerboote, spuckende Felsen, Deichgrafen und alles Mögliche.«

»Wird dein Kleid nicht schmutzig?« sagte Volker.

Ruth fuhr mit der Hand über das Gras. »Total trokken«, sagte sie.

Später machten sie noch in einem kleinen Ort halt und besichtigten die Kirche, in der von der Decke herab ein großes altes Schiffsmodell hing, dann fuhren sie wieder in die Grenzstadt und aßen in dem Restaurant zu Abend. Es gab Fisch in einer scharfen Soße, dazu tranken sie einen herben Wein. Mit der Rechnung brachte der Wirt zwei Gläser gelblichen Rum. Ruth nippte daran und schüttelte sich. Volker trank beide Gläser. Im Dunkeln fuhren sie zurück zum Hotel.

»War das ein schöner Hochzeitstag?« sagte Volker.

Ruth nahm die Blume vom Armaturenbrett und wickelte das Seidentuch um den Stiel. »War es«, sagte sie.

»Wir machen das jetzt jedes Jahr. Einverstanden?«

»Und wenn kein Wochenende ist?«

»Es muß ja nicht genau auf den Tag fallen«, sagte Volker. »Siehst du schon das Schild?«

»Da hinten«, sagte Ruth.

Sie bogen ab, hielten auf dem Parkplatz und stiegen aus. Volker ging voran. Ruth hatte noch die Blume in der Hand, den Mantel trug sie über dem Arm. So traten sie ein. Vor dem Tresen standen der Hotelier, die Frau und der Mann vom Strand.

»Guten Abend«, sagte der Hotelier. Volker grüßte zurück und ging weiter zur Treppe. Ruth blieb in der Tür stehen. Die drei blickten sie an.

»Guten Abend«, sagte Ruth.

Volker war schon auf der Treppe. Jetzt drehte er sich um. »Ach du je«, sagte er. Die drei sahen zu ihm hoch.

Volker hob ein wenig die Arme zur Seite und ließ sie wieder fallen. »So ist das«, sagte er. »Manchmal geht alles ganz schnell.« Er winkte Ruth, aber die blieb in der Tür und hielt den Mantel vors Kleid gedrückt. Volker stieg die Stufen wieder herab. »Es hat auch sein Gutes«, sagte er. »Kinder sind immer ein Risiko. Und die Zeiten sind unsicher.« Am Fuß der Treppe blieb er stehen; die drei am Tresen schwiegen.

»Das ist so«, sagte Volker. »Man trifft eine Entscheidung, und ganz plötzlich kommt alles ins Rollen. Und dann steht man nur noch daneben und sieht zu. Das ist weiß Gott nicht jedermanns Sache. Aber Sie kennen das hier am besten.« Er faßte den Mann vom Strand beim Arm. »Die Sturmfluten zum Beispiel.«

»Können wir bitte fahren«, sagte Ruth. »Sofort!« Dann drehte sie sich um und ging durch die Tür.

»Sie hören es«, sagte Volker. »Man soll Frauen immer nachgeben. Besonders unter solchen Umständen.« Er legte den Zimmerschlüssel auf den Tresen; aus seiner Brieftasche nahm er den Personalausweis und ein paar Geldscheine. »Als Pfand«, sagte er. »Schicken Sie mir bitte alles. Es sind zwei Stücke, ein Koffer und eine Reisetasche.«

»Wie Sie wünschen«, sagte der Hotelier.

Volker trat aus dem Haus, da stand Ruth schon auf dem Parkplatz beim Wagen. »Warte!« rief er ihr zu. »Ich komme.«

Der Pfeiler

An einem Donnerstagmorgen glaubte Dombeck zu bemerken, daß der rechtsrheinisch und flußabwärts stehende Pfeiler der Brücke, über die er zu seinem Büro in die Stadt fuhr, ein wenig schief stand. Eine optische Täuschung, dachte Dombeck und konzentrierte sich auf den dichten Verkehr. Bei der Rückfahrt am Abend war es schon dunkel und der Pfeiler nicht zu erkennen. Dombeck fuhr über die Brücke, blieb bis zur zweiten Ausfahrt auf der Schnellstraße, dann bog er ab; ein paar Kilometer Landstraße waren es bis zu der Neubausiedlung am Rande der kleinen Ortschaft. Er ließ den Wagen vor der Garage, später wollten sie noch ins Kino. Im Haus sprang ihm der Hund entgegen. Dombeck stellte seine Aktentasche an die Garderobe und ging, den Hund neben sich, ins Wohnzimmer. Dort zog er die Schuhe aus und legte sich auf die Couch.

»Wie wars?« rief Dombecks Frau aus der Küche.

»Gut«, sagte Dombeck und hinderte den Hund daran, auf die Couch zu springen. »Essen wir vorher noch?«

»Was denkst du denn«, sagte die Frau.

Dombeck griff nach der Zeitung und entfaltete sie. Der Hund schnappte nach den Seiten. »Asta!« rief

Dombeck. »Laß das jetzt!« Der Hund setzte sich auf die Hinterbeine und legte die Ohren in den Nacken. »Böser Hund«, sagte Dombeck mit tiefer Stimme, »furchtbares, ungezogenes Tier.« Der Hund hielt den Kopf schief und ließ die Zunge seitlich zum Maul heraushängen. »Ursel, komm mal her!« sagte Dombeck im gleichen Ton und ohne sich umzudrehen.

»Was ist?« Die Frau trat hinter die Couch.

»Wie der guckt«, sagte Dombeck. »Wie willst du mit so einem schimpfen?« Er packte den Hund beim Nackenfell und schüttelte ihn. »Ist wieder gut«, sagte er. »Tolpatsch.«

»Du kannst essen kommen.«

Dombeck stand auf und ging hinüber zum Eßtisch. »Kommt Kati dieses Wochenende?« sagte er.

»Ja, aber erst Samstag. Sie hat noch Klausuren.«

»Schön«, sagte Dombeck. Er setzte sich. »Übrigens, heute morgen kam es mir so vor, als würde einer der Pfeiler an der Brücke schiefstehen. Was sagst du dazu?«

»Welcher Pfeiler?«

»Auf der anderen Seite, von hier aus gesehen der linke.«

»Und du bist dir ganz sicher?«

»Unsinn. Ich sage doch, es kam mir so vor. Außerdem ging es zu schnell.« Dombeck nahm von den Roten Beten, die seine Frau ihm zuschob. »Aber die Vorstellung. Ich meine, man liest doch immer mal wieder, daß eine Brücke einstürzt. Und vielleicht sieht man vorher etwas. Irgendein Anzeichen, und keiner merkt was.«

Die Frau sah auf die Uhr. »Laß uns bald fahren«, sagte sie. »Jedenfalls solange die Brücke noch steht.«

Dombeck lachte. »Erzähl bloß Kati nichts davon.«

Als sie wenig später über die Brücke fuhren, beugte die Frau sich zur Windschutzscheibe vor. »Es ist zu dunkel«, sagte Dombeck. »Jetzt sieht man gar nichts.«

Der Film handelte von einem jungen Börsenmakler, der eines Abends eine Abfahrt verpaßt, in das schlimmste Viertel gerät, einen Autounfall verschuldet und schließlich seine Existenz verliert. Nachher gingen Dombeck und seine Frau noch durch eine Einkaufsstraße in der Innenstadt. »Es war ziemlich übertrieben«, sagte Dombeck, als sie vor der Auslage eines Modegeschäftes standen.

»Wieso?« sagte die Frau. »Fand ich nicht.«

»Vielleicht«, sagte Dombeck, »ist im Kino das richtige Leben unglaubwürdig.«

»Interessant. Und woran glaubt man im Leben?«

»Nur an das, was man sieht.«

»Also an den schiefen Pfeiler?«

Dombeck zog seine Frau am Arm. »Schau die Kleider nicht so an«, sagte er lachend. Die Frau machte sich los. »Da, das blaue«, sagte sie und zeigte mit der Hand. »Für den Sommer.«

»Ja«, sagte Dombeck. »Sehr elegant.«

Am nächsten Morgen fuhr Dombeck früher los als sonst. Wie erwartet, geriet er schon vor der Brücke in dichten Verkehr, und bald darauf kam die Fahrzeugschlange ins Stocken. Dombeck konzentrierte sich auf den Pfeiler. Stand er wirklich schief? Anfangs, als er auf die Brücke rollte, war der Eindruck noch stärker als am Vortag, aber je näher er dem Pfeiler kam, desto unsicherer wurde er. Zuletzt stand er fast fünf Minuten auf gleicher Höhe, jetzt war natürlich nichts zu erkennen.

Dombeck schaltete das Radio an, gerade liefen die Nachrichten. Irgendwann stürzt jede Brücke ein, dachte Dombeck. Es dauert natürlich lange, wenn es nicht Krieg gibt. Er erinnerte sich an ein Bild. Auf einer alten Brücke hatten Häuser gestanden, unter dem Gewicht war sie zusammengebrochen. Die Trümmer stauten den Fluß, und die Stadt wurde überschwemmt. Und im Fernsehen hatte er eine Brücke gesehen, die im Sturm hin- und herschwang. Schließlich brach sie in der Mitte durch, und die Stahltrossen schlugen wie Peitschen.

Langsam setzte sich der Verkehr wieder in Bewegung. Kurz hinter der Brücke mündete die Schnellstraße in einen Verteilerkreis, Dombeck fuhr wie jeden Morgen direkt auf die innere Spur. Als er mit einem Fahrzeug auf gleicher Höhe war, das in die dritte Ausfahrt bog, zog er vor ihm auf die äußere Spur und fuhr in die vierte. Wenn das nicht gelang, mußte er eine weitere Runde fahren, wollte er nicht die innere Spur blockieren.

In seiner Abteilung war Dombeck den Morgen über fast alleine; Preker, der Abteilungsleiter, Ernst und

Meschede waren bei Vertragsverhandlungen außer Haus. Auf dem Schreibtisch von Prekers Sekretärin stand ein kleiner, weißer Hase. Dombeck sah ihn im Vorübergehen, blieb stehen und zeigte darauf. »Ist etwa schon Ostern?« sagte er.

Die Sekretärin schwang ihren Stuhl herum. »Der ist aus Seife«, sagte sie. »Den habe ich schon seit Jahren. Heute morgen habe ich ihn ausgepackt, und wenn er noch Haare kriegt, bekommen wir den Auftrag.« Sie beugte sich über den Seifenhasen. »Ich meine, er kriegt schon welche. Was meinen Sie?« Dombeck trat näher heran. Der Hase roch nach Creme oder nach Puder. »Eine Art Gänsehaut«, sagte er.

»Sehen Sie!« Die Sekretärin drehte sich wieder zu ihrer Tastatur. »In drei Stunden wissen wir Bescheid.«

Dombeck ging in den Ablageraum und suchte die Unterlagen zu einem früheren Auftrag zusammen. Es waren fünf Jahre vergangen, und er wollte der Firma ein Angebot zur Modernisierung machen. In seinem Büro schrieb er die Daten heraus und gab sie in ein Computerprogramm, das die Kosten einer Umrüstung berechnete. Dann ließ er sich den Normbrief auf den Bildschirm geben und änderte ein paar Formulierungen.

Gegen zwölf wurde es plötzlich laut im Flur. Dombeck hörte Prekers Stimme heraus; es mußte also gelungen sein. Er blieb hinter seinem Schreibtisch sitzen, bis die Tür zu seinem Büro geöffnet wurde. Preker hielt zwei gefüllte Sektgläser in der Hand, eins reichte er herüber. Hinter ihm traten Ernst und Meschede ein. Dombeck schob seinen Stuhl zurück und stand auf. »Ich will es kurz machen«, sagte Preker und hob sein Glas. Er sah kurz die beiden anderen an, dann wandte er sich an Dombeck. »Du weißt das«, sagte er. »Meschede verkauft Kühlschränke am Nordpol, und Ernst verhandelt mit dem lieben Gott über den Termin fürs Jüngste Gericht. Aber ohne dich wären wir nichts. Wenn uns die Tricks ausgehen, haben wir immer noch deine Zahlen. Das macht uns unschlagbar. Also – auf die vier Musketiere!« Sie stießen an und tranken.

»Umfang?« sagte Dombeck.

»Bitte sprich nicht so«, sagte Preker. »Der Sieg war zu groß, als daß er in Worte zu fassen wäre.«

»Also inklusive allem Service?«

Meschede zog ein Papier hervor und reichte es Dombeck. Der setzte sich, las kurz darin und schlug dann mit der flachen Hand darauf. »Donnerwetter!« sagte er.

Preker leerte sein Glas und stellte es auf den Schreibtisch. »Ab sofort ist hitzefrei«, sagte er. »Ich gehe jetzt und lege mich auf meine Lorbeeren. Wer will, kann hierbleiben und den Profit maximieren.« Er winkte und trat in den Flur, Ernst folgte ihm. »Dienstschluß!« rief er. »Wochenende!« Es gab wieder Stimmengewirr.

Dombeck hatte weiter in dem Vertrag gelesen, jetzt gab er ihn Meschede zurück. »Hast du es auch eilig?« sagte er. Meschede schüttelte den Kopf. »Warum?«

»Weil ich dich was fragen möchte.«

Meschede setzte sich auf die Kante von Dombecks Schreibtisch. »Schieß los«, sagte er.

»Stell dir vor«, sagte Dombeck, »da ist ein Bauwerk, sehr schmal und sehr hoch, mehr eine Art Pfeiler. Und du sollst rauskriegen, ob es gradesteht. Mit ganz einfachen Mitteln. Wie machst du das?«

»Was sind das, einfache Mittel?«

Dombeck zog die Schultern hoch. »Ich weiß nicht«, sagte er. »Was soll ich sagen? Jedenfalls nichts Elektrisches.«

Meschede schnippte mit den Fingern gegen den Vertrag. »Kein Problem«, sagte er. »Raufsteigen und ein Lot runterlassen.«

»Geht nicht«, sagte Dombeck. »Raufsteigen ist zu gefährlich.«

»Sag mal, ist das ein Quiz?« rief Meschede. »Wenn ja, klär zuerst die Bedingungen.«

»Kein Quiz. Denk nach!«

Meschede drückte sich vom Schreibtisch weg. »Wasserwaage«, sagte er. »Sonst fällt mir nichts ein, beim besten Willen. Aber jetzt sag schon, was steht denn schief?«

»Nichts«, sagte Dombeck. »War nur so eine Idee.« Er stand auf. »Ich denke, ich fahre auch nach Hause. Grüß Cordula und die Kinder.«

»Du auch«, sagte Meschede.

Vor dem Bürohaus überlegte Dombeck kurz, dann fuhr er zu einem Baumarkt auf der anderen Seite der Stadt. In der Werkzeugabteilung sah er sich eine Zeitlang um; als kein Verkäufer kam, ging er zur Kasse und bat um Bedienung. Ein Mann wurde über Mikrophon ausgerufen. »Ich hätte gern eine Wasserwaage«, sagte Dombeck zu dem Mann. Der wies mit dem Kinn auf eines der Regale. Wasserwaagen seien da.

»Ich weiß«, sagte Dombeck. »Aber ich möchte eine viel größere Wasserwaage, vielleicht die größte, die es gibt.« Aber er kenne sich natürlich nicht aus.

Der Mann ging zu dem Regal und nahm eine Wasserwaage vom Haken. »Das ist die größte«, sagte er. »Einszwanzig lang, Metallkante zum Anreißen, doppelte Anzeige, Abweichung ein Grad auf fünfzig Meter.«

»Und Sie sind sicher, daß es keine größere gibt?«

Der Mann zuckte mit den Achseln. Er hängte die Wasserwaage zurück und ging zu einem kleinen Büro. Dombeck folgte ihm. Der Mann zog einen Aktenordner hervor und blätterte darin. Dabei schüttelte er den Kopf. Schließlich tippte er mit zwei Fingern auf eine Seite. »Hier«, sagte er. »Sondermodell, zweivierzig lang, Abweichung eins komma zwei Grad auf hundert Meter.« Er schlug den Aktenordner zu. »Aber das führen wir nicht. Das wird ganz wenig gefragt. Praktisch nie.«

Dombeck war in die Tür zum Büro getreten. »Könnten Sie es nicht bestellen?«

Der Mann schlug den Ordner wieder auf, hielt die Seite mit der linken Hand, blätterte mit der rechten weiter und fuhr dann mit dem Zeigefinger eine Zahlenkolonne herab. Er pfiff durch die Zähne. »Das kommt Sie teuer«, sagte er und nannte den Preis. »Plus Mehrwertsteuer.«

»Wann ist sie da?« sagte Dombeck.

Der Mann sah auf die Uhr. »Ich geb es heute noch raus. Vielleicht schon Anfang nächster Woche. Am besten, Sie rufen an. Übrigens brauche ich eine Anzahlung.«

»Selbstverständlich«, sagte Dombeck.

Den Freitagnachmittag über arbeitete Dombeck im Garten. Er hatte seiner Frau von dem Auftrag erzählt, dann hatte er sich umgezogen. Er wolle die zwei Tannen fortschaffen, die im Winter eingegangen waren. Zuerst schnitt er die Zweige ab und steckte sie in Jutesäcke, dann sägte er den Stamm in Stücke, und schließlich grub er die Wurzeln aus.

»Was willst du jetzt hinstellen?« sagte die Frau, als er fertig war.

»Ich weiß nicht«, sagte Dombeck. »Vielleicht Rhododendren.« Die Tannen seien ein Fehler gewesen. Sowas gehöre in den Wald. Im Garten müsse es den ganzen Frühling über blühen, sagte er, mal hier was, mal da was. Danach sollte man aussuchen.

»Wir können abendessen«, sagte die Frau. Dombeck wusch sich und zog einen Jogginganzug an. »Übrigens, Preker wird größenwahnsinnig«, sagte er, als er sich zu Tisch setzte.

»Aber ich denke, ihr habt den Auftrag bekommen?«

»Das ist es nicht«, sagte Dombeck. »Die Abteilung steht sehr gut da. Aber Preker will mehr, verstehst du?«

»Nein.«

Dombeck machte eine Handbewegung. »Es geht ihm nicht um Geld«, sagte er. »Auch nicht um Macht. Aber er will etwas sein.« Er hielt inne. »Ein Mann mit Stil. Er will große Auftritte.« Dombeck öffnete eine Flasche Bier. »Und das in seinem Alter. Er ist fünfundvierzig.«

»Du bist nicht viel älter«, sagte die Frau.

»Habe ich Stil?« sagte Dombeck und zog an seinem Jogginganzug. Die Frau lachte. »Siehst du«, sagte er. »Wann genau kommt Kati?«

»Um elf. Holst du sie vom Bahnhof ab?«

»Mach ich«, sagte Dombeck.

Am nächsten Morgen stand er auf dem Bahnsteig. Als der Zug einfuhr, sah er Kati hinter einer Tür stehen, der Wagen fuhr an ihm vorbei, und Dombeck lief ihm nach. Kati war schon ausgestiegen und fiel ihm um den Hals. »Na?« sagte er. »Wie lange kannst du bleiben?«

»Bis Montag«, sagte Kati. »Können wir kurz in die Stadt? Ich brauch noch Sachen.«

Sie gingen Arm in Arm durch den Bahnhof, packten Katis Rucksack ins Auto und bogen in eine Einkaufsstraße. In einem Kaufhaus ging Kati rasch durch die Wäscheabteilung, von den Tischen nahm sie ein paar Stücke und trug sie zur Kasse.

Dombeck war ihr gefolgt. »Mußt du das nicht vorher anprobieren?« sagte er.

»Nein. Wieso?«

»Ich dachte«, sagte Dombeck. »Ich hätte dann vor

der Kabine sitzen können, und die Leute hätten geglaubt, ich bin ein alter Playboy, der seine Freundin aushält.«

»Papa!« sagte Kati. Sie zog ihr Portemonnaie hervor und begann darin zu kramen.

»Laß«, sagte Dombeck. »Ich mache das. Vielleicht glauben sie es so.«

Im Auto erzählte Kati von ihren Klausuren. Es sei so lala gegangen. Wie es denn Mutti gehe?

»Gut«, sagte Dombeck. »Wir waren vorgestern im Kino.« Sie hatten gerade den Verteilerkreis passiert und waren auf dem Weg zur Brücke. »Sieh dir bitte mal den Pfeiler da an«, sagte Dombeck. »Steht der schief oder grade?«

»Der Pylon? Welcher?«

»Der erste rechts.« Schon fuhren sie daran vorbei.

»Grade, denke ich«, sagte Kati. »Warum?«

»Nur so«, sagte Dombeck. »Mir kam es letzthin mal so vor, als stünde er schief.«

Kati sah sich um. »Vielleicht muß er sogar schiefstehen, wegen der Statik.«

Dombeck schlug auf das Lenkrad. »Mein Gott! Das hatte ich ganz vergessen. Du bist ja Fachfrau.«

Kati boxte ihn gegen die Schulter. »Mensch!« rief sie. »Laß das! Ich bin im ersten Semester.«

»Und Brücken habt ihr noch nicht durchgenommen?«

Kati lachte. »Nein, Brücken kriegen wir nächste Woche.«

»Hängebrücken?« sagte Dombeck.

»Hängebrücken, Bogenbrücken, Stahlbrücken, Holzbrücken, Pontonbrücken.«

»Schon gut.« Dombeck lachte. Bald darauf bogen sie in die Landstraße ein. »Übrigens«, sagte Dombeck, »sag bitte Mutti nichts davon, ja?«

»Ich verstehe«, sagte Kati. »Du triffst dich an dem Pfeiler mit deiner Geliebten, und ihr überlegt, ob ihr zusammen ins Wasser springen sollt. Ist es so?«

»Leider ja«, sagte Dombeck. »Ich hätte es nicht erwähnen sollen.«

Kati legte ihre rechte Hand auf die Brust. »Ich schweige wie ein Grab. – Und wie geht es Asta?«

Am selben Abend saßen Dombeck und seine Frau zusammen vor dem Fernseher. Kati besuchte eine Schulfreundin.

»Ich habe ganz vergessen zu fragen, was der Pfeiler macht«, sagte Dombecks Frau. »War er schon schiefer als vorgestern?«

»Das wird sich zeigen«, sagte Dombeck.

»Wie?« sagte die Frau. »Willst du untätig zusehen, bis er umfällt? Das ist ja verantwortungslos.«

»Still«, sagte Dombeck. »Vielleicht hören wir den Krach bis hierher.«

»Wieso Krach?« sagte die Frau. »Wenn er ins Wasser fällt, kracht es doch nicht. Es klatscht eher.«

Dombeck stand auf. »Nein nein«, sagte er. »Zuerst fällt natürlich der Pfeiler in den Fluß, wahrscheinlich knickt er direkt über der Straße ab. Und der klatscht aufs Wasser, das stimmt, aber das hört man nicht bis hier.«

»Was denn dann?«

»Wart ab«, sagte Dombeck. »Zugleich haben sich nämlich die Stahltaue losgerissen, das knallt vielleicht, jedenfalls hören wir es auch nicht. Schließlich kommt die ganze Brücke aus dem Gleichgewicht.« Er hielt die Handflächen übereinander. »Die Stahlbetonschichten verschieben sich, und die T-Träger werden krumm. Zuerst gibt es einen Riß auf Höhe des umgefallenen Pfeilers, und das Mittelteil kommt ins Rutschen. Dadurch wird an den Pfeilern, die noch stehen, die Spannung immer größer, bis es auch da bricht. Das wird einen gewaltigen Krach geben. – Und das hört man bis hier. Wenigstens wenn Nacht ist.«

»Du kannst einem richtig angst machen«, sagte Dombecks Frau.

»Ist nur so gesagt.« Dombeck griff zur Fernbedienung und schaltete den Fernseher aus. »Es gibt Ämter dafür«, sagte er. »Und Ingenieure, die die Brücken prüfen. Die großen alle halbe Jahre, die kleineren vielleicht alle zwei. Sie führen Buch darüber, und am Schluß kleben sie eine Plakette auf die Pfeiler: Kein Anzeichen von Steinfraß. Nächste Untersuchung am soundsovielten. Gezeichnet Sowieso.«

»Steinfraß? Gibt es das?«

»Frag unsere Tochter«, sagte Dombeck. »Die studiert das.« Er gab dem Hund ein Zeichen. »Los! Hier sitzen ist blöd. Wir gehen nochmal mit dem Hund durchs Dorf. Spätestens Weihnachten wird Preker eine Gehaltserhöhung durchsetzen. Wir könnten schon mal überlegen, wofür wirs ausgeben. Vielleicht für blaue Kleider.«

»Ich komme«, sagte Dombecks Frau.

Sie gingen durch die Siedlung in den Ortskern. Im Gasthaus gegenüber der Kirche tranken sie ein Bier, der Hund lag dabei ruhig unter dem Tisch. Dann gingen sie langsam zurück.

»Ich stelle mir das so vor«, sagte Dombeck. »Preker wird demnächst nach Amerika fahren oder nach Japan oder sonstwohin. Dann wird er wiederkommen und uns von irgendwelchen Gesprächen erzählen. Er wird Knall auf Fall kündigen, eine eigene Firma aufmachen und uns überreden mitzutun. Wir nehmen natürlich ein paar Kunden mit. Anfangs klappt alles, was wir anfassen, und dann kommen die Probleme. Eine Zeitlang geht es auf und ab, schließlich macht ein Großkunde Pleite und wir gleich mit.«

»Das klingt aber schrecklich.«

»Du wirst sehn«, sagte Dombeck. Sie hatten gerade die Einmündung zur Siedlung erreicht. Dombeck wies auf das freie Eckgrundstück. »Weißt du noch?« sagte er. »Wie wir überlegt haben, das zu kaufen? Vielleicht kann Kati da ihr erstes Haus bauen.«

»Für wen?«

Dombeck machte ein paar Schritte auf das Grundstück. Bald stand er vor hohem Gestrüpp. Der Hund war ihm gefolgt und gleich im Dunkeln verschwunden. »Nur so«, sagte Dombeck. »Als Werbung. Es müßte natürlich etwas Auffälliges sein.«

»Der Hund«, sagte die Frau vom Bürgersteig her.

Dombeck sah sich um. »Hier kommt der ganze Durchgangsverkehr vorbei. Vielleicht könnten wir selbst darin wohnen. Und wenn einer sich interessierte, würden wir ihm alles zeigen.« Er ging zurück zum Bürgersteig.

»Ich finde es ganz nett, wie wir jetzt wohnen«, sagte Dombecks Frau. Sie ließ den Haken der Hundeleine klingeln. »Asta!« Der Hund bellte irgendwo. »Asta, komm!« rief Dombeck. Mit langen Sätzen sprang das Tier auf sie zu. »Wie der aussieht«, sagte Dombecks Frau. »Ganz naß. Jetzt müssen wir noch eine Runde gehen.«

Am Montagmorgen brachte Dombeck Kati zum Bahnhof. Im Auto erzählte sie von einem Jungen aus dem Seminar und daß sie für den Sommer eine Radtour nach Burgund planten. »Wir sehen uns die romanischen Kirchen an«, sagte sie. »Wir fahren immer morgens und bleiben dann über Nacht.«

»Wir?« sagte Dombeck. Und das erfahre er so nebenbei?

»Es ist nichts Ernstes«, sagte Kati. Und mitfahren würden auch noch andere.

»Auf deinem Kinderrad kommst du nicht mal bis zur Grenze«, sagte Dombeck.

Ja, sagte Kati, daran habe sie auch schon gedacht. Vielleicht könne sie demnächst in einer Kneipe jobben.

»Laß das«, sagte Dombeck. »Mach du nur dein Studium und warte, was dir der Osterhase bringt.«

Kati drückte seinen Arm. Vor dem Bahnhof stieg sie aus. Sie legte den Rucksack an, lief zum Hauptportal und winkte von da zurück.

Im Büro empfing Prekers Sekretärin Dombeck auf dem Flur. Preker lasse ausrichten, er komme heute nicht. Er habe Geschäftsbesuch, und den führe er durch die Stadt.

»Ach ja?« sagte Dombeck. Dann setzte er sich wieder über das Modernisierungsangebot. Er prüfte noch einmal die Zahlen, ließ sich das Anschreiben auf den Monitor geben und las es durch. Er fand es jetzt zu aufdringlich. Und zu lang. Weniger Argumente und mehr Nachdruck, dachte er. Die Zahlen für sich sprechen lassen. Er löschte ein paar Sätze, rückte zwei Absätze auseinander und fügte eine kleine Tabelle mit einer Kostenaufstellung ein. Dann ließ er alles ausdrucken und brachte es der Sekretärin. »Bitte heute noch raus«, sagte er.

Wieder in seinem Büro, zog er die Anzahlungsquittung aus der Brieftasche und wählte die Nummer des Baumarktes. Es dauerte, bis er verbunden war. »Nein«, sagte jemand, eine Wasserwaage könne noch nicht da sein. Es sei ja erst Montag. Aber Genaues wisse er nicht.

»Sie sagten: Anfang der Woche. Ich sprach doch mit Ihnen, oder?«

Am anderen Ende wurde laut gerufen.

»Hören Sie noch?« sagte Dombeck.

»Moment eben.« Dann war eine andere Stimme in der Leitung. »Hören Sie? Waren Sie das mit der Wasserwaage?«

»Ja«, sagte Dombeck.

»Ja, das war so. Ich hab die gar nicht bestellt, weil, wir hatten noch eine. Nicht genau dieselbe, nur von einer anderen Firma. Aber ich wollte dann keine bestellen, die gehen nämlich so schlecht, verstehen Sie?«

»Wann kann ich sie abholen?« sagte Dombeck.

»Ja. – Jetzt.«

»Danke«, sagte Dombeck und hängte ein. Kurz darauf brachte Prekers Sekretärin ein Schreiben. »Von der HaKa-Bank«, sagte sie. »Preker meinte, das müsse zu Ihnen.«

»Das ging aber schnell«, sagte Dombeck. Er öffnete den Umschlag und überflog die Seiten. Dann sah er wieder auf. »Die brauchen noch Informationen«, sagte er. »Also bitte, bringen Sie mir die Unterlagen.«

Gegen sechs verließ Dombeck das Büro und fuhr zu dem Baumarkt. Eine junge Frau an der Kasse wußte von keiner Wasserwaage. Vielleicht stehe die noch im Lager, da hinten. Dombeck öffnete eine Tür, auf der *Eintritt nur für Personal* stand; hier war niemand. Die junge Frau an der Kasse unterhielt sich jetzt mit einem Mann, der einen weißen Kittel über dem Anzug trug. Dombeck sprach ihn an. Es war der Geschäftsführer.

»Hören Sie bitte«, sagte Dombeck. »Ich habe am Freitag hier eine Wasserwaage bestellt. Und das unter Umständen, die beklagenswert sind. Jetzt weiß keiner, wo sie ist, und ich werde durchs Gebäude geschickt. Tun Sie bitte umgehend alles, damit ich Ihr Haus guten Gewissens weiterempfehlen kann.« Er zog seine Brieftasche, nahm die Anzahlungsquittung heraus und legte sie neben die Kasse.

»Moment«, sagte der Geschäftsführer. Er ging und kam nach einigen Minuten mit der in Packpapier gewickelten Wasserwaage zurück. »Die war irrtümlich an die Auslieferung gegeben worden«, sagte er.

»Ihre Interna gehen mich nichts an«, sagte Dombeck und zahlte den Restbetrag. Draußen öffnete er am Auto das Schiebedach und stellte die Wasserwaage von oben in den Fußraum vor dem Beifahrersitz. Sie ragte weit zum Dach hinaus. Dombeck band ein Handtuch darum und ließ sie vom Schiebedach festklemmen. Es wurde dunkel, als er in der Ortschaft ankam. Er hielt an der Einmündung zur Siedlung; als er niemanden auf der Straße sah, nahm er die Wasserwaage, trug sie auf das leere Grundstück und legte sie ins hohe Gestrüpp.

Zu Fuß ging Dombeck zum Haus. An der Tür sprang ihm der Hund entgegen. Dombeck zog die Schuhe aus und legte sich auf die Couch.

»Wie wars?« rief die Frau aus der Küche.

»Gut«, sagte Dombeck. Der Hund wollte zu ihm hinauf. »Preker war nicht da. War weg. Mit irgendeinem ominösen Kunden.«

»Tatsächlich?«

Dombeck antwortete nicht. Bis zum Abendessen las er in der Zeitung. »Weißt du eigentlich, daß Kati im

Sommer mit einem Jungen in Urlaub fährt?« fragte er bei Tisch.

»Sie hat es dir also gesagt?«

»Ich verstehe«, sagte Dombeck. Er solle sich nicht aufregen, sagte die Frau. Es führen auch noch andere mit. Dann aßen sie schweigend.

Später stieg Dombeck hinunter in den Keller. Nach einigem Suchen fand er die Taschenlampe unter dem Werkzeug; die Batterie war leer. Er fluchte leise. Im Schlafzimmer nahm er die Batterie aus dem Wecker, sie paßte. Dann holte er die Hundeleine von der Garderobe und klingelte mit dem Haken. »Ich geh noch mit Asta um die Ecke!« rief er und zog seine Winterjacke an. Der Hund sprang schon an ihm hoch. Dombeck ging zum Auto. Er ließ den Hund hinein und holte die Wasserwaage vom Grundstück. Das Packpapier war feucht geworden, es machte braune Flecken in das Handtuch, als Dombeck die Wasserwaage wieder ins Schiebedach klemmte. Er fuhr los; etwa hundert Meter vor der Brücke parkte er den Wagen in einer Haltebucht für Busse. Er holte die Wasserwaage aus dem Schiebedach, nahm den Hund kurz an die Leine und ging auf die Brücke.

Über den Fluß hinweg, stromaufwärts, sah Dombeck die Stadt liegen. In den Bürohochhäusern war noch Licht, die roten Leuchten am Sendeturm zeigten Stunden und Minuten. Stromabwärts sah er die blinkenden Scheinwerfer der Passagiermaschinen im Landeanflug. Als Dombeck das zweite Pfeilerpaar erreicht hatte, überquerte er die Straße und band die

Hundeleine an das Brückengeländer. Dann wickelte er die Wasserwaage aus dem aufgeweichten Papier. Er schaltete die Taschenlampe ein und wieder aus. Es war wenig Verkehr auf der Brücke. Dombeck trat auf den Pfeiler zu, der gleich neben dem Geländer, meterdick und eingefaßt mit Rosten, durch den Gehsteig ragte. Er strich mit der Hand über das kalte Metall. Dann setzte er die Wasserwaage an, schaltete die Lampe ein und hielt den Lichtstrahl auf das Glasröhrchen mit der grünlichen Flüssigkeit. Die Luftblase lag exakt zwischen den beiden Markierungen. Er versuchte es an einer anderen Stelle. Das gleiche Resultat.

Dombeck trat ein paar Schritte zurück. In einer Höhe von etwa drei Metern über dem Gehsteig schien der Pfeiler seine Form zu wechseln. War er dort nicht eher rund? Dombeck sah über das Geländer hinunter ins Wasser. Er stellte die Wasserwaage hochkant gegen den Pfeiler, dann steckte er die Taschenlampe in seine Jackentasche, stieg auf das Geländer, lehnte sich gegen den Pfeiler und zog die Wasserwaage langsam zu sich hoch. Der Hund bellte und zog an der Leine.

»Platz, Asta«, sagte Dombeck. Die Brust gegen den Pfeiler gedrückt, holte er die Taschenlampe hervor. Schweiß lief ihm aus den Achseln und an den Seiten hinunter. Mit der linken Hand legte er die Wasserwaage an, so hoch er konnte, mit der rechten leuchtete er darauf. Die Luftblase war nicht zu erkennen. »Mist«, sagte Dombeck laut.

»Hallo!« sagte eine Männerstimme.

Dombeck beugte sich vorsichtig zur Seite und sah um den Pfeiler herum in Richtung Fahrbahn. Halb auf dem Gehsteig stand ein Polizeiauto. Einer der Polizisten war ausgestiegen, der andere saß auf dem Beifahrersitz und sprach in ein Mikrophon.

»Kann ich mit Ihnen reden?« sagte der Polizist auf dem Gehsteig. »Kann ich näherkommen?«

Dombeck wollte lachen. Er sah hinunter und spürte einen leichten Schwindel. »Nehmen Sie bitte die Wasserwaage«, sagte er leise.

»Welche Wasserwaage?« sagte der Polizist und trat einen Schritt näher.

Dombeck hatte jetzt eine Wange an den Pfeiler gedrückt. Er winkte mit der Taschenlampe. Der Polizist kam schnell heran, nahm die Wasserwaage und legte sie auf den Boden. »Ich helfe Ihnen runter«, sagte er. Dombeck ließ sich langsam in die Knie gleiten, den Oberkörper noch immer eng am Pfeiler. Der Polizist griff ihn mit beiden Händen, Dombeck löste sich und fiel ihm entgegen. Rasch war er wieder auf den Beinen. Er schaltete die Taschenlampe aus und steckte sie ein.

»Sind Sie in Ordnung?« sagte der Polizist.

Dombeck nickte. Der Hund bellte wieder, Dombeck strich ihm über den Kopf. »Ist gut, Asta«, sagte er. »Alles gut.«

»Ich muß Sie fragen, was Sie hier getan haben«, sagte der Polizist. »Am besten, Sie kommen mit zur Wache.«

»Natürlich«, sagte Dombeck. Er löste die Leine vom Geländer und ging zu dem Polizeiauto.

»Ihre Wasserwaage!«

Dombeck schüttelte den Kopf, er könne sie später holen. »Nein«, sagte der Polizist, die müsse schon mit. Er hob sie auf, und während Dombeck auf dem Rücksitz Platz nahm, den Hund neben sich auf dem Boden, versuchten die beiden Polizisten, die Wasserwaage zu verstauen. Schließlich ließen sie sie zum Seitenfenster hinausragen.

»Ich habe den Schiefstand des Pfeilers gemessen«, sagte Dombeck, als sie anfuhren.

»Sie müssen jetzt keine Aussage machen«, sagte der erste Polizist. »Wir schreiben gleich ein Protokoll.«

Eine halbe Stunde später saß Dombeck mit dem Hund in einem kleinen Büro im Keller der Wache. Der erste Polizist hatte einen Protokollbogen in die Schreibmaschine gespannt und Dombecks Personalien aus dem Ausweis abgeschrieben. Jetzt sah er hoch.

»Also noch einmal«, sagte er. »Sie haben auf Ihren Fahrten zur Arbeit festgestellt, daß der betreffende Brückenpfeiler schiefsteht.«

»Ich hatte die Vermutung«, sagte Dombeck. Der Polizist schrieb mit zwei Fingern. Und heute abend habe er eine Messung vornehmen wollen? Dombeck bejahte. Aber die habe nichts ergeben, sagte der Polizist und schrieb weiter; dann sah er auf. Die Wasserwaage werde übrigens gerade untersucht. Wenn damit etwas nicht stimme, fänden sie es heraus. Er solle sich das rechtzeitig klarmachen.

»Es ist eine Wasserwaage«, sagte Dombeck. »Sie hat Überlänge. Sie mißt eine Abweichung von eins komma zwei Grad auf hundert Meter.« Er hob die Hände. »Bitte, ich habe nichts Verbotenes getan, und ich stehe gerne Rede und Antwort. Aber wir dürfen uns nicht lächerlich machen.«

Der Polizist nickte. Dann wurde die Tür geöffnet, und der zweite Polizist trat mit der Wasserwaage in den Raum. »Nichts«, sagte er und lehnte sie an den Schreibtisch. »Offensichtlich ganz neu.« Dombeck zog seine Brieftasche und reichte dem ersten Polizisten die Quittung. »Heute gekauft«, sagte er. Die Polizisten sahen auf das Papier. »Kostet ja ein Vermögen«, sagte der erste.

Der Hund begann unruhig zu werden. Dombeck streichelte seinen Kopf. »Was machts«, sagte er. »Oder wüßten Sie eine bessere Methode? Ich meine, ohne hinaufzusteigen und ohne elektrisches Gerät.«

Die Polizisten sahen einander an. Der erste zog den Protokollbogen aus der Schreibmaschine, überflog ihn, reichte ihn Dombeck und zeigte auf die Stelle, an der er unterschreiben solle. Dombeck unterschrieb. »Danke«, sagte er und gab das Protokoll zurück. Der Polizist legte es in einen flachen, grünen Kasten. »Sollen wir Sie zur Brücke fahren?« sagte er.

Dombeck schüttelte den Kopf, er werde ein Taxi nehmen. Er stand auf, der Hund sprang an ihm empor.

»Vergessen Sie Ihre Wasserwaage nicht«, sagte der zweite Polizist. Dombeck nahm sie, verabschiedete sich und ging zu Fuß in die Innenstadt. Vor einem Neubau blieb er stehen. Er sah sich um, dann drückte er sich durch die Absperrgitter und lehnte die Wasserwaage gegen eine frisch verputzte Wand. Die Bauarbeiter müßten sie gleich am Morgen finden. Dombeck stellte sich vor, wie sie rätseln würden, wem sie gehörte. Am Ende würde vielleicht einer sie nehmen und seinen Namen mit einem Nagel in das Metall ritzen. Ein paar Straßen weiter hielt Dombeck ein Taxi an und ließ sich zu seinem Wagen fahren. Als er nach Hause kam, lag seine Frau schon im Bett. Sie schaltete die Nachttischlampe ein und richtete sich auf.

»Wo warst du so lange?« sagte sie.

Dombeck setzte sich auf seine Seite des Bettes und zog die Schuhe aus. Der Wecker stand noch auf halb acht. »Ich war mit Asta auf der Brücke«, sagte er. »Wir haben den Pfeiler ausgemessen.«

Die Frau lachte. »Und?« sagte sie. »Wie steht er?«

»Gerade«, sagte Dombeck. »Absolut gerade.«

Montage

Als ihm die Zeit zu lange wurde, nahm Keßböhmer, der von einer Montage aus Italien zurückfuhr, einen Anhalter mit. Es war Nacht, und er hatte den Mann erst im letzten Moment gesehen, als er in einem Autobahnkreuz langsam die Auffahrt hinuntergerollt war. Sie fuhren dann lange schweigend. Der Anhalter hatte seinen Rucksack auf die Rückbank gelegt, und bald schien er eingeschlafen.

In der Dämmerung erreichten sie die Alpen. Es versprach ein warmer Tag zu werden; Keßböhmer ließ an einer Raststätte auftanken, er kaufte etwas Proviant und zwei Büchsen Mineralwasser. Als er zum Wagen zurückkam, war der Anhalter aufgewacht. Sie wechselten ein paar Worte, kurz darauf schlief der Mann wieder ein. Zwei Stunden später, ein paar Kilometer vor einer Abfahrt, faßte ihn Keßböhmer bei der Schulter. »Hallo!« sagte er.

Der Anhalter drehte den Kopf herum.

»Ich fahre die Paßstraße«, sagte Keßböhmer. Das dauere etwas länger, sei aber die schönere Strecke, und nach seiner Erfahrung an den Samstagen ziemlich frei.

»Nichts einzuwenden«, sagte der Anhalter. Er löste den Gurt und beugte sich zwischen den Vordersitzen nach hinten zu seinem Rucksack, zog eine Schachtel Zigaretten heraus und zündete sich eine an. »Ich darf doch?« sagte er.

»Sicher«, sagte Keßböhmer. »Aber Sie sollten was essen.«

»Zu früh«, sagte der Anhalter und bot eine Zigarette an.

»Abgewöhnt.«

»Na prima«, sagte der Anhalter.

Gegen zehn, etwa auf halber Höhe die Serpentinen den Paß hinauf, glaubte Keßböhmer zu bemerken, daß der Wagen nach rechts zog. Er ließ einmal probeweise auf einer Geraden das Lenkrad los, und beinahe wäre der Wagen in die Leitplanke ausgebrochen. »Da stimmt was nicht«, sagte Keßböhmer.

»Platten?«

»Vielleicht«. Keßböhmer schaute nach einer Haltebucht, das Lenkrad hielt er jetzt fest in beiden Händen.

»Da vorne«, sagte der Anhalter, und dann hielten sie auf einem schmalen Schotterstreifen vor einer langgezogenen Kurve, so nahe am Abhang, daß die Beifahrertür nicht zu öffnen war. »Moment nur«, sagte Keßböhmer. Er stieg aus und legte sein Jackett auf den Fahrersitz, dann ging er um den Wagen; der vordere rechte Reifen hatte deutlich an Luft verloren.

Vor der Haube stehend, machte Keßböhmer ein Zeichen; hier könne er nicht wechseln. Dann wies er auf die gegenüberliegende Straßenseite. Er wolle nur kurz austreten. Der Anhalter nickte. Keßböhmer überquerte die Straße, sprang über einen Graben und stieg einen schmalen, steinigen Pfad empor, ein ganzes Stück, bis er endlich hinter ein paar niedrigen Sträuchern Halt fand. Dort schlug er sein Wasser ab, den Rücken zur Straße. Blöde, sowas, dachte er, aber kein Grund, sich zu ärgern. Den Reservereifen hatte er kürzlich noch kontrolliert, und wenn er nicht in einen Stau käme, könnte er am frühen Nachmittag zu Hause sein. Er öffnete jetzt seine Hose am Bund und steckte das Hemd neu hinein; am Rücken klebte es ein wenig an der Haut. Besonders freute er sich natürlich auf die Jungen. Kurz nach der Geburt des zweiten hatte er die Montagen begonnen, das waren jetzt knapp drei Jahre; seitdem sah er die beiden ganz unregelmäßig, und oft für ein paar Wochen gar nicht. Diesmal hatte er ihnen aus Italien die Trikots aller großen Fußballvereine mitgebracht.

Keßböhmer drehte sich um und sah hinunter. Der Anhalter war an der Fahrerseite aus dem Wagen gestiegen, den Rucksack hatte er an die hintere Tür gelehnt, gerade zog er einen Reißverschluß hoch. Keßböhmer machte einen Schritt, er mußte achtgeben, daß er nicht gleich abrutschte. Da hörte er ein grelles Hupen. Von der Bergseite her fuhr mit schrill quietschenden Reifen ein großer Tanklaster heran, in der Kurve war er schon halb auf der Gegenfahrbahn; jetzt scherte er noch weiter aus, und ohne zu bremsen prallte er auf Keßböhmers Wagen. Beide brachen sie durch die Leitplanke, es gab einen furchtbaren Knall. Der Rucksack des Anhalters wurde ein paar Meter hochgeschleudert und kam mitten auf die Fahrbahn zu liegen.

Eine Sekunde glaubte Keßböhmer, es sei jetzt ganz still. Dann folgten in kurzem Abstand starke Explosionen; er zählte mit, es waren sechs, eine Pause, dann noch einmal drei. Keßböhmer ließ sich auf die Steine herab, und mit Händen und Füßen gegenhaltend, rutschte er hinunter zur Straße. Er griff den Rucksack und zog ihn zum Graben auf der Bergseite, dann ging er vorsichtig über die Straße bis dahin, wo die Leitplanke aufgerissen war und mit den Kanten über den Abhang ragte. Er sah hinunter. Da lagen die beiden Wracks, und rundum brannte auf ein paar Dutzend Metern der Boden. Keßböhmer spürte eine große Hitze aufsteigen; er mußte den Kopf zurückziehen. Kein Zweifel, da war nichts mehr zu retten. Er holte den Rucksack aus dem Graben; wieder an der Leitplanke, wollte er ihn öffnen, da hielt neben ihm, vom Tal her gekommen, ein Auto an. Der Fahrer stieg aus, sah kurz hinunter und begann, auf Keßböhmer einzureden.

»Non parlo italiano«, sagte Keßböhmer. »Io tedesco.«

»Ah!« sagte der Italiener. »Polizia! Ambulanza!«

»Si«, sagte Keßböhmer. Dann schüttelte er den Kopf. »No.«

Der Italiener lief zu seinem Auto zurück und winkte Keßböhmer einzusteigen. »Avanti!« rief er. Keßböhmer nahm den Rucksack; und so schnell es ging fuhr der Italiener die Serpentinen hinunter ins Tal, dabei sprach er vor sich hin. Keßböhmer schwieg. Um ein Haar wäre ich jetzt tot, dachte er. Er versuchte sich vorzustellen, was er noch wahrgenommen hätte, aber das war unmöglich. Vielleicht ging es sogar zu schnell, um überhaupt noch Schmerz zu spüren.

Der Italiener hupte, ein Kleinwagen vor ihnen fuhr eng an den Hang heran, und der Italiener überholte. Finanziell, dachte Keßböhmer, würde er gut davonkommen, es war immerhin eine Dienstreise gewesen, zum mindesten bekäme er einen neuen Wagen. Dann überlegte er, wie er es zu Hause sagen sollte. Vielleicht wäre es gut, wenn er gar nicht erst anriefe. Am Telephon klingt alles ganz falsch, und man macht sich viel mehr Sorgen als nötig.

Im ersten Ort hielt der Italiener vor einer kleinen Polizeistation. Er sagte etwas, das Keßböhmer nicht verstand, und ging hinein. Es dauerte, und als es Keßböhmer zu heiß in dem Wagen wurde, stieg er aus; dabei wurde ihm ein wenig schwindlig. Er sah sich um, gleich gegenüber lag ein Staßencafé. Den Rucksack halb über dem Rücken ging er hinüber, setzte sich und bestellte ein Mineralwasser. Es wurde gerade gebracht, da trat der Italiener aus der Polizeistation. Er rief etwas über die Straße, und Keßböhmer wollte aufstehen, da stieg der Italiener wieder in den Wagen und fuhr davon. Von irgendwoher waren jetzt Polizeisirenen zu hören.

Keßböhmer lachte leise. Die würden ihn am Ende hier vergessen! Dabei hatte er nichts, Geld und Papiere waren in seinem Jackett gewesen. Fabelhaft! Er trank von seinem Mineralwasser, dann zog er den Rucksack zu sich und öffnete ihn. Es schien nur Wäsche darin, Keßböhmer wollte nicht hineingreifen. Er versuchte die Seitentaschen. In einer steckte ein großes, altes Portemonnaie, dick voller Papiere und mit einem Gummi zusammengehalten. Keßböhmer streifte das Gummi ab und verteilte die Papiere vor sich auf dem Tisch. Zettel mit Anschriften waren es, Rechnungen, ein paar Briefe, die in eng beschriebenen Umschlägen steckten, zerkratzte Photos und endlich ein alter, zerschlissener Reisepaß. Keßböhmer schlug ihn auf; der Mann war kaum jünger als er selbst, das Photo mußte viele Jahre alt sein. Keßböhmer wollte schon wieder alles zusammenpacken, da sah er, daß in einem der Umschläge Geld steckte. Es waren ein paar neue große Scheine, sauber in der Mitte gefaltet, zusammen genau fünftausend Mark.

Keßböhmer griff rasch in seine Hosentasche. Richtig, da steckte noch das Wechselgeld von der Tankstelle. Er legte einen Schein neben sein Glas, stand auf, tat das Portemonnaie in den Rucksack, hängte ihn sich über beide Schultern und lief in die nächste Seitenstraße. Als er kaum noch Luft bekam, hielt er an. Er sah auf die Uhr, es war gut eine halbe Stunde seit dem Unfall vergangen. »Ich mach es«, sagte er leise. Einmal würde er es wissen wollen! Dann ging er langsam weiter und versuchte sich zu orientieren; schließlich fand er ein Hinweisschild. Am frühen Nachmittag erreichte er mit einem Bus die nächste größere Stadt, und von dort nahm er, um nicht in die

Grenzkontrollen zu geraten, einen Zug in Richtung französische Küste. Einen Teil der Nacht verbrachte er am Strand, unter jungen Leuten; später ging er, da er aufzufallen fürchtete, langsam durch die Stadt. Früh am Morgen fuhr ein Zug nach Norden, einmal mußte Keßböhmer umsteigen, und am frühen Nachmittag kam er in seiner Heimatstadt an. Es war ein warmer Sonntag im August.

In der Nähe des Bahnhofs nahm Keßböhmer ein Zimmer in einem kleinen Hotel. Er wolle gleich für die ersten beiden Nächte zahlen, sagte er und hielt dem Portier einen der großen Geldscheine entgegen. Als der ihm das Gästebuch zuschob, zögerte Keßböhmer einen Moment, dann trug er sich mit dem Namen des Anhalters ein. Auf dem Zimmer wusch er sich lange unter der Dusche mit dem kleinen Seifenstück, das auf dem Waschbecken gelegen hatte; seine Unterwäsche behielt er dabei an, später wrang er sie unter kaltem Wasser aus und hängte sie zum Trocknen über den gekippten Fensterrahmen. Dann legte er sich aufs Bett. Er war sehr müde und schlief bald darauf ein. Als er erwachte, war es gegen sieben. Er stand auf und fühlte an seiner Unterwäsche. Sie war trocken, er zog sie an, darüber Hose und Hemd, das Portemonnaie des Anhalters steckte er ein. An der Rezeption gab er seinen Schlüssel ab, dann ging er langsam durch die Innenstadt. Es hatte kaum abgekühlt.

So wäre das also, wenn man tot ist, sagte sich Keßböhmer. Er war eine Zeitlang nur gegangen, jetzt blieb er auf einem Platz stehen und suchte etwas, das er noch nie genau angesehen hatte, den Giebel eines alten Hauses vielleicht oder den Brunnen, auf dessen Rand immer die Trinker saßen. Nach einer Weile ging er weiter und suchte etwas Neues.

Auf dem Domplatz hatte in diesem Sommer ein Straßencafé eröffnet. Die Stühle und Tische standen unter großen, weißen Schirmen, Keßböhmer ging an den Reihen vorbei. Wenn hier jetzt ein Bekannter säße, würde er so tun, als sähe er ihn nicht. Er fuhr sich durchs Gesicht, seit zwei Tagen hatte er sich nicht rasieren können, bei seinen dunklen Haaren war das fast schon ein Bart. Und er hatte sich nie einen Bart stehenlassen. Nahe beim Eingang zum Dom lehnte sich Keßböhmer kurz an einen Baum. Und überhaupt! Von dem Unfall müßten jetzt längst alle wissen. Wahrscheinlich säßen die meisten bei ihm zu Hause und versuchten, Marion und die Kinder zu trösten. Oder besser noch, jemand hätte ihr angeboten, für ein paar Tage zu ihm zu ziehen; bis das Schlimmste überstanden sei.

Keßböhmer zog die Unterlippe ein und fuhr sich über die Stoppeln am Kinn. Marion würde doch nicht nach Italien fahren müssen? Und wozu? Da gäbe es für sie nichts zu tun. Die hatten das Kennzeichen entziffert oder eine Nummer am Fahrgestell; und dann hatten sie Marion gesagt, was passiert ist. Und Marion war nicht der Typ, der so schnell etwas Sinnloses tat.

Keßböhmer war weitergegangen bis zu dem Platz,

von dem die Busse in die Vororte abfuhren. Zu Fuß wäre es bis zu ihm hinaus gut eine Stunde. Er ging noch ein wenig durch die Straßen, da sah er, wie zwei junge Leute ihre Fahrräder in den Ständer vor einem Lokal stellten. »Das klemmt wieder«, sagte die junge Frau, als sie ihres abschließen wollte, und der Mann machte eine Handbewegung, sie solle das lassen. Dann gingen beide in das Lokal. Keßböhmer wartete ein paar Minuten, dann nahm er das unverschlossene Rad und fuhr damit aus der Stadt.

Zwischen der Ausfallstraße und einer Werksbahnstrecke führte der Radweg zuerst an Feldern entlang, dann weiter neben der Trasse in ein Waldstück hinein und an einer Bauernschaft vorbei. Später kamen wieder Felder, bis die neuen Wohnviertel begannen; rechts und links stießen jetzt nur Gärten an den Weg. Leute saßen da, sie redeten oder sahen fern, ein paarmal fuhr Keßböhmer durch die Rauchschwaden eines Grills. Früher, in der Mietswohnung, hatten sie sonntagsabends immer auf dem Balkon gesessen und in die Hinterhöfe geschaut. Marion hatte den Älteren auf dem Schoß gehabt, und meistens schlief er dabei ein. Wenn wir bloß ein Haus hätten! hatten sie damals gesagt.

Keßböhmer hielt jetzt an, stellte das Fahrrad gegen einen Zaun und ging den schmalen Weg zwischen zwei Gärten bis zur Straße. Nach links hinein führte eine Stichstraße, und das Haus ganz am Ende vor dem Wendeplatz war seines. Neben den grünen und weißen Containern stand Marions kleiner Fiat. Keßböhmer ging mitten auf der Straße. Wenn jetzt die Tür aufginge und alle herauskämen, würde er ihnen mit offenen Armen entgegengehen. Nein! Er würde nichts sagen. Kein Wort. Er würde Marion umarmen und die Jungen hochheben, alle beide, so schwer sie schon waren, und würde sie in ihre Betten tragen.

Vor dem Steinweg zum Hauseingang blieb Keßböhmer stehen. Es war jetzt fast dunkel geworden. Aus dem kleinen Flur kam kein Licht, auch keines aus der Küche. Er lauschte, es war nichts zu hören; dann ging er quer über den Vorgarten, stieg über das schmale Stück Gartenzaun, das an den Wendeplatz grenzte, und ließ sich auf Hände und Füße herab. So kroch er durch den Garten, bis er in das große Wohnzimmerfenster sehen konnte. Da war Licht, Marion saß auf der schwarzen Ledercouch unter der Stehlampe mit dem schwenkbaren Arm und las in einer Zeitschrift.

Sie weiß es noch nicht, dachte Keßböhmer. Mein Gott, vielleicht hatte er sich das ganz falsch vorgestellt! Von wegen Kennzeichen oder Fahrgestellnummer. Es war ja Wochenende. Und wahrscheinlich dauerte es Tage, bis sich einer richtig um alles kümmerte. Den Tanklaster, ja, den könnten sie leicht ermitteln, der würde schon irgendwo vermißt werden. Aber er, ein Durchreisender, wie kämen sie auf ihn? Nein, Marion konnte unmöglich schon etwas wissen.

Sie stand jetzt auf und rief in Richtung Küche. Keßböhmer verstand nicht was, aber das war schon in Ordnung; der Ältere durfte seit Beginn des Schuljahres bis zehn Uhr aufbleiben. Keßböhmer kroch etwas weiter zur Seite unter eine Tanne. Andererseits, müßte ihn Marion nicht seit gestern nachmittag erwarten? Er dachte nach. Hatte er wirklich Nachmittag gesagt? Für gewöhnlich legte er sich doch gar nicht fest, damit sich keiner Sorgen machte, wenn er einmal irgendwo hängenblieb. Und wie oft war es vorgekommen, daß er unterwegs beschlossen hatte zu übernachten.

Keßböhmer drehte den Kopf zur Seite und legte ihn einen Moment auf den Boden. Da hätte er sich um ein Haar unmöglich gemacht. Er rieb etwas Erde zwischen den Fingern. Wie trocken das war; seit sie hier wohnten, hatten sie jeden Sommer sprengen müssen, von Mai bis September fast in einer Tour. Und trotzdem war immer etwas verdorrt. Jetzt klingelte im Haus das Telephon. Keßböhmer kam wieder hoch. Marion stand auf und verließ das Wohnzimmer, da rollte er sich unter der Tanne hervor und lief zur Hauswand; unter dem Oberlicht vom großen Flur drückte er sich gegen die Steine und hielt den Atem an. »Nein«, sagte Marion. »Noch nichts.«

An der anderen Seite wurde lange gesprochen.

»Hab ich schon«, sagte Marion. Wieder lange Stille. »Glaube ich nicht«, sagte sie. »Jedenfalls danke. Und Tschüß.«

Keßböhmer ließ sich wieder auf die Knie herab und kroch weiter. Die beiden nächsten Fenster waren die zum Bad und zum Schlafzimmer. Die Zimmer der Jungen lagen unter dem Dach, von hier konnte er die schrägen Fenster nicht einmal sehen. Im Wohnzimmer wurde jetzt der Fernseher eingeschaltet. Keßböhmer ging rasch um die andere Ecke des Hauses, stieg über den Zaun in den Nachbargarten und ging von da durch ein kleines Tor auf die Straße. Er fuhr zurück zur Stadt und stellte das Fahrrad in den Ständer vor dem Lokal. Dann blieb er auf seinem Hotelzimmer, ein-, zweimal schlief er für eine Stunde oder für eine halbe ein.

Am Montagmorgen, nachdem er im Hotel gefrühstückt hatte, kaufte sich Keßböhmer in der Stadt eine Windjacke, eine Kappe und eine billige, dunkle Sonnenbrille. Dann fuhr er mit dem Bus hinaus zu seiner Firma. Als der Pförtner einen Moment nicht in der Loge saß, ging er durch das Haupttor und trat in eine der Werkshallen. Hier hatte er gearbeitet, bevor er auf Montage gegangen war. Er nahm die Sonnenbrille ab. An einem Laufkran wurde gerade ein Turbinenmantel aus dem Lager herübergefahren und langsam auf die Fertigungsstraße gesenkt. Ein Arbeiter rief die Anweisungen für den Kran in ein Funkgerät, vier andere standen mit erhobenen Armen, um den Mantel in Empfang zu nehmen. Jemand schlug Keßböhmer von hinten auf die Schulter. »Immer braungebrannt«, sagte der Mann. Keßböhmer tippte, ohne sich umzuwenden, an die Kappe. »Bella Italia!« rief der Mann, dann gab es ein lautes Geräusch vom Kran her.

Keßböhmer ging weiter durch die Werkshallen, dann hinaus zum Versand. Hier wurden die LKW beladen. Neben dem Pförtnerhaus von Tor II sah er ein

Taxi stehen. Er lief darauf zu und stieg an der Beifahrerseite auf den Rücksitz. »Sie sind doch frei?« sagte er zu dem Fahrer. Der nickte, und Keßböhmer nannte seine Adresse. Vor der Einmündung zu seiner Straße ließ er den Fahrer anhalten. Der Fiat stand vor dem Hauseingang, daneben ein Wagen, den er nicht kannte. Keßböhmer zahlte, stieg aus und lief bis zum Wendeplatz, da drückte er sich hinter den Flaschencontainer. Kurz darauf kamen zwei Männer aus dem Haus. Marion sah er nur eben, als sie die Tür schloß.

Rasch war Keßböhmer wieder im Garten und gleich neben dem Wohnzimmerfenster. Jetzt stand die Schiebetür offen. Marion telephonierte im großen Flur. »Nein«, sagte sie. »Ja, die waren hier. Nein, sicher ist das nicht. – Nein, auch nicht.« Sie stöhnte einmal laut. »Nein, Mama, noch nicht. – Das macht nichts. Ich bring sie.« Dann legte sie auf und rief ins Haus hinein. Von oben her kam Antwort. Kurz darauf hörte Keßböhmer den Fiat starten. Er wartete eine Weile, dann ging er durch die Schiebetür ins Haus.

Im Wohnzimmer stand ein Blumenstrauß auf dem flachen Glastisch. Nebenan, in der Küche, waren die beiden Gedecke für die Kinder noch nicht von der Theke geräumt, einer der Hocker davor war zur Seite geschoben, auf dem Boden schien etwas aufgewischt, es glänzte an ein paar Stellen. Die Tür zur Mikrowelle war weit offen. Keßböhmer schloß sie, da sprang das Gerät an. Er drehte den Zeitschalter auf Null. Im großen Flur, an der Tür zum kleinen, lagen die Gummistiefel übereinander, zwischen die Stäbe des Treppengeländers war ein Stofftier geklemmt. Keßböhmer ging weiter ins Schlafzimmer. Marions Bett an der Türseite war zurückgeschlagen, das Kissen hatte sie halb zusammengefaltet. Sein eigenes Plumeau lag fast glatt, nur an der Seite zu ihr hin war es verknautscht, auf seinem Kissen lagen ein paar Zeitschriften. Keßböhmer sah kurz ins Bad, dann stieg er die Treppe hinauf.

Quer über den Flur vor den beiden Kinderzimmern war die *Lego*-Eisenbahn aufgebaut. Keßböhmer trat vorsichtig darüber hinweg und öffnete eine dritte Tür. Hier war das unausgebaute Zimmer, ein schmaler Schlauch mit sehr viel Schräge, nur einen Meter weit konnte man aufrecht stehen. Sie hatten beantragt, hier nachträglich eine Gaube zur Straße hin bauen zu dürfen, und das Verfahren lief noch. Keßböhmer setzte sich auf einen Koffer. Die Jungen zu den Schwiegereltern zu bringen, dauerte eine Dreiviertelstunde. Also hatte er noch eine gute halbe. Mit dem Fuß schob er einen Zollstock beiseite, der auf dem Boden lag.

Nein, sagte er sich. Das ist kein Zustand! Aber er brächte das wieder in Ordnung. Und alles gutzumachen, könnte noch kein Problem sein. In Italien würde er anfangen, vor der Polizeistation in dem kleinen Ort. Nur rasch müßte es gehen, er dürfte jetzt keine Zeit verlieren. Plötzlich fühlte Keßböhmer sein Herz schlagen. Er faßte sich an den Hals, ja, auf jede Sekunde käme es an. Er schloß die Tür und stieg hinunter, im Flur überlegte er einen Moment, dann nahm er wieder den Weg durch den Garten, über den Zaun zum Nachbargrundstück. Als er zu dem Gartentor kam, blieb er stehen. Es stand offen, und in der Einfahrt spielte der kleine Sohn des Nachbarn, jetzt sah er auf. »Onkel Rolf?« sagte er. Keßböhmer schlug beide Hände vors Gesicht, lief mit großen Schritten an ihm vorbei auf den Bürgersteig und weiter.

Erst an der Ausfallstraße machte er halt. Jetzt war kein Berufsverkehr, da fuhren die Busse nur alle halbe Stunde in die Stadt. Und bestimmt war gerade einer weg; da bräuchte er gar nicht nachzusehen! Keßböhmer trat an den Straßenrand. Er müßte sich etwas einfallen lassen. Eine Zeitlang war kein Verkehr, vielleicht war hinten im Ort die Schranke geschlossen. Als wieder Autos in Sicht kamen, hielt Keßböhmer die Faust am ausgetreckten Arm, den Daumen nach oben, über die Fahrbahn. Niemand stoppte.

Keßböhmer drehte sich um und ging. Bald begannen die Felder und Wiesen, neben der Straße her lief nur noch ein breiter Betonweg für Radfahrer und Fußgänger. Immer wenn er Wagen hörte, streckte er, ohne sich umzudrehen, den linken Arm aus und winkte. Was für ein Unsinn, dachte er zwischendurch und sah auf die Uhr. Er wußte ja nicht einmal, wann die Züge fuhren. Immerhin hätte er sich im Hotel nicht mehr abzumelden, bezahlt war ja. Und der kleine Ort im Tal hatte *San Lorenzo* geheißen. Oder *San Antonio*. Keßböhmer schlug an die Innentasche der Windjacke. Alles hatte er bei sich. Da hielt neben ihm ein Wagen. »Wohin denn?« sagte der Fahrer.

»In die Stadt. Bahnhof.«

»Steigen Sie ein.«

»Vielen Dank«, sagte Keßböhmer. Er habe den Bus verpaßt und müsse dringend einen Zug erreichen.

»Ja ja«, sagte der Fahrer. Er schaute in den Rückspiegel, dann reihte er sich in den Verkehr. Sie fuhren gerade durch die Bauernschaft, da lachte Keßböhmer einmal auf.

»Was ist?« sagte der Fahrer.

»Entschuldigen Sie«, sagte Keßböhmer. »Entschuldigen Sie. Ich dachte gerade: Wenn wir jetzt einen Platten hätten!« Er nahm seine Kappe ab und fuhr sich über den Bart.

»Ja?« sagte der Fahrer. »Was dann?«

»Nichts«, sagte Keßböhmer und griff hinter sich. »Ich muß mich anschnallen.« Er zog den Gurt über seine Brust. Der Fahrer schwieg.

»Wissen Sie, ich habe eine Dummheit gemacht«, sagte Keßböhmer. »Ich habe mich in mein eigenes Haus geschlichen.« Er setzte die Kappe wieder auf. »Aber ich mache alles gut.« Er schlug sich leicht auf die Schenkel. »Richtig«, sagte er. »Als erstes besuche ich die Familie von dem armen Kerl. Die müssen endlich wissen, was passiert ist.« Er klopfte sich auf die Brust. »Und das Geld! Das gebe ich natürlich zurück.«

»Tun Sie das«, sagte der Fahrer. Vor dem Bahnhof hielt er an, und am Schalter fragte Keßböhmer nach einer schnellen Verbindung Richtung Süden. In einer knappen Stunde würde ein Zug gehen.

Keßböhmer ging langsam an den Geschäften der Bahnhofspassage vorbei. Vor einem blieb er stehen. Es gab Spieluhren da, die hatten große, bunte Aufbauten, ganze Häuser oder Städte, durch die kleine Bahnen fuhren, mit Figuren darin. Die würden sich sicher bewegen, wenn man die Spieluhr aufzog. Eine andere sah aus wie eine Schreibmaschine, über die großen, runden Tasten liefen kleine Mäuse, die trugen Papiere und hatten Federkiele hinter den Ohren stecken.

Das wäre was für den Kleinen, dachte Keßböhmer. Vielleicht sollte er jetzt so eine Spieluhr kaufen? Aber nein; die Reihenfolge müßte er schon einhalten. Da bogen aus einem Seitengang zwei Bahnpolizisten in blauen Uniformen. Keßböhmer ging rasch weiter und trat in einen Photoautomaten, hinter sich zog er den Vorhang zusammen. Dann suchte er in seinen Taschen nach Kleingeld, aber er fand keins. Eine Weile blieb er auf dem Schemel vor dem Objektiv sitzen, dann schob er vorsichtig den Vorhang beiseite. »Kommen Sie mal bitte heraus«, sagte der eine Bahnpolizist.

Keßböhmer tat es, dabei zog er das Portemonnaie aus der Windjacke, nahm einen großen Schein heraus und hielt ihn hoch. Er habe es nicht passend gehabt.

»Ihren Ausweis bitte«, sagte der andere Bahnpolizist.

»Sicher«, sagte Keßböhmer. Er blätterte die Papiere in dem Portemonnaie durch, dabei fielen ein paar zu Boden. Er wollte sich bücken, sie aufzuheben.

»Halt«, sagte der Bahnpolizist. »Erst den Ausweis, bitte!«

Keßböhmer hatte jetzt den Paß gefunden und reichte ihn hinüber, dann sammelte er die Papiere vom Boden auf.

»Erstens läuft der bald ab«, sagte der Bahnpolizist.

»Tatsächlich?«

»Und außerdem ist der in einem furchtbaren Zustand. Kommen Sie mal kurz mit?«

»Gerne«, sagte Keßböhmer. Dann zog er seine Fahrkarte aus der Tasche. Aber in einer Stunde gehe sein Zug. Das sei sehr wichtig, daß er den bekomme. »Familienangelegenheiten«, sagte er.

Die Bahnpolizisten schüttelten den Kopf. So lange dauere es nicht. Dann nahmen sie ihn in die Mitte und gingen zu einem Wachlokal. Es sei auch nicht so, daß er länger wegbleibe, sagte Keßböhmer, vielleicht komme er schon morgen zurück. Er werde dann gleich alle Formalitäten erledigen. »Setzen Sie sich bitte dahin«, sagte der erste Bahnpolizist, dann schloß er die Tür des Wachraums und trat in ein Nebenzimmer. Der andere blieb bei ihm. »Es dauert bestimmt nicht lange«, sagte er.

»Egal«, sagte Keßböhmer. Er hatte sich auf einen Stuhl neben einen Tresen gesetzt, die Füße auf eine Querstrebe gestellt und die Knie mit den Armen umfaßt. Kurz legte er den Kopf darauf, dann sah er hoch. »Ich bin nämlich tot«, sagte er.

»Wie bitte?«

»Unsinn«, sagte Keßböhmer. »Ich bin Monteur.« Mit den Fingern einer Hand trommelte er auf dem Tresen. »Wissen Sie, wir installieren Turbinen. Im Ausland. Wir sagen denen, wie es geht, und bleiben noch ein paar Tage, um zu sehen, ob alles läuft. Aber dann«, er machte eine schnelle waagerechte Bewegung mit dem rechten Arm, »ab nach Hause, am besten pünktlich zum Wochenende.«

Der erste Bahnpolizist kam jetzt wieder in den Wachraum. Er hielt den Ausweis hoch. »Da liegt eine Meldung vor«, sagte er. »Ganz frisch. Irgend jemand vermißt Sie.«

Keßböhmer stand auf. »Das ist ein Irrtum«, sagte er. Dann wies er auf ein Telephon hinter dem Tresen. Ob es noch üblich sei, daß man einmal telephonieren dürfe?

Der erste Bahnpolizist lachte. »Sie sind nicht festgenommen«, sagte er. »Sie können tun und lassen, was Sie wollen. Wir machen Ihnen hier keine Vorschriften.«

»Sondern?«

»Wir geben Ihren Aufenthalt weiter. Das ist alles.«

»So«, sagte Keßböhmer. Das ändere nichts an der Sache. Er trat vor das Telephon und wählte seine Nummer. Es klingelte zweimal, dann hob Marion ab. »Ja bitte?« sagte sie.

Die Bahnpolizisten waren schon in der Tür. »Moment.« Keßböhmer hielt die Muschel zu. »Halt!« rief er. Die Bahnpolizisten drehten sich zu ihm um. »Bleiben Sie«, sagte Keßböhmer. »Bitte! Sprechen Sie mit meiner Frau. Sie müssen mir alles bezeugen.«

Das Ultimatum

Kaum drei Monate lang hatten Frenking und Veronika Ahlberger in einer Abteilung der Unternehmenszentrale zusammen gearbeitet, er als stellvertretender Leiter, sie als Sachbearbeiterin, da wurde Frenking zum Chef einer neuen Außenstelle befördert. Er war ganz in die Arbeit gespannt, und die Kontakte zur Zentrale beschränkten sich aufs Geschäftliche. Die Außenstelle florierte, und als Frenking nach einem Jahr eine weitere Kraft anforderte, wurde Frau Ahlberger zu ihm versetzt.

An einem Donnerstag, ihrem ersten Arbeitstag, erschien sie in Frenkings Büro mit einem Strauß hellroter Rosen. »Schön, daß wir wieder zusammen sind«, sagte sie und reichte ihm die Blumen über den Schreibtisch.

»Ach!« sagte Frenking. Er habe ja hier gar keine Vase.

»Kommen Sie«, sagte Frau Ahlberger. Sie ließ Wasser in das kleine Waschbecken laufen und legte die Blumen hinein. Damit er wenigstens zu Hause etwas davon habe. Dann erzählte sie von den Kollegen in der Zentrale. Alle seien sehr traurig über sein Weggehen gewesen, und dann sei viel von seinem Erfolg gesprochen worden. »Jetzt muß ich aber an die Arbeit«, sagte sie schließlich. Sie gab Frenking die Hand. »Auf gute Zusammenarbeit.«

»Ja«, sagte Frenking. »Auf gute Zusammenarbeit.« Wieder für sich allein, schüttelte er den Kopf. Abends wickelte er die Blumen in die Tageszeitung, er machte noch einen Kundenbesuch, und zu Hause gab er den Strauß seiner Frau.

»Hast du ein schlechtes Gewissen?« sagte sie.

»Natürlich«, sagte Frenking. »Immer.« Er küßte sie und fuhr ihr dabei mit beiden Händen von hinten ins Haar. Dann ging er zum Kinderzimmer, vorsichtig öffnete er die Tür einen Spalt und horchte. Der kleine Sohn atmete ruhig.

Am nächsten Morgen lag unter Frenkings Post ein blumenbedrucktes Kuvert ohne Marke, auf dem nur sein Name stand. Darin war ein Brief, in dem Frau Ahlberger ihm kurz und ohne Umschweife mitteilte, daß sie über alle Maßen in ihn verliebt sei, sich aus diesem Grunde in die Außenstelle habe versetzen lassen und daß sie ihn hiermit auffordere, seine Gefühle für sie ernsthaft zu prüfen. Sie wisse, daß er verheiratet sei und demzufolge viel aufzugeben habe. Aber es gehe nun einmal um ihrer beider Lebensschicksal, und sie gebe ihm daher genau vier Wochen. Während dieser Zeit werde sie sich ihm nicht weiter nähern und die Sache mit keinem Wort erwähnen.

Frenking saß regungslos. Ein Scherz, dachte er. Jemand in der Zentrale könnte es arrangiert haben. Er verglich die Unterschrift auf dem Brief mit Frau Ahlbergers Namenszug in der Liste der zeichnungsberechtigten Angestellten. Nein, kein Zweifel, der Brief stammte von ihr. Er steckte ihn in die Jackentasche und dachte nach. Sie hatten damals immer nur Dienstliches besprochen. Nicht einmal ein Betriebsfest hatte es gegeben.

Vielleicht ist sie verrückt, dachte Frenking. So, daß man es nicht auf Anhieb merkte. Sie müßte Mitte Dreißig sein. Sicher wohnte sie alleine, abends kochte sie vielleicht für sich und stellte dann eine Kerze auf den Eßtisch. Dann würde sie fernsehen. Sicher hätte sie eine Lieblingsserie. Oder sie wäre Mitglied in einem Buchclub.

Frenking stand auf und horchte durch die geschlossene Tür in den Raum, in dem die Angestellten saßen. Er hörte eine Tastatur und das Geräusch des Telefax. Jemand telephonierte. Frenking legte ein Ohr an die Tür. Der Betrieb in der Außenstelle vertrug gerade jetzt keine Störung. Die Umsätze stiegen zwar noch, aber bald müßte die Entwicklung in eine kritische Phase treten. Er hatte Flagge gezeigt, und jetzt würde die Konkurrenz reagieren. Es galt, die Anteile zu sichern.

Frenking ging zurück zum Schreibtisch und holte sich die letzten Verkaufszahlen auf seinen PC. Überraschungscoups sind nicht meine Sache, dachte er. Der gute Einstieg war den günstigen Voraussetzungen zu verdanken. Doch erst die Zukunft würde seine Fähigkeiten erweisen: ruhige Geschäftskontrolle, Konsolidierung des Erreichten. Frenking wechselte das Programm und schrieb ein paar Sätze, die er in den Monatsbericht einbauen wollte. Dann sah er die restliche Post durch.

Am Mittag ging Frenking nicht wie üblich in das italienische Restaurant, sondern blieb im Büro. Außen an die Tür hatte er ein *Bitte nicht stören*-Schild gehängt, das ihm zum Dienstantritt die Angestellten geschenkt hatten. Es stammte aus einem Nobelhotel und hatte einen breiten goldenen Rand; er hatte es bisher nie benutzt. Jetzt hörte er die Angestellten Bemerkungen machen. »Vorsicht, schöpferischer Anfall!« rief er durch die geschlossene Tür. »Umsatzsteigerung durch Preiserhöhung.« Jemand lachte zurück.

Bis zum Abend erledigte Frenking liegengebliebene Arbeiten. Er formulierte das Schreiben an einen Großkunden, der sich über Verpackungsschäden beklagt hatte, dann legte er Präferenzlisten für den Fall von Lieferengpässen an. Schließlich schrieb er noch einige Sätze für den Monatsbericht. Um vier gingen die Angestellten. Sie riefen ihm einen Gruß zu. Frenking wartete noch, dann nahm er seinen Mantel und öffnete die Bürotür, im Rahmen blieb er stehen. Frau Ahlberger saß an ihrem Schreibtisch. Schweigend schauten sie einander an, dann hielt sie ein paar Blätter hoch. »Diese Formulare«, sagte sie. »Früher konnten wir die ganz normal sortieren. Jetzt kommt es nur darauf an, ob sie in den Drucker passen.«

»Soso«, sagte Frenking.

»Ja. Und außerdem. Wenn ich nur ein Formular brauche, dann sagt Willschrei, ich soll warten, bis ich mehrere habe, sonst geht er nicht aus dem Programm.«

»Ach«, sagte Frenking. Darüber müsse er nachdenken. Er nickte ihr zu. »Ein schönes Wochenende«, sagte er, »und machen Sie bald Schluß.«

Frenkings Wagen stand auf einem reservierten Parkplatz in einer Baulücke. Bis zu seinem Haus im Vorort war es in der Regel eine knappe halbe Stunde. Er fuhr los, kurz vor der Stadtgrenze geriet er in einen Stau; es begann zu regnen. Frenking fluchte. Für morgen war ein Ausflug geplant. Sein Sohn hatte zu Weihnachten eine Modelleisenbahn bekommen, und Frenking wollte ihm seitdem eine echte Dampflok zeigen. In einem kleinen Kurort, hundert Kilometer entfernt, fuhr an Wochenenden eine als Attraktion für die Gäste, einmal ins Nachbardorf und gleich wieder zurück. Dahin wollten sie.

»Muß das sein?« hatte Frenkings Frau gefragt.

Frenking hatte ein paar Dinge aufgezählt, die der Sohn nicht mehr sehen würde: Paternoster, Pferdefuhrwerke, Dampfloks und Schornsteinfeger, die wirklich aufs Dach stiegen. Das sei doch nicht schlimm, hatte die Frau gesagt, es gebe ja Bücher.

»Bücher!« hatte Frenking gerufen. Wo der Kleine noch nicht lesen könne. Außerdem seien Erklärungen manchmal unnütz. Was man nicht selbst gesehen habe, das sei irgendwie verloren.

Jetzt fuhr ein Krankenwagen mit rotierendem Blaulicht langsam an der Autoschlange vorbei, eine schrille Sirene ertönte, und der Gegenverkehr wich auf den Randstreifen aus. Frenking dachte an Frau Ahlberger. Sie saß wahrscheinlich gerade in einem

Bus. Bei Regen roch es in Bussen nach Leder und feuchtem Stoff, und wenn einer zustieg, wußte er nicht, wohin mit seinem tropfenden Schirm.

Jemand hupte, Frenking schaute in den Rückspiegel. Frau Ahlberger sah eigentlich gut aus. Er versuchte sich vorzustellen, wie sie als junges Mädchen gewesen war. Sicher unscheinbar; vielleicht hatte sie mit den Jahren Mut bekommen. Es sollte Leute geben, denen Enttäuschungen Mut machten. Dazu gehörte er nicht. Ich sollte mich geschmeichelt fühlen, dachte Frenking. Vielleicht hatten sich früher schon Frauen in ihn verliebt, und er hatte es bloß nicht bemerkt.

Endlich setzte sich die Fahrzeugschlange in Bewegung, bald darauf sah Frenking zwei Autos, die quer auf der Fahrbahn standen. Ein Polizist winkte durchzufahren, es regnete immer stärker.

Man müßte die Angelegenheit mit einem Wort aus der Welt schaffen können, dachte Frenking, als er wieder auf freier Strecke fuhr. Es müßte nur mit Bedacht gewählt sein. Und es dürfte sie nicht vor den Kopf stoßen. Immerhin mußten sie zusammenarbeiten, vielleicht noch für Jahre. Er würde am Wochenende darüber nachdenken. Vielleicht wäre es ja ganz gut, wenn der Ausflug ins Wasser fiele.

Am nächsten Morgen schien die Sonne, und laut Wetterbericht sollte es so bleiben. Der Sohn war früh aufgewacht, und seitdem sprach er unentwegt von der Dampflok. Jetzt saßen sie beim Frühstück. Woher der

Dampf komme? wollte er wissen. Und ob es stinke? Und in welchem Wagen sie fahren würden?

»Wir müssen uns beeilen«, sagte Frenkings Frau und machte hinter dem Rücken des Sohnes ein Zeichen. Frenking nickte. Wenn der Kleine sich aufregte, mußte er sich manchmal krampfartig übergeben.

»Also paß auf«, sagte Frenking. »Wir gehen alles noch einmal durch. Zuerst fahren wir nach Vilshausen und machen einen Spaziergang. Dann essen wir zu Mittag. Und dann gehen wir zum Bahnhof. Die Karten haben wir schon.« Er zog sie aus der Hosentasche. »Dann kommt der Zug, wir steigen ein, und los gehts.«

Frenkings Frau war schon im Mantel. »Wir lassen das Frühstück stehen«, sagte sie und nahm den Sohn bei der Hand. Sie gingen zur Haustür. Frenking lief an ihnen vorbei, um den Wagen zu holen. »Schließ du ab!« rief er.

Während der Fahrt wurde der Kleine ruhiger. Er zählte auf, was er draußen sah; Felder und Bauernhöfe, Tiere auf den Weiden, eine Fabrik mit hohen Schornsteinen und eine Brücke über einem Fluß. Vor Mittag kamen sie an, auf dem Spaziergang besichtigten sie den kleinen Bahnhof am Rande des Ortes, und nach dem Essen warteten sie wieder dort, bis die Lokomotive mit den roten und grünen Waggons schnaufend und stampfend herankam. Als sie anhielt, strömte Dampf zwischen ihren Rädern hervor, ein heller Pfeifton erklang, und eine Glocke wurde angeschlagen. Sie stiegen ein. Ein Stationsbeamter schwang eine Kelle, zischend fuhr der Zug an. Während der Hinfahrt blieb der kleine Sohn auf der offenen Plattform des Waggons stehen und sah nach der Lokomotive, wie sie in den engen Kurven rechts und links voraus erschien. Frenking saß hinter ihm in der Hocke, hatte ihn zwischen die Beine genommen und hielt ihn bei den Schultern. Die Rückfahrt über saßen sie zusammen auf den Holzbänken. Während der Heimfahrt schlief der Kleine im Wagen ein, und Frenking trug ihn ins Haus, ohne daß er aufwachte.

Am Montagmorgen kam Frenking eine halbe Stunde später als gewöhnlich in die Außenstelle. Er trat gleich an Frau Ahlbergers Schreibtisch.

»Denken Sie«, sagte er. »Ich hatte eine Idee. Kommen Sie mit.« Er sah in den Raum. »Sie bitte auch, Willschrei!«

Er ging voraus, die beiden folgten ihm. Er ließ sie die Tür schließen und bot ihnen Platz an. »Die Sache mit dem Drucker«, sagte er. »Hier!« Er legte einen aufgeschlagenen Katalog auf den Schreibtisch. »Die Lösung ist ein Switcher.« Er schob den Katalog zu Willschrei hinüber. »Frau Ahlberger hat mir alles erklärt. Das ist ein echtes Problem. Und der Switcher ist im Service-Programm.« Er lehnte sich zurück. Willschrei nahm den Katalog, schlug ihn zu und stand auf. »Ich kümmere mich sofort darum«, sagte er. Frau Ahlberger machte eine Bewegung, aber Frenking winkte ihr, sie solle bleiben.

»Wozu die Wochenenden gut sind«, sagte er, als Willschrei gegangen war. »Ich will, daß Sie das richtig verstehen. Sehen Sie, wir sind hier noch im Aufbau.« Er legte eine Hand auf die Tastatur des PC. »Da kommt es auf jeden an. In sechs Monaten vielleicht hat sich entschieden, auf welchem Niveau wir eigentlich operieren. Und wenn wir uns heute Nachlässigkeiten erlauben, dann legen wir Minen, auf die wir im falschesten Augenblick treten.« Er wies auf die Tür. »Und es geht ja auch um Arbeitsplätze.«

Frau Ahlberger nickte. Frenking klatschte in die Hände. »In diesem Sinne?« sagte er. Sie stand auf, Frenking sah, daß sie einen schwarzen Lederrock und rote Strümpfe trug. »Natürlich«, sagte sie und verließ das Büro.

Frenking wartete einen Moment, dann holte er wieder die Verkaufszahlen auf den Monitor. Wenn das alles gewesen war, bitte! An ihm sollte es jedenfalls nicht liegen. Er hatte ihr jetzt jede Möglichkeit gegeben. Und weiter käme er niemandem entgegen. Es gab immerhin Prinzipien.

Kurz darauf verließ Frenking wieder die Außenstelle. »Ich muß zur Zentrale«, sagte er. Es könne spät werden. Er stieg in seinen Wagen, eine gute Stunde später hatte er das Gebäude der Zentrale erreicht; am Empfang ließ er sich beim Personalchef melden. Er wurde gleich vorgelassen.

»Ah!« rief der Personalchef, als Frenking eintrat. »Unser über alle Maßen erfolgreicher verlorener Sohn! Was führt Sie zu uns?«

»Nichts Besonderes«, sagte Frenking. Es sei wegen seiner neuen Kraft, einer Frau Ahlberger.

»Und?« sagte der Personalchef. »Was macht sie? Greift sie in die Kaffeekasse?«

»Nein«, sagte Frenking. »Es geht nicht direkt um sie.« Er hob die Hände. Er habe nur Angst, daß er ihre Einstellung überstürzt habe. »Bald wird es vielleicht nicht mehr aufwärtsgehen«, sagte er. »Und mich wird man zur Verantwortung ziehen.«

»Nicht mehr aufwärts?« sagte der Personalchef. »Da höre ich ganz andere Sachen.«

»Anfangserfolge«, sagte Frenking. »Aber ich will kein Strohfeuer.«

Der Personalchef drückte einen Knopf an seiner Gegensprechanlage. »Die Akte Ahlberger, Veronika«, sagte er. Die Sekretärin brachte die Akte, und der Personalchef blätterte darin. »Sie einfach zurückzuholen, wird schwierig«, sagte er. »Sie hat bei ihrem Weggang ein bißchen Stunk gemacht. Nichts Besonderes, nur das Übliche, allen einmal die Wahrheit sagen. So in der Art.«

»Ach!« sagte Frenking. »Und was mache ich im Notfall?«

»Im Notfall geht alles«, sagte der Personalchef. Er schloß die Akte und stand auf. »Sie machen sich zuviel Sorgen«, sagte er. »Und lassen Sie sich einen Rat geben. Bringen Sie keine Unruhe in Ihr Team. In Personalsachen immer scharfe Schnitte, und bloß keine Andeutungen.« Er sah auf die Uhr und reichte Frenking die Hand.

Auf dem Weg zurück, kurz vor der Stadt, hielt Frenking an einer Tankstelle. Während der Zapfhahn in der Tanköffnung steckte, kontrollierte er den Ölstand. Dann zahlte er. Hinter dem Mann an der Kasse lagen in Folie eingeschweißte Sex-Magazine mit aufgeklebten schwarzen Balken.

Sie ist krank, dachte Frenking. Sie stiftete überall Unfrieden. Daß es ihn traf, war reiner Zufall. Er nahm sein Wechselgeld und ging zum Wagen. Es war noch vor vier. Ich fahre nicht zurück ins Büro, dachte Frenking. Er dürfte sich ihr jetzt nicht unvorbereitet aussetzen. Er müßte zuerst aus allem, was er gehört hatte, in Ruhe seine Schlüsse ziehen. An der nächsten Kreuzung bog er in die Landstraße ein, die zu seinem Vorort führte. Aber was sollte er seiner Frau sagen, wenn er unangemeldet nach Hause käme? Ein paar Hundert Meter weiter lenkte er den Wagen in einen Feldweg, hielt an und stieg aus. Das Wetter war so schön wie am Wochenende. Beinahe brauchte man keinen Mantel. Er setzte sich ins trockene Gras am Wegesrand. Alles hat sich so gut angelassen, dachte er. An dem Tag, an dem man ihm die Außenstelle übertragen hatte, war er mit seiner Frau zum Essen in ein teures Restaurant gegangen. Sie hatten Sekt getrunken. Wir haben es beinahe geschafft, hatte er gesagt. Zwei Jahre harte Arbeit, und wir ernten die Früchte.

Frenking pflückte eine kleine Blume zwischen dem Gras. Eins nach dem anderen riß er ihre Blütenblätter ab. »Sie liebt mich nicht«, sagte er dabei laut. »Sie liebt mich, von Herzen, mit Schmerzen.« Wenn er jetzt nicht mit aller Härte zuschlüge, wäre er über kurz oder lang erledigt. Er stand auf und sah sich um. Über ein kleines Wäldchen hinweg ragte der Kirchturm seines Vorortes. Frenking stieg in den Wagen, wendete, bog in die Landstraße und fuhr in die Stadt. Bis Dienstschluß ging er durch die Straßen, dann fuhr er nach Hause.

Am folgenden Tag um halb eins stellte Frenking sich an die Tür und horchte, wer zum Mittagessen ging. Als er Frau Ahlbergers Stimme hörte, nahm er seinen Mantel und trat aus dem Büro. Auf der Straße holte er sie ein. »Sie machen Mittag?« sagte er. Frau Ahlberger nickte. Wohin sie denn gehe? Er wartete die Antwort nicht ab. »Ich gehe immer zum Italiener«, sagte er. »Wollen Sie nicht mitkommen?« Er machte ein paar Schritte voraus. »Herrliches Wetter«, sagte er. Auf den Feldern werde es schon grün. Frau Ahlberger folgte ihm jetzt. Er erzählte von dem Ausflug am Wochenende. »Das war was für den Kleinen«, sagte Frenking. »Auf dem Rückweg ist er eingeschlafen. Er wurde nicht einmal wach, als ich ihn ins Haus trug.«

»Bitte«, sagte Frau Ahlberger und blieb stehen.

Frenking drehte sich zu ihr um. »Was haben Sie?« sagte er. »Die Familie ist ein Faktum. Und Fakten können Sie nicht leugnen. Oder?«

Frau Ahlberger sah zu Boden. »Bitte nicht«, sagte sie. »Die vier Wochen sind doch noch lange nicht um.«

»Vier Wochen, vier Wochen!« sagte Frenking laut.

Er ging weiter, sie folgte ihm. »Warum vier Wochen? Ein Irrsinn ist das, wenn Sie mich fragen. Wichtige Entscheidungen trifft man sofort. Nehmen Sie nur das Geschäft. Da bestimmt das einzig der Markt, da gibt es keine Bedenkzeiten.«

»Ist es noch weit?« sagte Frau Ahlberger.

»Dort!« Frenking zeigte über die Straße hinweg auf die Baulücke mit dem Parkplatz.

»Da ist kein Lokal«, sagte sie.

»Sehe ich auch«, sagte Frenking. Er setzte einen Fuß auf die Straße. »Bißchen weit zu laufen.« Er überquerte die Straße, öffnete die Beifahrertür am Wagen und setzte sich hinters Steuer. Als Frau Ahlberger einstieg, startete er den Motor und stieß rückwärts hinaus. Dann fuhren sie lange schweigend. Hinter der Stadtgrenze sah sie auf die Uhr. »Die Mittagspause ist gleich vorbei«, sagte sie.

»Unsinn«, sagte Frenking. »Sie sind bei mir, und ich bestimme, wie lang die Mittagspause dauert.« Er bog in den Feldweg, auf dem er gestern gestanden hatte, und fuhr zu dem kleinen Waldstück. Davor hielt er an.

»Was wollen Sie?« sagte Frau Ahlberger.

Frenking stellte den Motor ab und drehte sich zu ihr. »Ich?« sagte er. »Gar nichts. Sie wollen etwas. Aber Sie müssen vorsichtig sein. Ich habe mich nämlich erkundigt. In der Zentrale kennt man Sie und Ihre Touren. Wenn ich da berichte, wie Sie sich aufführen, dann sind Sie sofort auf der Straße.«

Frau Ahlberger löste den Sicherheitsgurt. »Ich verstehe Sie nicht«, sagte sie.

»Spielen Sie nicht die Unschuldige!« sagte Frenking. »Sie stellen mir ein Ultimatum. Schriftlich, unter die Post geschmuggelt. Und dann kein Wort mehr dazu. Stumm wie ein Fisch.«

»Ich wollte Ihnen Zeit geben.«

Frenking stieg aus und schlug die Tür zu. Er ging um den Wagen herum und öffnete die Beifahrertür. »Kommen Sie!« sagte er. »Steigen Sie aus! Hier.« Er zeigte über die Felder. »Sehen Sie sich die Natur an, wenn Sie dafür noch ein Gefühl haben. Aber Sie sitzen ja jeden Abend in Ihrem Zimmer und denken sich was aus.« Er schlug sich mit der Hand gegen die Stirn. »Davon muß man ja verrückt werden.«

Mit einer schnellen Bewegung zog Frau Ahlberger die Beifahrertür zu und drückte den Verriegelungsknopf. Frenking ging zurück um den Wagen, aber sie kam ihm zuvor und verriegelte auch die Fahrertür. Der Schlüssel steckte im Zündschloß.

»Was soll das?« rief Frenking. »Machen Sie auf!«

Frau Ahlberger schüttelte den Kopf. Frenking beugte sich über die Motorhaube. Er schlug mit der flachen Hand auf das Blech. »Das sieht Ihnen ähnlich!« rief er. »Auf nichts anderes haben Sie es abgesehen!« Er machte ein paar Schritte seitwärts in den Wald. Hier war der Boden feucht unter dünnen, trokkenen Zweigen. Durch die Äste hindurch schien die Sonne, ein Vogel sprang laut tschirpend von einem Baum zum anderen. Frenking ging zurück zum Wagen, da sah er, wie Frau Ahlberger gerade begann, mit einem Lippenstift auf die Innenseite der Frontscheibe zu schreiben. Sie schrieb in Spiegelschrift, langsam, und vor jedem Buchstaben hielt sie inne. Endlich stand dort in schiefer Schrift *Entschuldigung*.

»Machen Sie auf«, sagte Frenking. »Machen Sie sofort auf!« Er ging zur Beifahrertür und rüttelte am Griff. Frau Ahlberger schüttelte den Kopf. Dann schrieb sie das Wort *Angst* auf die Seitenscheibe.

»Sie bringen mich in eine unmögliche Situation«, rief Frenking. »Ich habe Verantwortung zu tragen. Auch für Sie. Wir sind schließlich nicht allein auf der Welt.« Er ging zum Kofferraum, der war unverschlossen. Er öffnete ihn und zog die Tasche mit dem Werkzeug hervor; daraus nahm er einen großen Schraubenschlüssel. Als er den Kofferraum zuschlug, sah er, daß Frau Ahlberger auf dem Fahrersitz saß. Sie versuchte, den Wagen zu starten. Beim zweiten Mal gelang es ihr, und sie fuhr mit heulendem Motor weiter in das Waldstück hinein. Kurz darauf verschwand der Wagen in einer Kurve.

»Hierbleiben!« schrie Frenking und lief hinterher. Als er die Kurve erreicht hatte, sah er den Wagen in einiger Entfernung mit laufendem Motor stehen. Der Weg war da zu Ende. Frenking lief weiter, kaum war er heran, da stieß der Wagen zurück und schlug nach rechts ein. Frenking sprang zur anderen Seite und hob die Hand mit dem Schraubenschlüssel. Der Wagen stand jetzt quer zum Weg, Frenking trat vor die Motorhaube. Es gab ein kreischendes Geräusch aus dem Getriebe, der Motor heulte auf, aber die Hinterräder drehten im feuchten Waldboden durch. Erde flog hoch. Frenking ließ die Hand mit dem Schraubenschlüssel sinken.

Frau Ahlberger stellte den Motor ab. Eine Zeitlang sahen sie einander an. Dann löste sie die Verriegelung, öffnete die Fahrertür und stieg aus. Sie machte einen Schritt zum Heck des Wagens. »Es ist nichts beschädigt«, sagte sie. Frenking trat neben sie. »Nein«, sagte er. »Ich habe Matten im Kofferraum. Die legen wir vor die Reifen. Und im Notfall nehmen wir Holz.« Dann zog er Frau Ahlberger an sich, legte seine Arme um ihren Nacken und drückte ihren Kopf an seine Schulter.

»Wir werden einen Ausweg finden«, sagte er. »Sie dürfen sich keine Sorgen machen. Aber jetzt ist einfach die schlechteste Zeit. In sechs Monaten, vielleicht früher schon, dann ist alles eingespielt, dann ist es besser.«

Frau Ahlberger nickte. Frenking nahm ihren Kopf in beide Hände, fuhr ihr durchs Haar und küßte sie auf die Stirn.

Der Hauptgewinn

Im Preisausschreiben einer Kaffeerösterei hatte Filbry zwei Wochen an einem See in Kärnten gewonnen. Höhepunkt sollte der Besuch bei einer bekannten Operettensängerin sein. Abends zeigte Filbry den Brief der Rösterei einer Bekannten. Sie gratulierte ihm. »Phantastisch!« sagte sie. »Ich stelle mir das gerade vor: Du und Erika Rathenbach.«

»Blödsinn«, sagte Filbry. Er sei doch nicht verrückt, er lasse sich den Gewinn natürlich auszahlen.

»Davon steht hier nichts«, sagte die Bekannte und reichte ihm den Brief zurück.

»Das ist selbstverständlich«, sagte Filbry. Und der Besuch bei der Sängerin sei nur eine Zugnummer für die Werbung gewesen.

»Das sieht man an dir«, sagte die Bekannte.

Filbry faltete den Brief zusammen. Ob er sich jetzt dafür entschuldigen müsse, an einem Preisausschreiben teilgenommen zu haben? Doch wohl nicht.

»Natürlich nicht«, sagte die Bekannte. Und vielleicht sei es überhaupt ratsam, das Thema zu wechseln.

Anderntags suchte Filbry nach der Zeitschrift, in der die Teilnahmekarte für das Preisausschreiben geklebt hatte; da mußten doch die Regeln gestanden haben. Natürlich war die Zeitschrift längst weggeworfen. Filbry rief bei der Rösterei an. Er wurde ein paarmal verbunden; da sei man nicht zuständig, sagte dann eine Frau, da müsse er sich an die Agentur wenden, die organisiere auch die Reise. Filbry ließ sich die Nummer geben, aber es war niemand im Hause, der Bescheid wußte. Eines sei sicher, sagte jemand, er bekomme bald wieder Nachricht.

Blödmänner, dachte Filbry. Aber er würde hart bleiben. Dreitausend Mark müßten die zwei Wochen allemal wert sein; einmal ausgegangen von Vollpension und einem guten Hotel.

Drei Tage später erhielt Filbry einen dicken Umschlag, in dem alle Reiseunterlagen steckten. Er sah die Papiere durch, von einer Auszahlung war nicht die Rede. Er überlegte, wie er argumentieren könnte. Es waren vier Reisetermine zur Auswahl angegeben; er könnte sagen, er sei zu keinem frei. Allerdings war er seit dem Examen ohne feste Anstellung, und seine Kurse bei der Volkshochschule endeten in zwei Wochen. Filbry packte die Unterlagen wieder zusammen und schrieb einen Brief an die Agentur.

Am Ende der Woche fand Filbry in seinem Fach bei der Volkshochschule ein Schreiben; seine Kurse könnten im nächsten Jahr nicht mehr angeboten werden, man habe den Etat drastisch kürzen müssen. Filbry ließ sich gleich beim Referatsleiter melden; aber der konnte nur bedauern, es schlage jetzt eben alles durch.

Auf dem Heimweg las Filbry an einem Geldautomaten seinen Kontostand ab. Um ein Haar, und er wäre vierstellig im Minus. Aber in die Sommerfrische sollte er fahren und eine Sängerin treffen! Wo er alle Hände voll zu tun hatte, seine Existenz endlich auf sicheren Boden zu stellen. »Lächerlich«, sagte Filbry. Zu Hause an der Tür klebte ein Zettel, er solle in seinen Briefkasten sehen. Es war ein Eilbrief von der Agentur, Filbry brach ihn schon auf der Treppe auf. Man sei sehr verwundert, schrieb die Agentur, daß man ihn auf die Verpflichtungen aufmerksam machen müsse, die er mit seiner Teilnahme am Preisausschreiben eingegangen sei. Der Besuch bei der Sängerin diene natürlich, einmal offen gesagt, auch der Werbung für die Rösterei; er solle auf die Anwesenheit eines Photographen gefaßt sein.

»Scheiße«, sagte Filbry halblaut und steckte den Brief ein. Er überlegte. Andererseits könnte er in der Ferienzeit sowieso wenig erreichen. Und wenn er bloß daran dächte, wie es wäre, wieder mit den Bewerbungen zu beginnen, würde ihm regelrecht übel werden. Warum sollte er da nicht an den See fahren? In seiner Wohnung holte Filbry die Unterlagen hervor und las noch einmal genau die Konditionen. Dann rief er die Agentur an; er sei mit dem ersten Termin einverstanden.

Drei Wochen später kam Filbry in der Stadt am See an. Er war bester Laune. Bis jetzt hatte alles wunderbar funktioniert. Er hatte das Erster-Klasse-Ticket am Bahnhof eingetauscht und sich bei einer Mitfahrzentrale gemeldet. Gegen Benzinbeteiligung hatte ihn ein Vertreter bis Salzburg gefahren; den Rest der Strecke war er getrampt. Jetzt suchte er mit dem Stadtplan in der Hand sein Hotel, es lag an einem großen Platz, gegenüber von Kirche und Rathaus. Er werde schon erwartet, sagte der Portier und wollte ihm gleich sein Zimmer zeigen, aber Filbry bat, den Geschäftsführer zu holen. Er nahm den Mann beiseite. »Es ist Hochsaison«, sagte Filbry leise. »Mein Zimmer ist für zwei Wochen bezahlt. Ich wette, Sie müssen jeden Tag Leute abweisen. Also! Was zahlen Sie mir, wenn ich nicht hier wohne?«

Der Geschäftsführer zog die Stirn kraus. Soviel er wisse, gebe es da irgendwelche Termine.

Filbry schüttelte den Kopf. »Hier«, sagte er und zog die Unterlagen hervor. »Man holt mich am siebten um sechs Uhr abends hier ab. Der Besuch bei der Sängerin; das ist alles. Ich werde dann vor der Tür stehen.«

»Und wenn Anrufe kommen?«

»Ich melde mich täglich«, sagte Filbry.

»Und wo bleiben Sie?«

Filbry wies auf seinen Rucksack. »Zelten«, sagte er, dann nahm er ein Bündel grüner Karten aus den Unterlagen. »Und Essensgutscheine für mittags und abends.«

»Mir ist nicht wohl dabei«, sagte der Geschäftsführer.

»Das Zimmer kostet zweihundert«, sagte Filbry.

»Mal vierzehn gibt zweitausendachthundert. Geben Sie mir die Hälfte.«

»In Ordnung«, sagte der Geschäftsführer.

Gegen Abend hatte Filbry sein Zelt auf einem Campingplatz an der anderen Seeseite unter einem Baum aufgeschlagen. Er saß davor in der Unterwäsche, sein guter Anzug hing an einem Ast, damit sich die Falten glätteten. Jetzt konnten die Ferien beginnen. Zusammen mit dem Taschengeld stand er gut über dreitausend im Plus, und praktisch hatte er keinerlei Ausgaben mehr; aufs Frühstück ließe sich zur Not sogar verzichten.

Als die Sonne hinter den Bergen unterging, kroch Filbry ins Zelt und legte sich auf seinen Schlafsack. Es war noch angenehm warm. Zu Hause würde er die gleiche Prozedur starten wie im letzten Frühjahr, nach seinem Examen. Bewerbungen, Arbeitsamt, eventuell Umschulung. Aber er würde alles viel rationeller machen! Damals hatte er jedesmal Stunden in Copyshops verbracht, um auf den letzten Termin hin seine Unterlagen zusammenzukriegen. Oder Bekannte hatten ihn angerufen: In irgendeiner Zeitung habe eine Annonce gestanden, da hätten sie gleich an ihn gedacht; nein, in welcher Zeitung, das wüßten sie leider nicht mehr. Filbry tippte sich an die Stirn. Er würde jetzt jeden Samstag alle regionalen und überregionalen Zeitungen kaufen, die in Frage kommenden Anzeigen würde er ausschneiden und auf ein Blatt kleben, dazu die Daten der Bewerbung notieren, dann alles abheften und die weiteren Vorgänge sammeln.

Aber das Schlimmste war gewesen, daß er jedesmal ein anderes Photo mitgeschickt hatte, meistens eins aus dem Automaten am Bahnhof. Er würde jetzt neue Aufnahmen von sich machen lassen, professionelle; und er würde eine aussuchen und gleich ein paar dutzendmal abziehen lassen.

Kurz vor Mitternacht schlief Filbry ein. Ich bin auf dem richtigen Weg, hatte er sich gesagt. Und etwas Besseres als das hier hätte ihm gar nicht passieren können!

Den nächsten Tag und die folgenden verbrachte Filbry auf genau die gleiche Weise. Morgens schwamm er im See und unterhielt sich bisweilen mit den anderen Zeltern; meistens aber las er, oder er lag nur so auf einem Badetuch am Ufer. Um elf zog er seine Reisesachen an und ging in die Stadt. Gegen einen der Gutscheine bekam er ein vernünftiges Mittagessen in den besseren Lokalen; er sorgte jedoch dafür, daß die Rechnung etwas höher war, bezahlte mit zweien und erhielt die Differenz in bar. Davon kaufte er Brot und Aufschnitt und immer auch eine Flasche Wein. Er blieb dann ein wenig in der Stadt, sah die Geschäfte an oder besuchte ein Museum; genau um drei meldete er sich im Hotel. Spätestens gegen vier oder halb fünf war er wieder auf dem Campingplatz.

Am Ende der Woche lag zum ersten Mal eine Nachricht für ihn bei der Rezeption; der Termin mit der Sängerin müsse um zwei Tage vorverlegt werden. Das war also morgen. Filbry rief von der Rezeption die angegebene Nummer an. »Kein Problem für mich«, sagte er. Wie es ihm sonst erginge? »Gut«, sagte Filbry. »Ausgezeichnet.« Alles sei zu seiner Zufriedenheit. Beim Verlassen des Hotels traf er auf den Geschäftsführer. Da sei ein Anruf für ihn gewesen, sagte der.

»Ich weiß schon«, sagte Filbry. Er machte die Geste des Geldzählens. Der Geschäftsführer tippte sich an die Brusttasche; er solle bloß den Mund halten. Filbry grüßte und trat auf den Platz vor dem Hotel. Es war wenig Verkehr in den Straßen. Er setzte sich auf eine Bank neben einem Brunnen und sah ein paar Kindern zu, die darin ein Schiff schwimmen ließen.

Natürlich wird es peinlich werden, dachte Filbry. Aber was machte das ihm! »Sieger nach Punkten«, sagte er leise. Er stellte sich vor, wie er zu Hause die ganze Geschichte erzählte. Seine Bekannte würde Augen machen. Und seine Eltern auch. Außerdem war es der beste Beweis, daß er gut zurechtkam. Nein, die Volkshochschulkurse konnten ihm jetzt ruhig gestohlen bleiben. Und wenn er noch einmal Interesse für etwas aufbrächte, dann gegen gute Bezahlung.

Gegenüber wurde gerade das Metallgitter vor einem kleinen Kaufhaus hochgezogen. Ich müßte noch ein Geschenk besorgen, dachte Filbry. Er ging hinüber und schlenderte an den Regalen vorbei. Was bringt man einer Operettensängerin mit? Einer, die man im Preisrätsel gewonnen hat? Er nahm die Figur einer Ballettänzerin in die Hand und stellte sie wieder zurück, gleich daneben lagen Spiegel mit Porzellanrand.

Und ihre Photos! dachte Filbry, die sollten sie ruhig

machen. Keiner, den er kannte, las die Zeitschriften, in denen sie abgedruckt würden. Vielleicht noch seine Eltern. Er ging weiter zwischen den Ständen hindurch. Aber er hatte ja bloß seinen Vorteil gewahrt; das könnte ihm keiner ankreiden.

Vor einem Stand neben der Parfümabteilung waren Geschenkkartons aus bunter Pappe gestapelt, von verschieden großen Rollen hingen Bänder und Schnüre herab. An einer Stellwand waren Schleifen auf schwarzen Samt geheftet. Filbry trat näher heran.

»Wollen Sie etwas einpacken lassen?« sagte die Verkäuferin hinter dem Tresen.

»Ja«, sagte Filbry. »Das heißt nein.« Er überlegte kurz. »Machen Sie mir so einen Karton. Den großen da. Mit Bändern und einer Schleife.«

Was sie denn einpacken solle?

»Nichts«, sagte Filbry. »Bitte nur den Karton.«

»Soll ich es so machen, daß Sie das Geschenk später noch hineinlegen können?«

»Nein nein«, sagte Filbry. »Schnüren Sie es fest zu.« Man dürfe es mit den Fingern nicht aufbekommen. Die Verkäuferin sah ihn an. »Wissen Sie«, sagte Filbry, »es ist für ein Photo.«

Am nächsten Tag blieb Filbry den Nachmittag über am See. Dann rasierte er sich, wusch sich die Haare unter der Dusche und zog seinen guten Anzug an. Ob er etwas Besonderes vorhabe? fragte ihn sein Zeltnachbar, als er gerade mit einem Handtuch über seine Schuhe wischte.

»Dir kann ich es ja verraten«, sagte Filbry. »Ich bin Heiratsschwindler. Nach mir wird international gefahndet. Ich suche mir Tanten um die Fünfzig in der Sommerfrische und wickle sie um den Finger.« Er machte eine Handbewegung.

Der Zeltnachbar lachte. Warum er dann hier auf dem Platz wohne? Er habe immer gedacht, Heiratsschwindler logierten im ersten Haus am Platze.

»Tarnung«, sagte Filbry. Er warf das Handtuch ins Zelt, holte den Geschenkkarton, schloß den Reißverschluß, grüßte und machte sich auf den Weg. Gegen halb sechs meldete er sich an der Rezeption des Hotels. Wenn noch Anrufe kämen, er stehe vor der Tür.

Um fünf nach sechs fuhr ein Wagen vor. Ein Mann sprang heraus und lief zum Hoteleingang, dann blieb er stehen und drehte sich um. Er wies auf den Karton; ob er etwa Richard Filbry sei? Der Hauptgewinner?

»Richtig«, sagte Filbry

»Wunderbar«, sagte der Mann. Er sei nämlich ein bißchen spät dran, am besten, sie führen gleich los, der ganze Terminplan verändere sich im Moment quasi stündlich, das mache ihn noch völlig verrückt. Filbry setzte sich auf den Beifahrersitz, der Mann rief vom Autotelephon aus irgendwo an, bekam aber keine Verbindung. Er fluchte leise. Sie verließen die Stadt, fuhren kurz über eine Autobahn, dann durch ein paar kleine Orte. Schließlich bogen sie in Richtung Seeufer ab.

»Nervös?« sagte der Mann, als sie vor einem freistehenden Haus anhielten.

»Keine Spur«, sagte Filbry.

»Dann passen Sie auf. Ich lasse Sie einfach hier raus. Sie gehen rüber und klingeln. Frau Rathenbach wird Ihnen persönlich aufmachen, Sie sagen, wer Sie sind, oder sowas. Dann gehen Sie rein, Kaffeetrinken, undsoweiter undsoweiter. Wird sich alles ergeben. Wichtig ist nur: Wenn Sie photographiert werden, das ist in Ordnung. Nur nicht in die Kamera starren!« Er sah Filbry an. »Sie sind ein Fan von Frau Rathenbach?«

»Keineswegs«, sagte Filbry. Er grinste.

»Na prima«, sagte der Mann. »Und wie ist der Urlaub sonst gelaufen? Waren Sie schon im Spielkasino?«

»Gott bewahre«, sagte Filbry. Er stieg aus dem Wagen und ging, den Geschenkkarton unter dem linken Arm, über einen breiten, leicht ansteigenden Gartenweg zu der großen Haustür aus dunklem Holz. Neben dem Weg saß ein Mann mit einer Kamera auf dem Rasen; als Filbry herankam, stand er auf und klopfte ihm leicht auf die Schulter. »Ruhig bleiben«, sagte er. »Und bitte nie in die Kamera sehen.«

Filbry rückte seine Krawatte zurecht, dann drückte er einen Klingelknopf in einer bronzenen Fassung, es gab einen hellen Glockenton. Kurz darauf wurde die Tür geöffnet, eine Frau mittleren Alters in einem rosafarbenen und weißen Kostüm trat in die Tür und reichte ihm die Hand. »Rathenbach«, sagte sie.

»Natürlich«, sagte Filbry. Er nahm die Hand und

lächelte die Frau an. »Mein Name ist Filbry. Ich bin Ihr Hauptgewinn.«

Die Sängerin lachte hell. Der Photograph war neben die beiden getreten, der Kameramotor surrte. »Dann kommen Sie herein, Hauptgewinn«, sagte die Sängerin. Sie traten in einen großen Flur, von dem aus man hinauf in den ersten Stock sehen konnte; an den Zimmertüren vorbei lief dort ein Gang hinter einer hölzernen Balustrade, eine geschwungene Treppe führte herunter. Er habe da ein kleines Mitbringsel, sagte Filbry und reichte mit beiden Händen den Karton. Das sei aber nicht nötig gewesen, sagte die Sängerin.

Ob sie etwas dagegen habe, es erst zu öffnen, wenn er gegangen sei? sagte Filbry.

»Aber woher denn«, sagte die Sängerin. Der Kaffee stehe auch schon auf der Veranda. Sie stellte den Karton auf eine Anrichte. »Wir haben ja ein solches Glück mit dem Wetter«, sagte sie und machte ein Zeichen, daß sie vorangehe. Das nächste Zimmer war groß und hell mit breiter Fensterfront zum Seeufer hin; durch eine weit offene Glastür gingen sie hinaus. Dort war ein Gartentisch in Weiß und Rosa für zwei Personen gedeckt.

»Nehmen Sie Platz«, sagte die Sängerin. Filbry zog den Stuhl ein wenig zurück und wartete, bis die Sängerin sich gesetzt hatte; da erschien eine junge Frau in weißer Schürze mit einer großen Kaffeekanne. Sie goß Filbry zuerst ein, der Photograph stand jetzt im Garten und photographierte aus einiger Entfernung mit einem langen Objektiv.

»Danke«, sagte Filbry. Er tat Milch und Zucker in seinen Kaffee und ließ sich ein Stück Obstkuchen auf den Teller legen.

»Nun erzählen Sie mal«, sagte die Sängerin. »Wie gefällt Ihnen unser See? Was haben Sie schon unternommen?«

Filbry hatte einen Schluck Kaffee getrunken, jetzt setzte er die Tasse ab. Die Sängerin reichte ihm eine Schale mit Sahne, und er tat einen Löffel davon auf sein Obststück. »Es ist ganz angenehm«, sagte er. »Leben Sie immer hier?«

»Ach nein«, sagte die Sängerin. Es gab ein Geräusch im Garten. Sie sahen beide einen Moment hinüber. Der Photograph hatte ein Objektiv fallenlassen. »Ich bin viel zu selten hier«, sagte die Sängerin.

»Natürlich«, sagte Filbry. »Die Engagements und die Tourneen.«

»Sie haben mich schon einmal in einem Konzert gehört?«

Filbry zog die Stirn kraus. »Leider nein«, sagte er leise. Er wohne ziemlich auf dem Land. Aber im Fernsehen, da natürlich. Er beugte sich über seinen Teller und stach mit der Gabel vorsichtig ein Stück Obstkuchen ab. Der Photograph kam heran und machte ein Zeichen; bis zur Führung bleibe er gerne im Garten, sagte er.

»Ich soll Ihnen nämlich das Haus zeigen«, sagte die Sängerin. »Natürlich nur, wenn Sie es wünschen.«

»Auch die Goldenen Schallplatten?« sagte Filbry.

»Wenn Sie wollen.«

»Das gibt ein schönes Bild«, sagte Filbry. »Ich denke mir, Sie müssen da eine Wand haben, vielleicht in einem Flur, oder besser: in Ihrem Musikzimmer.« Er wies mit der Hand. »Und da hängen dann all die Goldenen Schallplatten und die aus Platin in Holzrahmen hinter Glas.«

»So ähnlich«, sagte die Sängerin. Sie aßen und tranken jetzt eine Zeitlang schweigend. Die junge Frau kam und schenkte Kaffee nach. Dann schob die Sängerin ihren Teller ein wenig von sich. »Nun erzählen Sie aber mal«, sagte sie. »Was machen Sie bei sich zu Hause?«

»Ich bin arbeitslos«, sagte Filbry. Er hob eine Hand. »Machen Sie sich keine Sorgen, ich beklage mich nicht.« Es sei außerdem nur eine Phase. Er habe erst letztes Frühjahr Examen gemacht, und seitdem gebe er Kurse in der Volkshochschule.

Die Sängerin lehnte sich in ihrem Stuhl zurück. »Aber vielleicht könnte ich Ihnen irgendwie helfen. Was haben Sie denn studiert?«

»Nein nein«, sagte Filbry. »Ich habe gerade angefangen, mir selbst zu helfen.«

»Und wie? Nun erzählen Sie ruhig ein bißchen mehr über sich.«

Filbry sah hinaus zum See. Der Photograph war bis zum Ufer gegangen. Er schien das Haus zu photographieren. Ein weißes Motorboot mit einem Wasserskifahrer kam gerade vorbei. »Ich habe diese Kaffeefirma betrogen«, sagte Filbry.

»Wie bitte?«

Filbry wies auf den Kuchen. Die Sängerin nickte, und er nahm noch ein Stück. »Natürlich nicht richtig«, sagte er. »Zuerst habe ich die Zugkarte verkauft und bin hierher getrampt. Dann habe ich mit dem Hotel verhandelt, und jetzt wohne ich im Zelt, da hinten am See.« Er zeigte über das Wasser.

»Versteh ich Sie richtig?« sagte die Sängerin.

»Ja«, sagte Filbry. »Der Gewinn ließ sich nicht auszahlen; aber ich bin gut über dreitausend im Plus.«

Die Sängerin atmete einmal tief ein und aus. »Dann ist das hier für Sie vermutlich eine ziemliche Quälerei.«

Filbry fühlte sich rot im Gesicht werden. »Keineswegs«, sagte er.

»Wenigstens sparen Sie eine Mahlzeit. Da liege ich doch richtig?«

Filbry schwieg. »Nehmen Sie ruhig noch ein Stück«, sagte die Sängerin. »Ich kann Ihnen auch etwas einpacken lassen.« Filbry legte die Kuchengabel neben den Teller. Die Sängerin sah auf eine kleine, goldene Armbanduhr. Andererseits sei es jetzt Zeit für die Führung; sie stand auf und winkte dem Photographen, dann ging sie voran ins Haus. Filbry folgte ihr, im Flur holte er sie ein.

»Das Empfangszimmer«, sagte die Sängerin. »Beachten Sie besonders den Leuchter aus Hirschgeweihen, ein Geschenk des Landeshauptmanns anläßlich eines Wohltätigkeitskonzertes.« Sie stieg die geschwungene Treppe in den ersten Stock hinauf, Filbry und der Photograph folgten ihr. »Mein Schlafzimmer«, sagte sie und öffnete eine Tür. »Natürlich alles in meinen Lieblingsfarben.« Sie öffnete eine andere Tür. »Das Musikzimmer. Der Flügel ist ein Geschenk des Pianisten Aaron Horszik. Ich war ein so kleines Mädchen, als er mich zum ersten Mal begleitete.« Sie zeigte es mit der Hand.

»Könnten Sie ein bißchen langsamer machen bitte, Frau Rathenbach«, sagte der Photograph.

»Meinethalben gerne, aber der junge Mann hier hat es eilig.« Die Sängerin ging voraus in einen breiten Korridor und drückte einen Schalter; ein Dutzend Strahler an der Decke ging an, rechts und links hingen die Goldenen Schallplatten in hölzernen Rahmen. »Bitte sehr«, sagte sie. »Hatten Sie es sich so gedacht?«

Filbry nickte. »Vielleicht könnten Sie sich einmal dorthin stellen, Sie beide vielleicht«, sagte der Photograph.

»Gerne.« Die Sängerin stellte sich neben eine der Schallplatten und tat, als zeige sie auf das Etikett. Der Photograph winkte, und Filbry stellte sich hinzu. »Bitte nicht in die Kamera sehen«, sagte der Photograph. Das Blitzlicht flammte zweimal auf, dann kam ein Piepton aus der Kamera. »Entschuldigung«, sagte der Photograph; er lege nur schnell einen neuen Film ein. Eine Sekunde! Er lief die Treppe hinunter.

»Sie haben mich mißverstanden«, sagte Filbry rasch. »Wenn Sie wüßten, wie dringend ich das Geld brauche! Im Arbeitsamt sagen sie, für eine Umschulung ist es noch zu früh. Und die meisten ABM-Stellen werden jetzt gestrichen.« Er nahm die Arme ein wenig hoch und ließ sie gegen die Schenkel fallen. »Vielleicht muß ich in die neuen Länder.«

»Solche wie Sie wird man da brauchen«, sagte die Sängerin.

»Sie haben gut reden«, sagte Filbry. Seine Stimme zitterte ein wenig. »Ich möchte wetten, Sie kriegen für den Nachmittag das Doppelte von dem, was mein ganzer Urlaub kostet.« Er machte die Geste des Photographierens. »Oder läuft das anders. Tun Sie es etwa bloß für die Photos?«

Die Sängerin sah ihn an; von der Treppe her waren hastige Schritte zu hören. »Er kommt«, sagte sie. »Lächeln!« Sie nahm wieder die Stellung vor der Schallplatte ein. »Das war meine erste Goldene«, sagte sie, als der Photograph die Kamera gehoben hatte.

»Da haben Sie sich sicher sehr gefreut«, sagte Filbry.

»Ich war ganz verrückt damals«, sagte die Sängerin.

»Wunderbar«, sagte der Photograph. »Jetzt bitte einen kleinen Moment nicht bewegen! So.« Er setzte die Kamera ab. Das sei es schon gewesen. »Einen schönen Tag«, sagte er, und er finde alleine hinaus. Kurz darauf kam von unten das Schlagen der Haustür.

Die Sängerin schaltete die Deckenstrahler aus. »Soll ich Ihnen ein Taxi rufen?« sagte sie, dann faßte sie sich mit einer großen Bewegung an die Stirn. »Aber nein, Sie werden ja abgeholt. Für Sie ist ja alles frei.« Sie wandte sich ab, trat aus dem Korridor auf den Gang mit der Balustrade und stieg die Treppe hinunter ins Empfangszimmer. Filbry folgte ihr langsam. Unten angekommen, nahm die Sängerin den Karton von der Anrichte und schüttelte ihn leicht. »Nein!« rief Filbry von der Treppe her.

»Aber bitte. Wir wollen doch wenigstens noch sehen, wofür Sie sich in Unkosten gestürzt haben.« Die Sängerin versuchte, die Bänder von dem Karton abzustreifen, aber es gelang ihr nicht. »Katinka, eine Schere!« rief sie.

»Ich hatte Sie darum gebeten«, sagte Filbry. Die Sängerin sah zu ihm hinauf. »Es enthält etwas sehr Persönliches.«

»Was Sie nicht sagen.« Die junge Frau kam und brachte eine Schere, gleich darauf ging sie wieder und schloß die Tür.

»Halt!« sagte Filbry. »Ich verbiete Ihnen das.« Er war die Stufen weiter heruntergestiegen und hatte beide Hände gehoben. »Aber ich mache Ihnen einen Vorschlag. Hören Sie. Irgendwo hier ist ein Spielkasino. Ich bin dreitausend im Plus. Fünfzehnhundert davon habe ich bei mir. Hier!« Er zog sein Portemonnaie, holte ein paar Scheine heraus und hielt sie hoch. »Wir fahren dahin, jetzt, und ich setze alles auf Rot. Rot ist doch Ihre Lieblingsfarbe. Von mir aus auch auf Schwarz. Auf was Sie wollen. Aber machen Sie das Paket nicht auf.«

Sie sahen einander eine Zeitlang schweigend an. Dann legte die Sängerin den Karton und die Schere auf die Anrichte. »Idiotisch«, sagte sie und zeigte kurz zur Tür. »Außerdem wird es Zeit, daß Sie wieder in Ihr Zelt kommen.«

Mit ein paar Schritten war Filbry bei ihr; er nahm den Karton an sich. »Bitte«, sagte er. »Wir können jetzt fahren. Wenn Sie wollen, kann ich auch dreitausend setzen. Dann müssen Sie mir vorstrecken. Ich zahle jede Mark zurück.«

Die Sängerin schüttelte den Kopf. Dann strich sie Filbry einmal übers Haar, faßte sein Jackett beim Revers und ließ es durch die Hand gleiten. »Ein etwas schweres Stück«, sagte sie. »Jedenfalls für die Jahreszeit. Im Casino würden Sie damit auffallen.«

»Gut«, sagte Filbry. »Und vielen Dank.« Er grüßte, drehte sich um, ging zur Tür und trat hinaus. Am Ende des Vorgartenweges stand noch immer der Wagen, beide Türen waren offen, der Mann auf dem Fahrersitz rauchte und las. Als er Filbry kommen sah, stieg er aus und sah auf die Uhr. »Donnerwetter«, sagte er. »Schon?«

Filbry stieg an der Beifahrerseite ein. »Und?« sagte der Mann. »Wie war es?«

»Sehr schön«, sagte Filbry.

»Tatsächlich?« Sie fuhren los.

»Unbedingt«, sagte Filbry. »Eine Frau mit Geschmack und Lebensart. Sehr imponierend.«

»Was Sie nicht sagen.« Der Mann wies auf den Karton. »Aber Ihr Geschenk hat sie nicht genommen.«

»Das verstehen Sie nicht«, sagte Filbry. »Und jetzt

fahren Sie mich bitte zum See.« Er nannte den Namen des Campingplatzes.

Er wisse nicht, wo das sei, sagte der Mann.

»Ich kann Sie lotsen«, sagte Filbry. »Halten Sie sich vorerst immer rechts.«

Eine knappe halbe Stunde später trat Filbry vor sein Zelt. Die Sonne stand noch hoch über den Bergen. »Na«, sagte der Nachbar, »wie wars? Gute Beute gemacht?«

»Ein herrlicher Tag«, sagte Filbry. Dann zog er sein Portemonnaie und reichte dem Nachbarn seine restlichen Gutscheine. »Iß dich mal satt«, sagte er, dann baute er rasch das Zelt ab und packte seine Sachen zusammen. Als es gerade dunkel wurde, stand er auf dem Bahnhof der Stadt. »Ich möchte mein Gepäck aufgeben«, sagte er zu dem Schalterbeamten. Dann nannte er seinen Heimatort. »Und für mich einmal hin«, sagte er. »Schlafwagen. Erste Klasse.«

Der Sprayer

An einem Montagmorgen im September verließ Brandies wie immer gegen halb acht das Haus und holte das Fahrrad aus dem Schuppen am Ende des Hofes. Er klemmte die Aktentasche in den Gepäckträger, schob das Rad an und stieg noch in der Einfahrt auf. Langsam überquerte er den Bürgersteig und fuhr den Bordstein hinab auf die Straße. Als er aufsah, bemerkte er die Schrift an der Hauswand gegenüber. FREIHEIT FÜR JENS WEG MIT DEM KNASTSYSTEM!! Die Worte waren mit roter Farbe und in Kopfhöhe gesprüht. Die letzten Buchstaben hatten ein Fenster erreicht, dort waren sie steil nach unten abgeknickt. Um das A war ein Kreis gezogen. Brandies hielt an; vor dem Haus stand ein alter Mann, mit einem Stock zeigte er auf die Wand. »Sauerei!« rief er zu Brandies herüber. »Ja ja«, sagte der und stieg wieder auf.

Zum TÜV fuhr Brandies durch den Park, der hinter einem Durchgang begann. Auf dem Radweg dort kamen gerade Schulkinder vorbei. Sie hatten lange, biegsame Stangen mit roten Wimpeln an ihren Rädern, und sie riefen einander englische Sätze zu. Wahrscheinlich die Hausaufgabe, dachte Brandies und sah ihnen nach. Die Wimpel schwankten durcheinander.

An der Kreuzung mit dem Fußgängerweg hielt Brandies an und ließ zwei Mütter mit Kinderwagen vorbei. Die eine sah er seit dem Frühjahr fast jeden Morgen, die andere war erst letzte Woche hinzugekommen. Brandies grüßte mit einem Kopfnicken, und die erste Mutter winkte ihm zu. »Tolles Wetter, nicht wahr?« sagte sie. »Für die Jahreszeit?«

Brandies deutete nach oben. Und das solle sich halten. Er wünschte einen schönen Tag und fuhr weiter. Am Ende des Parks, wo der Radweg auf die Hauptstraße traf, wartete der Mann mit den drei Pudeln vor der Fußgängerampel. Er hat leichte Verspätung, dachte Brandies. Vielleicht lag es an dem dritten Pudel, einem alten, schwarzen, der um die Schnauze ganz grau war und den beiden weißen immer langsam hinterherging.

Brandies fuhr ein kurzes Stück über die Hauptstraße, dann bog er in die schmale Gasse, die hinter alten Fabriken und Hallen entlanglief. Die meisten standen leer, in einer unterhielten die Amerikaner ein Amt. Die Gasse stieß seitlich an das Gelände des TÜV. Brandies stieg ab, trug das Fahrrad über einen niedrigen Graben und stellte es hinter dem Verwaltungsgebäude ab. Im Umkleideraum traf er Hollstein, der sich vor einem Jahr hierhin hatte versetzen lassen. »Morgen«, sagte Hollstein. »Einsatz nicht vergessen.« Seit zwei Wochen warteten sie darauf, den ersten *Trabant* zu prüfen. Vor Dienstbeginn warfen sie einen Betrag ihrer Wahl in eine Cola-Dose, trugen ihn in eine Liste ein und machten ein Kreuz oder einen Strich dahinter.

Wenn der erste *Trabant* käme, würde das ganze Geld nach einem Schlüssel verteilt werden. Das System habe Hollstein von seinem Bruder, der in Amerika lebe. »Und?« sagte er jetzt. »Was ist?«

Brandies warf ein Fünfmarkstück ein, notierte den Betrag und machte einen Strich auf die Liste. »Das dauert noch«, sagte er und zog die Nase hoch. »Ich hab jedenfalls noch nichts gerochen.«

Hollstein lachte. »Also dann.«

Zuerst wurden die Wagen mit festem Termin geprüft; Brandies stand an der Spur für Kleintransporter und Campingbusse. Über das Außenmikrophon rief er den ersten Wagen auf. Es war ein umgebauter Ford *Transit* mit einer Dachkuppel, die aus einem Volkswagen geschnitten war. Brandies winkte dem Fahrer, über den Bodenrollen anzuhalten und auszusteigen. Er nahm die Unterlagen aus einer Klarsichtmappe.

»Wievielte Prüfung nach dem Umbau?« sagte er, während er die Papiere aufblätterte.

Der Fahrer war ein junger Mann mit kurzgeschnittenem Haar und einer Lederweste. »Zweite«, sagte er und hob die Hände. »Seitdem keine Veränderungen.«

»Dann sehen wir es uns an.« Brandies machte den Bremstest, dann ließ er den *Transit* über die Grube fahren und schlug von unten mit einem Schraubenschlüssel gegen die Achsen. Der junge Mann hatte sich hingekniet und sah ihm dabei zu. »Die Holme waren letztesmal neu reingekommen«, sagte er.

»Die Holme sind gut«, sagte Brandies. »Lenken Sie

mal! Erst rechts, dann links.« Als die Räder sich bewegten, leuchtete er mit einer Neonröhre in das Gestänge. »Genug!« rief er nach oben, dann stieg er unter dem Wagen hervor. »Ein bißchen viel Spiel in der Lenkung«, sagte er.

»Schlimm?«

Brandies schüttelte den Kopf. »Geht noch gerade«, sagte er. »Wird aber von selbst nicht besser.« Der junge Mann nickte. Brandies stieg in den Wagen und prüfte die Einrichtung. Mit einem Zollstock maß er die Höhe der Kuppel und verglich sie mit dem Nachtrag im KFZ-Schein. »Die Innenbeleuchtung brennt nicht, wenn die Schiebetür aufgeht«, sagte er und machte einen Strich im Prüfbogen.

»Kann nur das Birnchen sein«, sagte der junge Mann.

Brandies fuhr den Wagen von der Grube und schob das Gerät zur Beleuchtungsprüfung vor. »In Ordnung«, sagte er schließlich. Der junge Mann klopfte mit der flachen Hand auf den Kotflügel des *Transit*. Brandies stempelte den KFZ-Schein und klebte die Prüfplakette auf das Nummernschild. Die Hecktür war bedeckt mit Aufklebern. Brandies deutete darauf. »Und wohin gehts dieses Jahr?« sagte er.

»Griechenland«, sagte der junge Mann.

Brandies gab ihm die Papiere. »An das Birnchen denken«, sagte er. Der junge Mann stieg ein und fuhr davon.

Nach Dienstschluß winkte Hollstein vom Parkplatz herüber. »In Zwei und Drei auch kein *Trabi*«, sagte er und schüttelte die Cola-Büchse. Morgen müßten sie eine neue anfangen. Brandies holte sein Fahrrad, trug es über den Graben und fuhr los. Vor einer der Hallen hielt er an. Am Freitag hatte er dort schon Handwerker gesehen, jetzt waren die Dachziegel abgedeckt und ein paar Balken entfernt. Neben einem kleinen Lastwagen stand ein Mann. »Was wird das?« sagte Brandies.

»Das da?« Der Mann wies nach oben. »Wohnungen.«

»Hier?« sagte Brandies.

Der Mann zuckte die Schultern. »Vielleicht für Studenten. Oder für Aussiedler.«

Brandies zeigte auf seine Armbanduhr. »Und jetzt noch? Überstunden?«

»Und wie«, sagte der Mann. »Da sitzt Zug dahinter.«

Im Park fuhr Brandies langsam am Spielplatz vorbei. Die Mütter saßen rund um den großen Sandkasten, in dem eine alte, bunt angestrichene Dampfwalze stand. Die Kinderwagen hatten sie neben die Bänke gestellt. Brandies bog in den Durchgang ein, dann in seine Straße. Vor der Einfahrt zum Hof hielt er an und sah sich um. Das Fenster, vor dem die Schrift abgeknickt war, wurde gerade geöffnet. Eine Frau beugte sich heraus und deutete auf die Wand. »Ist das nicht eine Schande!« rief sie.

»Das wird schwer runter gehen«, sagte Brandies.

Die Frau winkte ab. »Überstreichen«, sagte sie. »Und dann treffen die natürlich nicht den Farbton. Scheußlich sieht das aus. Da hinten war er auch.« Sie wies die Straße entlang.

»Tatsächlich?«

»Ja«, sagte die Frau. »Gehen Sie mal hin! Schauen Sie sich das an!«

Brandies lehnte das Fahrrad gegen die Wand. Nach etwa fünfzig Metern begann eine Garagenzeile. Über die Tore und die Zwischenwände hinweg stand FREIHEIT FÜR JENS KNAST = FOLTER!! Unter dem letzten Ausrufezeichen war ein großer Fleck, aus dem die Farbe bis auf den Boden gelaufen war. Brandies erinnerte sich, daß die Tore im Frühjahr neu gestrichen worden waren. Er ging zurück; das Fenster am Haus gegenüber war jetzt geschlossen. Brandies stellte das Fahrrad in den Schuppen und stieg die zwei Treppen hinauf in seine Wohnung. Im Wohnzimmer öffnete er das Fenster zur Straße. Dann holte er eine Büchse Bier aus dem Kühlschrank, schaltete den Fernseher ein, setzte sich ans Fenster und sah hinunter auf die Schrift.

Wer wohl dafür aufkommt? dachte er. Würde es überhaupt als Sachbeschädigung gelten? Und wenn ja, waren die Hauseigentümer dagegen versichert? Vielleicht müßten sie zuerst Anzeige gegen Unbekannt erstatten, und natürlich könnte sich die Polizei nicht darum kümmern. Wahrscheinlich wird die Schrift noch lange da stehen. »Schweinerei«, sagte Brandies leise. Dann legte er sich auf die Couch und sah fern.

Später am Abend tat Brandies zwei Bierbüchsen in eine Plastiktüte und ging zu Fuß in den Park, dort setzte er sich auf die Bank an dem kleinen Teich. Es wehte ein leichter Wind, um die Laternen am Parkweg flogen Schwärme von Mücken, unter den Büschen raschelten Vögel. Brandies saß oft hier. Nach der Scheidung hatte er lange gesucht, bis er die Wohnung in Parknähe gefunden hatte. Seine Frau war mit den Kindern in dem Haus im Vorort geblieben. Später hatte sie alles verkauft und war in eine andere Stadt gezogen.

Ein älterer Mann kam jetzt, der eine Bierflasche in der Hand trug. Brandies sah rasch weg, und der Mann ging vorbei. Der Sprayer, dachte Brandies, eigentlich hätte er ihn hören müssen. Eine Spraydose zu schütteln machte doch Lärm. Aber schütteln könnte der natürlich auch woanders. Oder er wickelte eine Decke um die Dose. Brandies stellte sich vor, wie der Sprayer danach die leere Dose in einen Müllcontainer warf und in eins der Lokale ging, die lange geöffnet hatten. Immerhin mußte es den ziemlich umtreiben. Der ginge sicher nicht gleich nach Hause!

Der Mann mit der Bierflasche war wiedergekommen. Ob er sich zu Brandies auf die Bank setzen dürfe? »Sicher«, sagte Brandies. Das sei ein schöner Platz, sagte der Mann. Er wohne unter dem Dach, und da sei es immer noch stickig. Brandies nahm eine Büchse aus der Plastiktüte und riß den Verschluß auf, etwas Schaum lief aus. Der Mann trank ihm zu. Später donnerte es weit entfernt, kein Blitz war zu sehen. »Vielleicht gibt es Regen«, sagte der Mann.

Am nächsten Morgen, als Brandies aus seiner Straße in den Durchgang biegen wollte, erschrak er so sehr, daß er beinahe ein Auto gestreift hätte. Quer über eine weiß getünchte Brandmauer stand JENS MUSS RAUS KEINE KNASTFOLTER!! Es war dieselbe Schrift, Brandies war sich völlig sicher. Diesmal reichten noch mehr Farbstreifen bis auf den Boden, und der Sprayer hatte ein scharfes S zwischen die Großbuchstaben geschrieben. Brandies erinnerte sich an Fernsehbilder von einer Mauer, vor der Menschen erschossen worden waren. Es ist ekelhaft, dachte er. Der Kerl gehörte selbst hinter Gitter. Brandies sah auf die Uhr, er war schon etwas spät. Schnell fuhr er weiter, durch den Park, über die Hauptstraße und in die Gasse. Von der Halle waren jetzt alle Dachbalken abgetragen.

Den Vormittag über blieb Brandies auf der PKW-Spur, am Nachmittag half er bei den LKW aus, ein paar Kollegen ohne Familie waren noch im Urlaub. Ein Transportunternehmer war gekommen und stand etwas abseits, als seine beiden Wagen geprüft wurden. Brandies mußte den ersten beanstanden; als er in den zweiten stieg, lag ein Hundertmarkschein auf dem Fahrersitz. Brandies legte ihn auf die Ablage neben dem Armaturenbrett. Gegen fünf fuhr er nach Hause. Ein *Trabant* war wieder nicht gekommen.

In der Wohnung war es schwül. Brandies wartete,

bis es dunkel wurde, dann ging er hinüber zum Park. Unterwegs begegnete er einem jungen Mann mit langen, wirren Haaren, der eine Stofftasche trug. Er sah ihm nach. Könnte das der Sprayer sein? Der geht sicher noch um, dachte Brandies. Der hatte jetzt einmal angefangen, und über Tag sah er die freien Wände. Ob er wohl plante, oder ob er alles dem Zufall überließ?

Brandies fand die Bank am Teich leer, er setzte sich und streckte die Beine aus. Nein, bestimmt würde er planen. Die weiße Wand an der Durchfahrt war ein idealer Platz gewesen. Das Haus in der Innenstadt, in dem Brandies' Eltern gewohnt hatten, war vor Jahren, während einer Rüstungsdebatte, ständig voller Parolen gewesen. Schließlich hatten die Eigentümer den Bürgersteig aufreißen und Efeu und Kletterrosen pflanzen lassen, die hinter Maschendraht die Fassade hinaufwuchsen. »Wie eine Laube«, hatte der Vater gesagt.

Brandies stand auf und verließ den Park auf der anderen Seite. In dem Eckhaus gegenüber war bis vor kurzem ein Laden gewesen. Dann hatten sie die Eingangstür zugemauert und die Schaufenster verkleinert. Eine schöne Fläche, dachte Brandies, und von allen Seiten zu sehen. Er ging weiter. An der nächsten Kreuzung war eine Ampelanlage. Bei Rot sahen die Fahrer auf der Hauptstraße gegen den Bretterzaun einer Baustelle. Aber der war schon über und über mit Plakaten beklebt. Brandies ging in einem großen Bogen um den Park herum zu seiner Straße zurück und versuchte dabei, sich alle günstigen Stellen einzuprägen. Er wunderte sich, wie wenige es waren; meistens störten die Reklametafeln, oder die Fassaden waren zu schmutzig. Als er zu Hause ankam, war es Mitternacht. Brandies nahm einen Schreibblock und zeichnete einen ungefähren Plan der Gegend. Darin trug er die günstigen Stellen mit einem Kreuz ein. Dann legte er sich zu Bett.

Im Laufe des folgenden Tages kühlte es merklich ab, und am Abend begann es zu regnen. Brandies sah hinunter auf die Straße. Bei diesem Wetter würde der Sprayer nicht unterwegs sein; auf nassen Wänden mußte die Farbe verlaufen. Er nahm den Plan hervor und legte eine sorgfältige Fassung an, in die er alle Straßennamen schrieb.

Am Donnerstagmorgen war der Himmel wieder wolkenlos. Brandies zählte im Vorbeifahren an der Halle die Gauben, die die Zimmerleute schon roh aus Balken angelegt hatten. In seiner Spur war er dann den ganzen Tag allein, Hollstein lag mit einer Sommergrippe im Bett. Er hatte angerufen und seine Einsätze durchgegeben.

Brandies prüfte PKW. Gegen Mittag brachten die Gesellen eines Autohauses ein paar Gebrauchtwagen. Zwei Lehrjungen waren mitgekommen, und während der Wartezeiten fuhren sie die großen Limousinen über den Parkplatz. Am Nachmittag stellte Brandies einen Fehler in der Abgasprüfanlage fest, und sie mußten die Spur schließen. Auf der Heimfahrt hielt er wieder vor der Baustelle. Maurer hatten jetzt begonnen, Zwischenwände hochzuziehen, und in die Giebel waren je zwei Fenster geschlagen.

Brandies kam die Idee, dort zu wohnen. Es müßte praktisch sein, dachte er. Er könnte in der Mittagspause nach Hause gehen, und abends sparte er vielleicht eine halbe Stunde. Er fuhr wieder an. Eine dumme Idee. Wollte er denn zwischen alten Fabriken wohnen? Ganz in der Nähe lag der Schrottplatz einer kleinen Autoverwertung; und wer konnte wissen, was passierte, wenn die Amerikaner auszögen. So ein Unsinn! dachte Brandies.

Im Park sah er den Mann mit den Pudeln vor dem Rasen neben dem Teich stehen, die beiden weißen jagten einen Terrier, der schwarze saß abseits. Aus dem Eingang zum Spielplatz kamen die beiden Mütter. Brandies grüßte schon von weitem, und jetzt winkte auch die zweite ihm zu. Er hielt an und stieg vom Rad. »Gestern sah es aus, als würde heute nichts mit dem Rausgehen«, sagte er.

»Und ob«, sagte die erste Mutter. »Haben Sie das schon gesehen?« Sie zeigte auf die Dampfwalze im Sandkasten. Quer über die vordere Walze stand JENS MUSS RAUS KRIEG DEN KNÄSTEN!! Die Schrift war weiß, die letzten Buchstaben rückten eng zusammen, und von jedem lief ein dünner Strich über das Metall.

»Ich kenne das«, sagte Brandies. »Das geht seit Tagen so.«

»Unten war Farbe im Sand«, sagte die zweite Mutter. »Wir haben das zusammengekratzt und weggeworfen.«

Brandies nickte. »Er kommt immer nachts«, sagte er. »Und er sucht sich die gut sichtbaren Stellen. Auf die hier wäre ich nicht gekommen.«

»Dabei ist die Dampfwalze letzte Woche neu gestrichen worden«, sagte die erste Mutter.

»Eben«, sagte Brandies. Er wünschte einen schönen Abend und fuhr weiter. Unterwegs kaufte er etwas zu essen und eine Zeitung. Mit dem Teller setzte er sich an das offene Fenster und sah hinunter zu der Schrift. Sogar die Farbe wechselte der, je nach Untergrund. Rot und weiß. Brandies stellte den Teller zur Seite und blätterte im Lokalteil. Von einem Sprayer war nicht die Rede. Das sind Kleinigkeiten, dachte er. Einer war der Geschädigte, und ein paar regten sich auf. Aber tun kann man nichts, es ist eben eine Unsitte. Er holte den Plan hervor und machte ein Kreuz an den Spielplatz, dann ging er hinunter in seinen Kellerraum. Hier standen die alten Möbel, für die kein Platz mehr gewesen war. Aus einer Kommode nahm er die Taschenlampe. Es war ein Akkugerät, Brandies trug es in die Wohnung und schloß es an eine Steckdose. Dann zog er eine alte, schwarze Hose an und legte einen schwarzen Rollkragenpullover heraus. Er wartete, bis es dunkel wurde, dann zog er auch den Pullover und eine Jacke an, nahm die Taschenlampe aus der Steckdose und verließ die Wohnung. Auf der Treppe fiel ihm ein, daß er den Plan vergessen hatte. Der Plan ist nutzlos, dachte er. Er würde sich auf sein Glück verlassen.

Brandies ging zuerst zum Spielplatz; er strich mit der Hand über die Dampfwalze. Wenn sie anführe, würde sie die Schrift auf den Boden drucken, spiegelverkehrt und in großen Abständen. Er lachte leise. Praktisch wäre auch eine Schablone, mit zwei Stück Klebeband schnell an die Wand geheftet, den Sprühstrahl in Wellenlinien darübergeführt, kurz die Farbe antrocknen lassen; eine saubere Lösung. Brandies zog sein Schlüsselbund und ritzte unterhalb der Schrift die Zahl Vier in die Walze. Dann verließ er den Park und ging langsam durch das Viertel. Die meisten Fenster im Parterre waren dunkel, die Balkone alle leer. Nur weiter oben brannte vereinzelt Licht, auf einem Dachgarten schien gefeiert zu werden. Vor einem Lokal verabschiedeten sich zwei Paare voneinander, das eine ging untergehakt an Brandies vorbei. »Dieser Schnieder«, sagte der Mann kopfschüttelnd. »Und ausgerechnet Amerika.«

Gegen sechs Uhr morgens saß Brandies wieder auf der Bank am Spielplatz. Es begann zu dämmern; auf dem hölzernen Klettergerüst balancierte eine schwarzweiß gefleckte Katze. Brandies rief sie an, die Katze machte einen Buckel und sprang hinunter in den Sand. Er dachte daran, daß er in einer Stunde zur Arbeit fahren mußte. Sein Rücken unter dem Rollkragenpullover fühlte sich klamm an. Ich hatte keine Methode, dachte er. Es war doch Unsinn gewesen, sich auf sein Glück zu verlassen.

Die Farben der Dampfwalze wurden langsam deutlicher. Wenn dieser Jens im Gefängnis war, würde er vielleicht jetzt gerade geweckt. Wie im Krankenhaus; Brandies' Frau hatte nach den Geburten immer darüber geklagt, es sei viel zu früh. Er blieb noch eine Zeitlang sitzen, auf dem Heimweg kaufte er zwei Brötchen, die so heiß waren, daß er es durch die Tüte fühlen konnte. Er zog sich um und fuhr los.

In der Frühstückspause ging Brandies vom TÜV-Gelände bis zu der Baustelle. Vor der Halle stand ein Lastwagen, Männer mit nackten Oberkörpern luden Styropor-Platten ab. Bald wird es hier überall Wohnungen geben, dachte Brandies. Sie werden die Hallen umbauen und die Fabriken, dazwischen werden sie Wege anlegen und Spielplätze mit Fahrradständern und Bänken und kleinen Bäumen. Und vielleicht würden sie irgendwann den TÜV aus der Stadt verlegen, auf ein größeres Gelände mit mehr Platz für die wartenden Autos. Dann müßte er morgens und abends den Bus nehmen. Soweit kommt das! dachte Brandies. Langsam ging er zurück.

Als er das Gelände betrat, sah er einen hellblauen *Trabant* vor dem Verwaltungsgebäude halten. Der Fahrer stieg aus.

»Hallo Sie!« rief Brandies. Der Mann sah zu ihm herüber, Brandies lief auf ihn zu. »Wollen Sie Ihren Wagen vorführen?«

»Vorführen?« sagte der Mann. Dann nickte er. »Ja, natürlich. Wegen der Plakette.«

»Das ist ein *Trabant*!« sagte Brandies und wies auf den Wagen. Am Heck klebte ein DDR-Schild, das erste D und das R waren mit Klebeband durchkreuzt.

»Ja ja«, sagte der Mann. »Zehn Jahre drauf gewartet.« Er schlug leicht auf das Wagendach.

»Kommen Sie am Montag wieder«, sagte Brandies. »Heute geht es nicht mehr. Ich mache Ihnen einen Termin. Montag, acht Uhr dreißig, Spur Zwei. Ohne Wartezeit.«

»Das ist ja großartig«, sagte der Mann. »Vielen Dank.« Er streckte Brandies die Hand hin. Der sah sich um. Niemand schien sie zu beobachten. »Schon gut«, sagte er. »Ist doch selbstverständlich.«

In der Nacht von Freitag auf Samstag ging Brandies zunächst zu dem Eckhaus, das er in den Plan eingetragen hatte. Er drückte sich in einen Hauseingang und wartete eine Stunde, dann kontrollierte er die anderen Stellen. Gegen zwei Uhr trank er ein Bier in einem kleinen Lokal, das lange geöffnet hielt. Dann wiederholte er seine Runde. Um halb fünf ging er nach Hause. Er setzte sich ins Wohnzimmer und trug ein paar neue Stellen in den Plan ein, die ihm unterwegs aufgefallen waren.

In der folgenden Nacht war Neumond. Der Samstag war wieder warm gewesen, und es sollte vorerst so bleiben. Brandies' geschiedene Frau hatte angerufen. Sonntag würden sie und die Kinder bei einer Bekannten in der Stadt sein. Sie hatten verabredet, daß er mit dem Sohn zum Fußballspiel gehen sollte. Sie müßten dann auch wieder über die Besuchszeiten reden. Seit halb elf ging Brandies jetzt durch das Viertel. Einmal hatte er einen Garagenhof betreten, von dem aus ein schmaler Weg zwischen hohen Hecken zu den Gartentüren führte. Vereinzelt waren Stimmen zu hören gewesen. Irgendwo war Rauch aufgestiegen und von unten angestrahlt worden. Später sah Brandies hinter einem Fenster eine Frau mit einem Kind auf dem Arm hin- und hergehen. Einmal hielt sie an und hob das Kind in die Höhe. Vor dem kleinen Lokal standen jetzt zwei Tische auf dem Gehsteig.

Gegen eins, Brandies hatte noch nicht alle Stellen aufgesucht, brach er seine Runde ab und ging nach Hause. Er war sehr müde, er zog Jacke und Rollkragenpullover aus, öffnete das Fenster einen Spalt und legte sich auf die Couch. Beinahe wäre er eingeschlafen, da hörte er ein Geräusch von der Straße, ein metallisches Klacken. Brandies trat zum Fenster. Im Licht der Straßenlaterne sah er eine Gestalt vor dem Haus gegenüber, sie bewegte die Arme, ging in die Knie und stand wieder auf. Über die Schrift war in großen Buchstaben HUNGERSTREIK gesprüht, darunter entstand gerade ein Datum.

Brandies lief ins Schlafzimmer, zog rasch die Jacke über und rannte aus der Wohnung, durch die Hintertür in den Hof, dann drückte er sich an der Wand der Einfahrt entlang bis zum Gehsteig. Er sah sich vorsichtig um. Die Gestalt ging die Straße hinunter. Brandies wartete ein paar Sekunden, dann folgte er ihr. Sein Herz klopfte. Er faßte an die linke Hosentasche, die Lampe und der Plan waren noch da. Die Gestalt bog in den Durchgang zum Park. Brandies hielt an, ein paarmal hörte er es wieder klacken, dann folgte ein zischendes Geräusch. Als er Schritte hörte, ging Brandies weiter.

Jetzt zur Dampfwalze! Brandies verließ den Parkweg, zwischen Büschen und Bäumen lief er geduckt auf die Rückseite des Spielplatzes. Dort legte er sich hinter das Klettergerüst und nahm die Taschenlampe in die Hand. Er wartete. Als er das Klacken hörte, stand er auf und machte ein paar schnelle Schritte. Er schaltete die Lampe ein, hielt sie in Kopfhöhe und richtete sie auf die Gestalt vor der Dampfwalze. Es war eine junge Frau mit kurzem Haar. Sie schrie erschrocken auf.

»Polizei«, sagte Brandies. »Der Spielplatz ist umstellt.«

»Scheiße«, sagte die Frau. Sie ließ die Spraydose in den Sand fallen und hielt die Arme vom Körper.

Brandies trat näher heran, ohne die Lampe herunterzunehmen. Er faßte die Frau beim Arm. Dann senkte er die Taschenlampe. Die Frau sah ihn an.

»Eine Überraschung«, sagte Brandies. »Haben Sie keine Angst. Ich bin nicht von der Polizei.«

Die Frau machte eine Bewegung.

»Wenn Sie nicht weglaufen, lasse ich Sie los«, sagte Brandies. »Versprochen?«

Die Frau sagte nichts.

»Ich kann Sie anzeigen«, sagte Brandies. »Und wenn Sie weglaufen, laufe ich Ihnen nach. Irgendwie erfahre ich Ihren Namen.« Er zeigte auf die Dampfwalze. »Das ist Sachbeschädigung. Also?«

»Okay«, sagte die Frau.

»Gehen wir ein Bier trinken«, sagte Brandies. Er ließ den Arm der Frau los und wollte sie bei der Hand nehmen. Sie zog ihre Hand zurück.

»Seien Sie nicht dumm«, sagte Brandies. Er nahm wieder die Hand. »Hier um die Ecke ist ein kleines Lokal. Das hat noch auf.«

»Was soll das?« sagte die Frau.

»Kommen Sie jetzt«, sagte Brandies. »Ich habe zwei Nächte lang kaum geschlafen. Und ich zeige Sie nicht an.«

Die Frau wandt ihre Hand frei. »Ich geh alleine«, sagte sie.

Brandies schaltete die Taschenlampe aus und verließ den Spielplatz, die Frau folgte ihm in einigem Abstand. Vor dem kleinen Lokal wartete er, bis sie ihn eingeholt hatte, dann wies er auf einen der Tische. »Was trinken Sie?« Die Frau schüttelte den Kopf. Brandies trat in den Lokaleingang und bestellte zwei Bier, dann setzte er sich und legte die Taschenlampe vor sich hin. Die Frau blieb stehen.

»Ich muß Ihnen zuerst was zeigen«, sagte Brandies. Er zog den Plan aus der Hosentasche und faltete ihn auseinander. »Das ist das Viertel, das der Park, das die Ausfallstraße. Wir sitzen jetzt hier.« Er sah zu der Frau auf. »Und die Kreuze sind günstige Stellen für die Schrift. Die hier sind schon besetzt.« Mit dem Daumennagel zog er vier der Kreuze nach.

Die Frau setzte sich neben ihn. »Wahnsinn«, sagte sie. Ein Kellner brachte die zwei Bier.

»Aber heute nacht«, sagte Brandies, »das war komisch. Stellen Sie sich vor, ich habe Sie von meinem Wohnzimmer aus gehört. Ich wäre beinahe eingeschlafen.«

Die Frau trank von ihrem Bier. Dann sah sie Brandies an und fuhr sich mit der Hand ein paarmal über die Stirn. »Du bist verrückt«, sagte sie. »Du hast eine Macke.«

»Bitte!« sagte Brandies. »Nicht so!« Er zeigte auf den Plan. »Das ist eine Schweinerei, eine Unsitte. Und es gibt Leute, die das aufregt. Ich laufe auch nicht herum und schreibe Sachen an die Wände.«

»Wenn Jens nicht rauskommt, geht er da drin kaputt.«

»Kann sein«, sagte Brandies. »Kann auch nicht sein. Das tut nichts zur Sache.«

Die Frau schob ihr Glas beiseite. »Darf ich jetzt gehen?«

Brandies faltete den Plan zusammen und steckte ihn ein. »Ich will nicht, daß Sie weiter an die Häuser schreiben.«

»Kannst mich ja anzeigen.«

»Unsinn«, sagte Brandies. »Was passiert ist, ist passiert. Es darf nur nicht schlimmer werden.«

»Wird es aber!« sagte die Frau. »Und Jens muß da raus! Und zwar sofort. Er hält das einfach nicht durch.«

Brandies trank sein Bier aus. »Lassen wir das«, sagte er. »Wir haben alle Probleme, und das nimmt kein Ende. Vielleicht vergessen wir es besser.« Er legte ein paar Geldstücke auf den Tisch, stand auf und ging. Er war schon an der nächsten Ecke, da holte die Frau ihn ein. »Hier«, sagte sie atemlos und hielt ihn beim Arm. »Deine Lampe.«

Brandies blieb stehen. »Ach«, sagte er. »Danke.« Er nahm die Taschenlampe und steckte sie ein. »Wohin müssen Sie denn?«

Die Frau wies mit dem Kopf in die Seitenstraße.

»Ich geradeaus«, sagte Brandies. »Aber das wissen Sie ja. Altbau, zwei Zimmer, Küche, KhTr. – Kennen Sie nicht?«

Die Frau schüttelte den Kopf.

»Klo halbe Treppe runter.« Die Frau lachte. »Dafür bin ich viel im Park«, sagte Brandies, »und ich hab es nicht weit zur Arbeit.«

»Klar«, sagte die Frau. Dann streckte sie ihm die Hand entgegen. »Ich muß jetzt.«

Brandies drückte die Hand, und die Frau lief davon.

Am Sonntag schlief Brandies bis weit in den Morgen. Am Nachmittag holte er den Sohn ab, sie fuhren mit dem Bus zum Stadion. Nach dem Spiel aßen sie in einem Schnellrestaurant. Gegen sechs brachte Brandies den Sohn zu einem Taxistand.

»Bestell Mutti, ich rufe an«, sagte Brandies, als ein Wagen anhielt. »Spätestens Mittwoch.« Der Sohn stieg ein, und Brandies gab dem Fahrer einen Geldschein. Dann ging er zu Fuß zurück in sein Viertel. Vor dem Haus angekommen, drehte er um, ging in den

Park und setzte sich auf die Bank am Teich. Es dämmerte schon. Aus einer Baumkrone stieg ein Schwarm Vögel auf, sie zogen ein paar Kreise vor dem rötlichen Himmel und landeten wieder mit Geschrei in den Ästen.

Bei dem Fußballspiel hatte die Heimmannschaft hoch gewonnen. Er dürfe sich nicht richtig darüber freuen, hatte der Sohn gesagt, jetzt, wo er nicht mehr hier wohne. »Unsinn«, hatte Brandies gesagt. Natürlich dürfe er sich darüber freuen. Wer ihm das in den Kopf gesetzt hatte!

»Hallo«, flüsterte es plötzlich.

Brandies drehte sich um. Die zweite Mutter schob vorsichtig den Kinderwagen neben die Bank. »Haben Sie schon gehört?« sagte sie leise. »Neben der Dampfwalze lag heute morgen eine Spraydose. Wie finden Sie das?«

»Vielleicht ist er gestört worden«, sagte Brandies.

»Bestimmt. Wir wollten sie zur Polizei bringen. Wegen der Fingerabdrücke.«

»Ach«, sagte Brandies.

»Ja«, sagte die Mutter. »Aber die Kinder hatten schon damit gespielt.«

»Da kann man nichts machen«, sagte Brandies. Er sah auf die Uhr. Es sei doch schon spät. Warum denn das Kleine noch nicht im Bett sei?

»Wir sind doch umgezogen«, sagte die Mutter. »Jetzt haben wir renoviert, und im Kinderzimmer riecht die Farbe noch so.«

Brandies nickte. »Ich muß vielleicht auch umziehen«, sagte er leise. »Demnächst verlegen sie den TÜV.«

»Tatsächlich?« sagte die Mutter.

»Es steht noch nicht fest«, sagte Brandies. »Aber ich könnte natürlich auch hier wohnen bleiben und mit dem Bus fahren, wie die Kollegen.« Er stand auf. »Ich muß jetzt heim«, sagte er. »Hoffentlich schläft das Kleine heut nacht.« Wie es eigentlich heiße?

»Camilla«, sagte die Mutter.

Brandies wünschte einen schönen Abend und ging. Im Durchgang betrachtete er die beiden Schriften, dann sah er an der Brandmauer hoch. Es war noch nicht ganz dunkel, die Schornsteine und Antennen standen schwarz vor dem Abendrot. Das bedeutete schönes Wetter. Brandies lachte leise. Morgen würde er eine große Summe auf die Ankunft des ersten *Trabant* setzen. Und mit etwas Glück fiele der ganze Einsatz an ihn.

Sechs Richtige

An einem Mittwochmorgen Ende November klingelte es gegen elf an der Haustür. Eickmanns schaltete das Radio ab, ging in den Flur und drückte den Knopf an der Sprechanlage. »Bitte?« sagte er.

»Einschreiben für Hans Jürgen Eickmanns«, sagte es. Eickmanns zog einen Bademantel über den Schlafanzug, verließ die Wohnung und ging langsam die Treppen hinab. Auf dem mittleren Absatz traf er den Postboten. »Hab ich falsch geparkt?« sagte Eickmanns.

Der Postbote lachte. »Von wegen«, sagte er. »Vom Lotto.« Er reichte den Brief und zeigte, wo zu unterschreiben war. Eickmanns überlief es warm. Er hatte am letzten Freitagmorgen den Lottozettel ausgefüllt, der in der Zeitung gelegen hatte, und ihn nach dem Einkaufen am Kiosk abgegeben. Dann hatte er nicht mehr daran gedacht. Er unterschrieb jetzt, nickte dem Postboten zu und stieg die Treppe wieder hinauf. Als er unten die Haustür hörte, riß er den Umschlag auf und begann, den Brief zu lesen: Man freue sich, ihm mitteilen zu können. Eickmanns überflog das Blatt. Sechs Richtige mit Superzahl. Dann die genaue Summe; es bestehe eine Einspruchsfrist von vierzehn Tagen.

»Nein!« sagte Eickmanns. Er war jetzt fast auf dem obersten Absatz, da schlug mit einem Knall seine Wohnungstür ins Schloß. Eickmanns faßte rasch in die Taschen des Bademantels; er hatte keinen Schlüssel dabei. »Scheiße«, sagte er leise. Dann setzte er sich vor die Tür auf den Boden und las den Brief noch einmal langsam und Wort für Wort. Bevor man ihn auszahle, wolle man ihn gern auf die wichtigsten Dinge hinweisen, hieß es. Und innerhalb der nächsten zwei Wochen könne sich die Summe eventuell noch ein wenig ändern. Es war kein Zweifel möglich. Eickmanns hielt das Blatt gegen das Licht vom Treppenfenster, das Papier trug das Signet der Lottogesellschaft als Wasserzeichen. Er faltete den Brief zusammen und steckte ihn zurück in den Umschlag. »Ich bin jetzt reich«, sagte er leise.

Eickmanns lehnte sich gegen die Tür und sah hoch zur schrägen Decke des Treppenhauses. Früher hatte er es oft berechnet: eine Million müßte genügen; bei acht Prozent Zinsen waren das achtzigtausend im Jahr, über siebentausend im Monat. Da bliebe nach allen Abzügen genug zum Leben übrig. Er schloß einen Moment die Augen. Ausgesorgt! dachte er. Hans Jürgen Eickmanns hat ausgesorgt. Morgen früh würde er zum Arbeitsamt gehen und sich aus allen Listen streichen lassen. Und wenn sie fragten, würde er sagen, er habe eine Anstellung gefunden. Sonst nichts. Überhaupt, er würde kein Aufhebens machen. Er hätte ja jetzt alle Zeit, die er brauchte.

Eickmanns stand auf. Es war kalt auf dem Fußboden gewesen. Er rüttelte an der Wohnungstür. Andrea hatte am Morgen gesagt, sie habe außerhalb einen Termin und sie komme wahrscheinlich später zum Essen. Also war sie nicht zu erreichen; und seitdem er zu Hause war, hatten sie anderswo keinen Schlüssel mehr deponiert. Eickmanns überlegte kurz, dann zog er den Bademantel aus und wickelte ihn sich um die linke Schulter. Er ging ein paar Schritte zurück, drückte sich von der Wand ab und warf sich mit aller Kraft gegen die Tür. Sie sprang auf, Holz splitterte heraus, und etwas vom Schloß fiel zu Boden.

Eickmanns spürte einen starken Schmerz in der Schulter. Er wickelte den Bademantel ab und rieb sich die Haut. Dann ging er ins Badezimmer und duschte heiß. Auf der Schulter entstand schnell ein bläulicher Fleck, beim Abtrocknen mußte Eickmanns die Stelle vorsichtig tupfen. Er rasierte sich und zog sich an, dann ging er in die Küche, suchte zwei Fertiggerichte aus dem Tiefkühlschrank und las die Anweisungen auf den Packungen. Er stellte zwei Teller auf den Eßtisch, aus dem Wohnzimmerschrank holte er Kerzen und Kerzenleuchter. Dann nahm er zwei Servietten, faltete sie zu spitzen Kegeln und stellte sie auf die Teller. Er öffnete den Kühlschrank. Etwas Sahne war noch da, er könnte Eiskaffee zum Nachtisch machen. Andererseits war es kaum zwölf, Zeit genug, in Ruhe einzukaufen und alles mögliche zu besorgen! Oder er könnte etwas vom Chinesen holen, dann müßte er allerdings vorher anrufen. Eickmanns ging zur Garderobe, nahm das Portemonnaie aus der Jackentasche und sah hinein; das würde reichen. An der Wohnungstür hielt er inne und schlug sich gegen die Stirn: Er mußte ja hierbleiben, bis das Türschloß repariert war! Rasch suchte er das Branchenverzeichnis heraus und setzte sich damit neben das Telephon. Er blätterte es auf; brauchte er eigentlich einen Schlosser oder einen Schreiner? Wahrscheinlich beide. Und wahrscheinlich müßte er sie dazu bewegen, zur gleichen Zeit zu kommen. Er legte das Branchenverzeichnis wieder zur Seite.

»Nein«, sagte Eickmanns leise. Damit könnte er sich jetzt nicht abgeben. Er ging in die Küche und blieb vor dem Eßtisch stehen. Vielleicht ist alles falsch, dachte er, dann nahm er die Kerzenständer und die Servietten wieder vom Tisch, setzte sich ins Wohnzimmer und schaltete den Fernseher ein. Im Vormittagsprogramm lief die Wiederholung einer amerikanischen Serie.

Und wenn ich niemandem etwas sage? dachte Eickmanns. Nicht einmal Andrea. Er schaltete den Fernseher wieder aus und trat ans Fenster. Von hier sah man über ein niedriges Dach in die Höfe auf der anderen Straßenseite. Nicht, daß er ihr das Geld nicht gönnte. Sie sollte ruhig kaufen, was sie wollte. Oder sie könnten verreisen, vielleicht einmal einen ganzen Sommer lang. Und, sie könnten Kinder haben. Es reichte ja für alle. Ein Leben lang!

Eickmanns lief, holte den Brief aus dem Bademantel, schrieb die Nummer der Lottogesellschaft auf einen Zettel, zerriß Brief und Umschlag und spülte die

Fetzen in die Toilette. Dann rief er an, sofort wurde er mit einer zuständigen Stelle verbunden, und sie vereinbarten einen Termin für den nächsten Morgen.

Gegen zwei kam Andrea. Was denn mit der Tür passiert sei? rief sie aus dem Flur.

Eickmanns war ihr entgegengegangen. »Ich habe mich ausgesperrt«, sagte er.

»Und da mußtest du gleich die Tür eintreten? Wozu, glaubst du, gibt es den Schlüsseldienst?«

»Ich war im Bademantel und hatte kein Geld dabei. Außerdem wußte ich nicht, wo du warst. Schau mal!« Er streifte sein Hemd zur Seite und zeigte auf den blauen Fleck.

»Aua«, sagte Andrea. Und was das kosten werde! Sie hängte ihren Mantel an die Garderobe. Ob er sich schon um die Reparatur gekümmert habe?

»Nein«, sagte Eickmanns. Er war voraus in die Küche gegangen und hatte die beiden Fertiggerichte in die Mikrowelle geschoben. Jetzt drehte er die Zeituhr und sah durch das Glasfenster. »Ich glaube, ich habe eine Stelle«, sagte er.

»Was?« rief Andrea. Sie trat in die Tür zur Küche.

»Eine Agentur hat angerufen. Ob ich noch nichts Schriftliches bekommen hätte. Ich bin zum Briefkasten, und da ist die Tür zugeschlagen.«

»Und?«

»Es war nichts da. Ich habe die Tür eingetreten und gleich zurückgerufen.« Er zog den Zettel mit der Telephonnummer aus der Hosentasche und hielt ihn über die Schulter. »Morgen früh um neun. Ich brauche dann den Wagen.«

»Und das sagst du so?« Andrea war hinter ihn getreten, jetzt faßte sie ihn bei den Armen. »Das ist ja phantastisch!«

Die Mikrowelle machte einen Piepton. Eickmanns öffnete die Glastür und stach mit einer Gabel in die Fertiggerichte. »Abwarten«, sagte er, dann drehte er sich um und nahm Andrea in die Arme. »Jedenfalls habe ich ein gutes Gefühl.«

»Wenn es was wird, feiern wir aber«, sagte Andrea. Dann aßen sie. Am Nachmittag telephonierte Eickmanns mit den Handwerkern; zusammen konnten sie frühestens am Samstagmorgen, aber das werde teuer. »In Ordnung«, sagte Eickmanns. Dann bat er eine Nachbarin, auf die Wohnung aufzupassen, kaufte Beschläge und montierte sie von außen so auf Tür und Rahmen, daß sie sich mit einem Vorhängeschloß verbinden ließen. Schließlich schnitt er ein Vierkantholz zu, das man von innen unter die Klinke klemmen konnte.

Am Donnerstagmorgen ging Eickmanns zum Büro der Lottogesellschaft. Ein Mann lud ihn ein, Platz zu nehmen. »Danke«, sagte Eickmanns, aber er denke, er habe keine besonderen Fragen. Der Mann zuckte die Schultern. Dann reichte er Eickmanns eine Anweisung über die ganze Summe, und der eröffnete damit ein Konto bei einer kleinen Privatbank. Er bekam

Schecks und eine provisorische Scheckkarte. Später, sagte Eickmanns, solle man ihm jeden Monat einen bestimmten Betrag auf sein Girokonto überweisen, welchen, das werde er rechtzeitig sagen. Schließlich ging er zu einem Makler. Er suche eine kleine Wohnung, sagte er, möglichst ruhig. Er werde da alleine leben, und häufig sei er gar nicht da.

Der Makler winkte ab. »Appartements suchen jetzt alle.« Damit könne er überhaupt nicht dienen. Im Prinzip sitze er selbst nur da und warte auf Angebote.

»Ich verstehe«, sagte Eickmanns. Er beugte sich ein wenig vor und legte die Hände auf den Schreibtisch des Maklers. »Aber tun Sie mir den Gefallen, und vergessen Sie für einen Moment die Krise. Bitte! Was können Sie mir vermitteln? Sagen wir: ab morgen.«

Der Makler zog eine Lade auf, nahm ein Blatt heraus und legte es vor Eickmanns auf den Schreibtisch. »Einen Hühnerstall«, sagte er.

Was das bedeute?

»Einliegerwohnung, draußen bei einem Bauern«, sagte der Makler. »Steht seit Jahren leer. Eine Erbschaftsgeschichte. Zwei Zimmer, eines mit eingebauter Küche.« Er wies mit der Hand. »Und dahinter der Hühnerstall. Fünftausend Stück. Oder fünfzigtausend.«

»Kostet?« sagte Eickmanns.

»Das ist nicht Ihr Ernst?«

»Tun Sie so, als ob.«

Der Makler stand auf. »Dreihundertzwanzig kalt. Aber ich fahre nicht mit Ihnen hinaus.«

»Einverstanden«, sagte Eickmanns. »Wo soll ich unterschreiben?«

»Es muß Ihnen sehr schlecht gehen.«

»Im Gegenteil«, sagte Eickmanns. »Mir geht es ausgezeichnet. Ich stehe am Anfang einer blendenden Karriere.« Er unterschrieb das Formular, und der Makler gab ihm einen Zettel mit der Adresse. »Es ist immer jemand da«, sagte er. »Ich rufe an, alles andere geht wie von selbst.«

»Schön«, sagte Eickmanns. So habe er es erwartet.

Den Bauernhof fand Eickmanns erst nach einigem Herumfahren auf den Wirtschaftswegen. Die Bäuerin schloß ihm die Wohnung auf und begann gleich, ihm zu erklären, wie die Geräte in der Küche zu handhaben seien. »Im Sommer gibt es keine Probleme«, sagte sie, »aber jetzt im Winter frieren gern mal die Leitungen zu.« Da müsse er vorsichtig sein.

Im größeren der beiden Zimmer klebte eine gemusterte Tapete, der Teppichboden hatte unregelmäßig grobe Schlingen. Vor dem Fenster hingen Übergardinen aus feinem Cord. In dem kleineren Zimmer mit der Küchenzeile war die Rauhfaser in einem hellen Ton gestrichen.

»Sehr schön«, sagte Eickmanns, mit den Geräten werde er schon klarkommen.

Wann er denn einziehen wolle? sagte die Bäuerin.

»Nach und nach«, sagte Eickmanns. Es sei für ihn mehr eine Art Büro. Die Bäuerin wollte etwas sagen.

»Nein nein«, sagte Eickmanns rasch. »Nichts Gewerbliches. Mit Geld hat es nichts zu tun.« Er überlegte einen Moment. »Ich werde hier nur so vor mich hin denken. – Oder falsch!« Er fuhr sich mit der Hand durchs Haar. Die Bäuerin schwieg. »Ich will ehrlich sein«, sagte Eickmanns. »Ich glaube, wir werden uns scheiden lassen, meine Frau und ich. Das heißt, vielleicht.« Er zuckte die Schultern. Jedenfalls habe er dann schon mal eine Bleibe. Und im Moment sei er etwas nervös.

»Hier haben Sie es ruhig«, sagte die Bäuerin. Und wegen der Hühner, da solle er sich keine Sorgen machen. Die höre er bald nicht mehr. Dann gab sie Eickmanns den Schlüssel; sie müsse wieder, den Mietvertrag lege sie ihm in den Briefkasten.

Eickmanns blieb noch eine Weile in der Wohnung. Er drehte einen Heizkörper auf, es gab ein Gurgeln in der Leitung und dann ein Pfeifen, das langsam verschwand. Er zog die Vorhänge vors Fenster. In dem größeren Zimmer hing eine Glühbirne von der Decke herab. Eickmanns schaltete sie einmal ein und wieder aus. Dann setzte er sich auf den Boden, den Rücken gegen die Wand gelehnt. Mehr als ein paar Möbel würde er nicht brauchen. Vielleicht einen Fernseher? Nein, besser: ein Radio. Telephon würde er natürlich nicht legen lassen. Aber auf jeden Fall mußte er den zweiten Wohnsitz anmelden; wenn er das nicht tat, machte er sich strafbar.

Eickmanns stand wieder auf und trat ans Fenster. Von den Ställen her war nichts zu hören. Er öffnete das Fenster einen Spalt; jetzt glaubte er einen dünnen, hellen Ton zu hören. Jedenfalls nicht der Rede wert. Er griff sich einmal an die Schulter. Sie war noch immer empfindlich. Dann sah er auf die Uhr. Es war jetzt gegen drei. Eickmanns schloß das Fenster wieder, verließ die Wohnung und fuhr nach Hause.

Kurz nach sechs kam Andrea. »Es sieht aus, als wohnten wir in einem Verschlag«, rief sie aus dem Flur. Eickmanns saß im Wohnzimmer vor dem Fernseher. Gerade liefen die Nachrichten. »Wie war es?« sagte Andrea in der Tür.

Eickmanns hob, ohne sich umzudrehen, die rechte Hand und machte ein v-Zeichen. Andrea schrie auf, lief ins Zimmer und ließ sich ihm auf den Schoß fallen. »Wahnsinn!« sagte sie, fuhr ihm mit den Fingern durchs Haar und zog ihn an den Ohren. »Und wann fängst du an?«

»Nicht!« rief Eickmanns. »Offiziell zum nächsten Ersten. Aber ich soll ab sofort kommen. Die sind gerade ziemlich knapp.«

Andrea rutschte von seinem Schoß und setzte sich ihm gegenüber. »Und was verdienst du?«

Eickmanns zog eine Grimasse. »Anfangs nicht so viel.« Aber es sei eine Staffelung ausgemacht, vorausgesetzt, er bewähre sich.

Das sei normal, sagte Andrea. »Und was machen wir heute abend?«

»Moment eben!« Eickmanns wies auf den Fernseher. »Elf Tote und fünfzig Verletzte«, sagte er. »Das schwerste Eisenbahnunglück seit zwanzig Jahren.«

Andrea sah sich um. »Wo?« sagte sie.

»Hab ich nicht verstanden.«

»Also? Was machen wir heute abend?«

»Ich hab einen Tisch im *Villa Romana* bestellt«, sagte Eickmanns.

»Wahnsinn«, sagte Andrea. Ob sie noch Zeit habe, sich umzuziehen?

»Soviel du willst.«

Auf dem Rückweg vom Lokal begann es zu schneien. Ist das nicht schön, sagte Andrea, der erste Schnee in diesem Jahr, und ausgerechnet an einem solchen Tag? Unter einer Laterne blieben sie stehen und sahen hinauf ins Licht, die Flocken davor waren schwarz. Wie lange er jetzt eigentlich arbeitslos gewesen sei?

»Ich war immer arbeitslos«, sagte Eickmanns. »Ich bin arbeitslos auf die Welt gekommen, und daran hat sich nur zwischenzeitlich was geändert.«

»Unsinn«, sagte Andrea.

»Ein Jahr und fast fünf Monate.«

»Na also!« Andrea schlug ihren Mantelkragen hoch. Sie stelle sich das gut vor. Es müsse ein starkes Gefühl sein; nach so langer Zeit.

»Bestimmt«, sagte Eickmanns. »Und morgen abend kommt es dann in den Nachrichten.« Er trat neben die Laterne und räusperte sich. »Durch die glückliche Inbeschäftigungnahme des stellungslosen Graphikers Ha Punkt Jott Punkt Eickmanns, mit e-i und Doppel-en, konnte die Arbeitslosenzahl gestern nachmittag kurzfristig um –« Er griff sich an den Kopf. »Wieviel ist ein Viermillionstel in Prozent?«

»Keine Ahnung«, sagte Andrea.

»Also, konnte die Arbeitslosenzahl um null, Komma null, null, null, null, zwei, fünf Prozent gesenkt werden. Wir danken allen Beteiligten für ihren Ehrgeiz und ihr ungebrochenes Vertrauen.«

»Bravo«, sagte Andrea. »Übrigens, wie heißt die Agentur eigentlich?«

Eickmanns kratzte den nassen Schnee vom Laternenmast. »Ich glaube *Kalt und Ball*«, sagte er. »Oder *Winter and Friends*.«

»Sag nicht, du weißt das nicht!«

»Ich weiß es, aber ich sage es nicht.«

»Wie bitte?«

»Weil du sonst hinterher bist, was ich da mache. Und irgendwann gehen wir an einem Plakat vorbei, das von mir ist, und du erklärst mir, warum das bei dir nicht ankommt. Nein«, er warf den kleinen Schneeball quer über die Straße. »Das bleibt vorerst mein Geheimnis.«

»Spinner!« sagte Andrea.

»Das heißt jetzt Kreativer«, sagte Eickmanns. Dann faßte er Andreas Hand und steckte sie in seine Jackentasche. »Komm«, sagte er. »Wir gehen schnell nach Hause und zeugen einen Stammhalter.«

»Nicht vor Ablauf der Probezeit«, sagte Andrea.

Am nächsten Tag, dem Freitag, verließ Eickmanns morgens zusammen mit Andrea die Wohnung. Er sollte sie jetzt immer ins Büro fahren, sie käme dann mit dem Bus zurück. Auf das Mittagessen zusammen müßten sie natürlich verzichten; das koste sie einfach zu viel Zeit. Es sei schade, aber vorerst wohl nicht zu ändern.

Der Schnee vom Abend war nicht liegengeblieben. In den Rinnsteinen standen tiefe Pfützen. »Schrecklich«, sagte Andrea, als Eickmanns sie absetzte. »Und, Toi toi toi!« Sie küßte ihn. »Danke«, sagte er, dann fuhr er zu dem Möbelhaus am Autobahnzubringer. Er kaufte einen Sessel, einen Stuhl, einen kleinen Tisch und ein Regal, alles in Teile zerlegt und zum Selbstaufbauen. Als er die flachen Kartons in den Wagen lud, schmerzte wieder seine Schulter. Und das Regal mußte er zum Schiebedach hinausragen lassen.

Eickmanns fuhr zurück in die Stadt; in einem Hi-Fi-Geschäft ließ er sich Radios zeigen. Er wolle eines, sagte er zu dem Verkäufer, mit dem man auch ausländische Sender empfangen könne. Die BBC zum Beispiel.

Das komme sehr darauf an, sagte der Verkäufer. Ob er denn verkabelt sei?

»Ich weiß nicht«, sagte Eickmanns. Er bat, telephonieren zu dürfen. Es läutete einigemale, dann war die Bäuerin am Apparat. »Eickmanns«, sagte er. »Der neue Mieter. Eine Frage: Liegt eigentlich Kabel in der Wohnung.«

»Nein«, sagte die Bäuerin. »Wir haben eine Antenne. So eine Schüssel, wissen Sie.« Und von da gehe eine Leitung in die Wohnung; einstweilen allerdings noch außen übers Dach.

»Danke«, sagte Eickmanns. Der Verkäufer bediente jetzt einen anderen Kunden. Als er wieder frei war, zeigte Eickmanns mit den Händen: da sei so eine Schüssel. Der Verkäufer zog die Stirn kraus. Da gebe es viele, sagte er, da könne er jetzt schwer zu etwas raten.

Eickmanns atmete einmal laut ein und aus. »Wir machen es ganz einfach«, sagte er. »Verkaufen Sie mir das Teuerste, was Sie im Laden haben. Mit allen Steckern, Buchsen, Stöpseln und dem ganzen Ramsch. Hier!« Er zeigte auf eines der Radios. Ob es ein teureres gebe?

»Nein«, sagte der Verkäufer.

»Also«, sagte Eickmanns. »Tun Sie, was ich Ihnen gesagt habe.« Er ließ sich alles einpacken und zahlte mit einem der neuen Schecks, dann fuhr er hinaus zu der Wohnung. Es war jetzt beinahe Mittagszeit. Vor einem kleinen Supermarkt hielt er an und kaufte eine Dosensuppe, einen kleinen Topf und einen Satz Plastikbesteck. In der Wohnung begann er gleich, die Möbel zusammenzuschrauben. Den Tisch stellte er im größeren Zimmer unter das Fenster, den Stuhl davor, das Regal etwas weiter hinten an die Wand und daneben den Sessel. Dort hatte er den Anschluß gefunden. Er packte das Radio aus, stellte es auf das Regal und probierte die Antennenstecker; einer paßte ins Radio, ein anderer in die Wand. Eickmanns riß die Packung mit den Verbindungssteckern auf. Gleich der erste war richtig.

In der Küche schüttete Eickmanns den Inhalt der

Dose in den Topf und drehte den Regler am Herd halb auf. Wieder vor dem Radio, nahm er die Gebrauchsanweisung, schaltete das Gerät ein und drückte die Taste für den Sendersuchlauf. Sofort war eine Stimme zu hören, sehr deutlich und klar. Er drückte noch einmal, die Digitalanzeige veränderte sich nur um eine Dezimalstelle, und es erklang Musik. »Wunderbar«, sagte Eickmanns leise, speicherte den Sender auf einer Stationstaste und stellte die kleine Uhr. Dann holte er den Topf aus der Küche und aß die Suppe mit dem Plastiklöffel.

Später trug Eickmanns die Kartons und die Pappen zum Wagen. Als er zurückging, sah er die Mietvertragshefte im Briefkasten stecken. Er unterschrieb gleich eines und schaute sich um; niemand war auf dem Hof zu sehen, nur am Hühnerstall stand eine grüne Metalltür einen Spalt offen. Eickmanns ging hin und öffnete sie. An der Decke brannten ein paar Neonröhren. Rechts und links des langen Ganges waren die Käfige, je drei Reihen übereinander, nach vorne liefen schräge Gitter, in denen vereinzelt Eier lagen. Eickmanns schloß die Tür wieder und ging zurück in die Wohnung. Gerade wurden die Einuhrnachrichten gesendet. In einer belagerten Stadt sei eine Chemiefabrik getroffen worden, hieß es, es stehe aber nicht fest, ob Gift ausgetreten sei. Immerhin habe man die Gegend dreißig Kilometer im Umkreis gesperrt.

Nach dem Wetterbericht stellte Eickmanns einen anderen Sender ein, zog den Stuhl herüber, setzte sich in den Sessel und legte die Beine hoch. Es wurde ein Operetten-Medley gesendet. Über kurz oder lang, dachte Eickmanns, müßte er wohl doch sein Geld anlegen. Die bloßen Zinsen waren schließlich ein Witz, mit soviel Kapital müßte man leicht das Doppelte machen. Er sah hinüber zum Tisch unter dem Fenster. Er würde sich die entsprechenden Angebote besorgen und hier alles in Ruhe durchkalkulieren. Wahrscheinlich müßte er immer Geld in mehrere Projekte stecken, um das Risiko zu verteilen.

Eickmanns schloß einmal kurz die Augen. Am Ende hätte er damit so viel zu tun, daß er alle Zeit dafür brauchte. Und eines Tages könnte er es wahrscheinlich jemandem übergeben. Er drehte den Ton des Radios ab. Nein, man hörte die Hühner wirklich nicht. Er drehte den Ton wieder auf und streckte sich im Sessel aus. Kurz darauf schlief er ein.

Als Eickmanns erwachte, war es schon dunkel. Er wollte aufstehen, da spürte er einen starken Schmerz in der linken Wade. Sofort griff er nach der Fußspitze und bog sie nach oben, mit der anderen Hand drückte er das Knie herunter. Es ging gerade noch gut; der Krampf ließ nach, Eickmanns erhob sich vorsichtig, schaltete das Radio aus, verschloß die Wohnung und ging hinüber zum Wagen. Nirgendwo auf dem Hof brannte Licht, und mit aufgeblendeten Scheinwerfern fuhr er an den Ställen vorbei zum Wirtschaftsweg.

Zu Hause vor dem Spiegel besah Eickmanns seine Schulter. Der blaue Fleck war an den Rändern ein wenig grün geworden, berühren ließ sich die Stelle noch immer nicht. Eickmanns zog einen Jogginganzug an und setzte sich vor den Fernseher.

Gegen halb sieben kam Andrea. »Wie, schon da!« rief sie aus dem Flur. »Ich denke, ihr macht Brainstorming bis tief in die Nacht.«

»Ich bin grade erst rein«, sagte Eickmanns. Außerdem glaube er nicht, daß es oft auf Überstunden hinauslaufe. Nach dem, was er heute gesehen habe, schaffe er das ziemlich bequem.

Andrea war in die Küche gegangen und hatte den Kühlschrank geöffnet. »Mach dir keine falschen Vorstellungen«, sagte sie. »Ist übrigens was zu essen da?«

Eickmanns stand auf und ging ihr nach. Zum Einkaufen komme er jetzt natürlich nicht mehr. Das müßte anders organisiert werden.

»Wenn du das Auto hast und so früh Schluß, dann bleibt doch eher alles beim alten«, sagte Andrea.

Davon könne man ja nicht ausgehen, sagte Eickmanns.

Andrea räumte ein paar Joghurtbecher zur Seite. »Also Großeinkauf einmal in der Woche«, sagte sie, »am besten Samstagvormittag.«

»Das ist auf die Dauer keine Lösung.«

»Wieso?« Andrea hatte eine Plastikdose aus dem Kühlschrank genommen, jetzt schloß sie die Tür.

»Im Laufe der Zeit werden wir über alles neu nachdenken müssen«, sagte Eickmanns. »Wir kommen jetzt in eine ganz andere Lage. Und um uns herum passiert alles mögliche. Wir dürfen nicht so tun, als bliebe alles beim alten.«

Andrea versuchte, die Plastikdose zu öffnen. »Hier«, sagte sie, »krieg ich nicht auf.« Eickmanns nahm die Dose und zog den Deckel herunter. Darin waren die Reste von einem Auflauf; in einer Ecke lag darüber eine dünne Schimmelschicht. »Das kannst du nicht mehr essen«, sagte er. Andrea sah in die Dose. »Mist«, sagte sie.

»Ich hab es mir auf der Heimfahrt durch den Kopf gehen lassen«, sagte Eickmanns. »Es stimmt ja, bis jetzt ist alles an mir gescheitert. Aber du wirst im Frühjahr dreiunddreißig. Das ist eine Tatsache. Wir sollten jetzt Entscheidungen treffen.« Er trug die Dose zum Mülleimer und kippte den Inhalt hinein. »Laß uns alles vergessen, was wir im letzten Jahr geredet haben«, sagte er.

»Was meinst du?« sagte Andrea. »Was willst du?«

Eickmanns stellte die Dose in die Spüle und ließ heißes Wasser hineinlaufen. »Es ist ganz einfach«, sagte er. »Ich arbeite. Also mußt du nicht mehr. Das heißt, wir bekommen jetzt Kinder.«

»Wann ist das, jetzt?« sagte Andrea. Sie ging ins Schlafzimmer, Eickmanns hörte die Tür des Kleiderschranks.

»Jetzt ist jetzt!« rief er. »Das Schicksal. Und wir nehmen das in die Hand.« Er goß das Wasser aus der Dose und stellte sie in die Geschirrspülmaschine. Dann ging er hinüber ins Schlafzimmer. Andrea zog gerade ihr Nachthemd an. »Du gehst ins Bett?« sagte er.

»Allerdings. Ich weiß ja nicht, was du arbeitest. Ich jedenfalls bin am Freitagabend kaputt.«

Eickmanns ging ins Wohnzimmer. Der Fernseher lief noch, gleich würden die Nachrichten kommen. Er schaltete das Gerät aus, blieb noch eine Weile und ging dann ins Schlafzimmer. Andrea las in einer Zeitschrift. Eickmanns zog sich aus und legte sich neben sie. »Morgen früh fahren wir zum Supermarkt«, sagte Andrea. »Einverstanden?«

»Morgen kommen die Handwerker.«

Andrea stöhnte. »Und wann?«

»Ganz früh.« Eickmanns wollte sich auf die Seite legen, aber die linke Schulter schmerzte dabei sehr. Es war jetzt eine Art Pochen, und es schien mehr zum Hals hin gezogen zu sein. Er legte sich auf die andere Seite, so war es besser. Er las noch; ziemlich früh schaltete er das Licht aus und schlief ein, aber kurze Zeit später wachte er wieder auf. Er hatte sich im Schlaf auf die schmerzende Seite gedreht. Leise ging er ins Badezimmer. An der Schulter war keine Veränderung zu erkennen. Eickmanns legte sich wieder hin. Nein, bis jetzt hatte er alles richtig gemacht. Und im Laufe der Zeit würden die Tatsachen für sich sprechen. Er könnte zum Beispiel sagen, ihm sei die Probezeit erlassen worden oder er habe außer der Reihe ein Projekt übernommen, das sehr gut honoriert werde. Das müßte jeden überzeugen. Und dann wäre mit einem Schlag eine Menge Geld da. Er dachte noch über ein paar Dinge nach, dann schlief er wieder ein, doch als er sich auf die falsche Seite drehte, wurde er abermals wach. So ging es bis zum Morgen.

Gegen acht, es wurde eben hell, faßte Eickmanns Andrea beim Arm und schüttelte sie leicht. Sie schlug die Augen auf. »Na«, sagte er. »Ist das nicht toll, wenn man sich ausschlafen kann? Endlich nicht zur Arbeit?« Er lachte und stieg aus dem Bett.

»Du bist verrückt geworden«, sagte Andrea.

»Alle Werbeleute werden verrückt«, sagte er. Er werde jetzt das Frühstück machen. Sonst überraschten sie die Handwerker am Ende im Bett. Gegen neun, sie saßen noch am Tisch, klingelte es. Eickmanns zog das Vierkantholz unter der Klinke weg, öffnete und sah über das Geländer hinunter. Der Schreiner erschien schweratmend auf der Treppe. Oben angekommen, sah er nach der Tür; eigentlich könne er nicht anfangen, bevor er genau wisse, welches Schloß jetzt eingesetzt werde.

»Ich erwarte den Schlosser jede Minute«, sagte Eickmanns. »Fangen Sie nur an. Es geht auf meine Verantwortung.« Er ging zurück zum Tisch.

»Können wir jetzt fahren?« sagte Andrea.

Eickmanns rieb sich vorsichtig die Schulter. Eigentlich schon, aber besser sei es, den Schlosser abzuwarten. Denn wenn der Schreiner gehe, bevor der Schlosser komme, stünde der unten vor der Tür.

Das sei ja eine schöne Planung, sagte Andrea.

»Ja«, sagte Eickmanns. »Wir wissen nicht, wie gut es uns geht.«

»Was?«

Er schloß die Tür zum Flur. »Anderswo ist Krieg.«

Was denn das heiße?

Eickmanns hob eine Hand, da klingelte es wieder. »Das wird der Schlosser sein«, sagte er. »Wir können jetzt.«

Im Supermarkt trennten sie sich. Andrea stellte sich an der Fleischtheke an, Eickmanns ging mit einem Zettel durch die Regale. Neben den Fertiggerichten in der Tiefkühltruhe lagen gefrorene Hähnchen; die Kunststoffolien waren mit einer dünnen Eisschicht überzogen. Er nahm ein Hähnchen und wischte das Eis vom Etikett. Vielleicht ließe sich da investieren; er müßte einmal mit der Bäuerin reden.

Eickmanns sah auf. Andrea hatte nach ihm gerufen, jetzt machte sie ein Zeichen, er solle vorausgehen zur Kasse. Sein Zettel war fast abgehakt, und er winkte zurück. Unterwegs blieb er vor einem Feinkostregal stehen, er überlegte kurz und tat ein Glas Trüffel in den Einkaufswagen. Kurz darauf trafen sie sich in der Schlange. »Hast du alles?« sagte Andrea, als sie ihre Einkäufe ablegte.

»Ja«, sagte Eickmanns.

»Und was ist das?« Andrea zeigte auf die Trüffel.

»Das ist das im Verhältnis zu seiner Größe Teuerste, das ich finden konnte«, sagte Eickmanns. »Trüffel, ich glaube französische.« Andrea hielt ihm das Preisschild entgegen. »Bist du wahnsinnig?« sagte sie leise.

»Ich dachte, ich muß das üben«, sagte er. Ein gewisser Luxus gehöre doch ab jetzt dazu. Wo sie endlich Doppelverdiener und kinderlos seien.

»Ich bringe das zurück«, sagte Andrea. »Wo stand das?«

»Vermutlich bei den Trüffeln.«

Andrea tippte sich an die Stirn und ging mit dem Glas. Bevor sie zurückkam, war Eickmanns an der Reihe. Während die Sachen über das Fließband liefen, holte er einen Karton, den stellte er in den Einkaufswagen, und mit der rechten Hand stapelte er die Sachen hinein. Dann kam Andrea und half ihm. Schweigend fuhren sie nach Hause. Dort trug Eickmanns den Karton bis zur Haustür. Andrea schloß auf und ging voran die Treppen hinauf. Eickmanns folgte ihr. Auf halber Höhe setzte er den Karton auf dem Geländer ab.

»Geht es?« sagte Andrea von oben her.

»Sicher«, sagte Eickmanns. Er wollte den Karton wieder anheben, da fuhr ihm ein Schmerz durch die linke Schulter und den linken Arm. Er schrie auf, der Karton fiel zu Boden, und die Sachen rollten über die Stufen. Eickmanns ließ sich auf die Knie herab, ihm wurde einen Moment schwarz vor Augen, mit der rechten Hand stützte er sich, um nicht zu fallen. Andrea kam rasch zu ihm hinunter und faßte ihn an der Schulter. Er schrie wieder auf.

»Was ist?« sagte Andrea.

»Nichts«, sagte Eickmanns leise. Vorsichtig drehte er sich um, bis er gegen die Wand gelehnt auf den Stufen saß. Mit der rechten Hand hielt er die Schulter.

Der Schmerz war jetzt ganz nah am Hals. »Hier«, sagte er. Das Sprechen tat weh. »Wegen der Tür.«

Von oben waren jetzt Schritte zu hören. Der Schlosser und der Schreiner kamen zusammen herunter. »Was passiert?« sagte der Schreiner.

»Bitte«, sagte Andrea. »Bleiben Sie einen Moment bei meinem Mann. Ich rufe einen Arzt.« Sie lief hinauf. Der Schreiner setzte sich auf eine Stufe, und der Schlosser begann, die Sachen wieder in den Karton zu packen.

»Wie ist denn das passiert?« sagte der Schreiner.

»Es war letzten Mittwoch«, sagte Eickmanns leise. »Ich bekam ein Einschreiben, vom Lotto, ich habe sechs Richtige mit Superzahl.«

»Donnerwetter«, sagte der Schreiner.

»Eine Million, vierhundertzweiundzwanzigtausend«, sagte Eickmanns. »Und ein paar Mark. Dann ist die Tür zugefallen, und ich habe sie aufgebrochen.«

»Eins komma vier Millionen!« rief der Schlosser von unten. »Ich werd verrückt!«

Eickmanns versuchte, tief einzuatmen, es schmerzte sehr. Da kam Andrea zurück. »Es kommt gleich jemand«, sagte sie zu den Handwerkern. »Na, dann alles Gute«, sagte der Schreiner. »Und nochmal Glückwunsch zu der Million.« Er tippte sich an die Schläfe, Rechnung und Schlüssel lägen in der Küche. Dann gingen die beiden.

»Was für eine Million?« sagte Andrea.

»Eins Komma vier«, sagte Eickmanns. »Ich habe im Lotto gewonnen.« Er hob sehr vorsichtig die linke

Hand ein wenig und bewegte die Finger. Es ging, aber die Hand fühlte sich taub an. »Jetzt verwalte ich mein Vermögen.«

Andrea setzte sich neben ihn. »Wenn was gebrochen ist, kannst du am Montag nicht zur Arbeit. Das ist blöd, ausgerechnet jetzt.«

»Ich habe keine Stelle«, sagte Eickmanns. »Ich habe eine kleine Wohnung, beim Bauer, hinter dem Hühnerstall. Es ist jetzt noch leer da. Aber paß auf, bald kommt viel Arbeit auf mich zu.«

Andrea strich ihm über den Kopf. »Du hast mich gleich soweit, daß ich dir glaube«, sagte sie.

Es wurde Eickmanns sehr schlecht. Er dachte, er müsse sich übergeben, beugte sich vor und würgte ein paarmal, da schmerzte es in der ganzen Brust. Andrea versuchte ihn zu stützen, aber er winkte mit der Rechten ab. »Montag«, flüsterte er. »Montag sind die Banken auf. Dann hol ich dir das ganze Geld.«

Brautschau

An einem Samstag im Herbst, kurz vor Ladenschluß, sah Lobig in der Lebensmittelabteilung eines großen Kaufhauses einen Mann, der zu einer hellen Stoffhose nur ein weißes Hemd trug. Der Mann war groß und sehr dick; sein Bauch spannte das Hemd, wölbte sich über die Hose und drückte den Gürtel tief nach unten. Seine großen glänzenden Wangen schienen Lobig fast bartlos, im Nacken sträubten sich ihm feine, blonde Haare über dem Kragen. Der Mann schob einen hochgefüllten Einkaufswagen und aß ein belegtes Brot.

Lobig suchte schon seit einigen Minuten die Käsetheke. Die müssen umgebaut haben, sagte er sich. Jetzt standen hier kleine Läden für Wein mit Holzverkleidung um die Theken und mit Dächern, von denen Weinlaub aus Kunststoff hing. Man sollte immer im gleichen Supermarkt einkaufen, dachte Lobig; und es müßte verboten sein, die Aufstellung der Waren zu ändern.

Die Käsetheke war neuerdings neben der Fleischtheke. Die Verkäuferinnen trugen blauweiß karierte Schürzen; auf dicken Holzbrettern lagen Käsestückchen mit kleinen holländischen Flaggen darin, daneben standen handgeschriebene Namensschildchen. Die großen Käseräder waren auf grüne Blätter gelegt.

Als Lobig sich in die Schlange einreihte, sah er nur ein paar Meter neben sich wieder den dicken Mann. Der beugte sich jetzt über einen offenen Kinderwagen, in dem ein kleines dunkelhäutiges Mädchen mit langen, fast schwarzen Haaren, schwarzen Wimpern und dunklen Augen saß. Es weinte; und der Mann tröstete es. Schließlich hob er es vorsichtig aus dem Fußsack des Kinderwagens, nahm es an die Schulter und suchte mit der freien Hand in dem Sack. Er zog eine Puppe heraus, setzte das Kind wieder in den Wagen und hielt die Puppe auf dem Rücken verborgen. Dann kniete er sich vor den Kinderwagen und holte sie langsam hervor. Mit einem quietschenden Laut griff das Kind danach. Der Mann richtete sich wieder auf.

Lobig trat ein wenig aus der Schlange, um sich besser umsehen zu können. Er schnippte einmal leise mit den Fingern. Richtig, ein paar Meter weiter, vor der Fleischtheke, stand eine kleine asiatische Frau. Sie schien gerade mit dem Verkäufer zu verhandeln. Sie zeigte auf die Ware hinter der Glastheke, dann hob sie die Hände mit abgespreizten Fingern. Der Verkäufer stellte ihr ein paar Fragen, die beantwortete sie mit Ja oder Nein. Als der Verkäufer darauf zu einer anderen Stelle der Theke ging, gab sie ihren Platz auf und folgte ihm. Sie trug lange, weite Hosen und eine schwarze Jacke mit goldenen Ornamenten. Plötzlich sagte sie etwas, schlug sich leicht an den Kopf und lief herüber zu dem dicken Mann. Sie sprach mit ihm, sehr leise und eindringlich. Er antwortete mit ein paar englischen Worten und zeigte auf den Kinderwagen, doch die Frau nahm ihn am Arm und deutete auf einen anderen Stand. Dann ging sie zurück zur Fleischtheke und winkte ihm noch einmal. Der Mann schob den Kinderwagen und zog den Einkaufswagen hinter sich her. So verschwand er zwischen den Regalen.

Nachdem er an der Käsetheke bedient worden war, trat Lobig vor die Gefrierschränke mit den gläsernen Türen und wählte ein paar Fertiggerichte aus. Sorgfältig las er die Packungsaufdrucke. Eigneten sie sich für die Mikrowelle? Und wie lange konnten sie im Kühlschrank verwahrt werden? Vielleicht brauchte man Milch oder Sahne dazu. Und es wäre furchtbar, die einzige Zutat nicht im Haus zu haben, wenn alle Läden schon geschlossen waren!

In der Schlange vor den Kassen traf Lobig den dikken Mann wieder. Er bugsierte gerade den Kinderwagen durch den engen Gang; die Asiatin war vorangegangen und packte die Waren ein, die vom Fließband kamen. Das Kind weinte wieder. Während er zahlte, versuchte der Mann es zu beruhigen.

Später saß Lobig in einem Café, endlich kam Corinna. »Mensch«, sagte sie und warf eine große Umhängetasche aus weichem Leder auf den Tisch. »Die spinnt jetzt, die Rüther. Da telephoniert die in meinem Beisein eine geschlagene halbe Stunde mit Hamburg und erzählt haarklein, wie ich aussehe.« Sie holte Zigaretten aus der Tasche und zündete sich eine an. »Du sollst nicht rauchen«, sagte Lobig.

Corinna schüttelte den Kopf. »Ich bin ja einiges gewohnt«, sagte sie. »Aber diesmal muß ich total rot geworden sein. Und die Rüther feixt mich die ganze Zeit an. Stell dir vor, beschreibt fünf Minuten lang meine Beine!«

»Die will man ja auch photographieren«, sagte Lobig. Er lachte. Schließlich wolle keiner die Katze im Sack kaufen.

»Unmensch«, sagte Corinna. Lobig beugte sich über den Tisch und küßte sie auf die Wange. »Bekommst du den Job?« sagte er.

Corinna nickte, sie drückte die Zigarette aus. »Aber Pferdefuß! Ich muß heute noch weg. Koffer ist schon am Bahnhof. Morgen früh sechs Uhr location im Hafen, Aufnahmen ab Montag um sieben, von wegen Licht und so. Und erst am Mittwoch zurück.«

»Schade«, sagte Lobig.

Corinna strich ihm über den Tisch hinweg mit der Hand durchs Haar. »Du warst einkaufen?« sagte sie.

Er wies auf seine Tragetaschen. »Ich habe vielleicht was Widerliches gesehen«, sagte er. »Stell dir vor, so einen dicken Kerl mit einer Thai-Frau und einem Kind.«

»Wie meinst du das?«

»Eine gekaufte Frau«, sagte Lobig. »Und der Kerl so ein Schrank.« Er zeigte es. »Ein Kind hatten die auch. Wenn man sich das vorstellt.«

»Klar«, sagte Corinna. »Aber wenns die Frauen so wollen?«

Lobig lehnte sich ein wenig zurück. »Du hast das

nicht gesehen«, sagte er. »Der Kerl war bestimmt drei Köpfe größer als die Frau und mindesten dreimal so schwer.«

Corinna lachte. »Und das beleidigt dein Gefühl für Symmetrie?«

»Laß uns gehen«, sagte Lobig. »Wann fährt dein Zug?«

Sie hatten noch eine knappe Stunde. Zuerst gingen sie über den Wochenmarkt; gerade wurden die Stände abgebaut, man hätte jetzt sehr billig Blumen kaufen können. Später gingen sie an den Geschäftsauslagen der Innenstadt vorbei. »Weißt du schon, wo du wohnen wirst?« sagte Lobig.

»Wieder bei Claudia«, sagte Corinna. »Wenn sie in New York ist, deponiert sie den Schlüssel in der Filiale.«

»Schön«, sagte Lobig.

»Und du«, sagte Corinna. »Hast du Termine?«

Lobig schüttelte den Kopf. Seine Reportage über die heimlichen Aussiedler sei fast fertig, er müsse nur noch ein wenig am Text arbeiten. Sonst sei nichts zu tun.

»Heimliche Aussiedler?« sagte Corinna. Davon habe er noch gar nicht erzählt. »Eine Routinearbeit«, sagte Lobig. Zuerst sei es für ein Stadtblatt gewesen, aber jetzt mache er es für den *Kurier*.

Corinna sah auf die Uhr. »Ich muß«, sagte sie und winkte einem Taxi. Sie küßten sich einmal lange. »Ich rufe an«, sagte Corinna.

»Fall nicht in den Hafen«, rief Lobig dem Taxi nach.

Dann ging er nach Hause. Einmal glaubte er kurz, das Paar aus der Lebensmittelabteilung zu sehen. Der Mann hob gerade den Kinderwagen in ein Auto; aber dann kam ein Bus, hielt an und versperrte Lobig die Sicht. Als er wieder anfuhr, war das Auto verschwunden. Ekelhaft, dachte Lobig.

Am späten Nachmittag rief Lobig den Redakteur einer politischen Zeitschrift an, für die er gelegentlich Reportagen schrieb. Er entschuldigte sich für die Störung, er wolle auch gleich zur Sache kommen: Er habe da die Idee für eine Geschichte über deutsche Männer und asiatische Frauen. Ob sich die Zeitschrift dafür interessiere?

»Kommt drauf an«, sagte der Redakteur.

»Man muß sich das einmal richtig vorstellen«, sagte Lobig. »Da lebt so ein Kerl jahrelang vor sich hin, ein bißchen komisch ist er vielleicht, aber eher unauffällig. Mit Frauen läuft natürlich nichts; und plötzlich ist er soweit, daß er diese Sache macht.«

Der Redakteur unterbrach ihn. »Du, ich weiß nicht«, sagte er. Das sei nicht neu, und er fände da nicht viel zu holen.

»Warte«, sagte Lobig rasch. »Das ist doch entsetzlich. Der Kerl redet mit Männern, die das organisieren. Er blättert in Katalogen. Er gibt eine Menge Geld aus. Und am Schluß steht er auf einem Flughafen mit einem undeutlichen Photo von der Frau. Die Wohnung hat er schon eingerichtet, vielleicht sogar das Kinderzimmer. Mein Gott, das ist doch was!«

»Das ist nichts«, sagte der Redakteur. »Das wissen alle. Was willst du da großartig machen?«

»Hintergrund«, sagte Lobig. »Die Macher, verstehst du, die Abläufe, das Geschäft.«

Der Redakteur schwieg.

»Ich dachte auch, ich mach es als Undercover-Story«, sagte Lobig. »Ich melde mich selbst, verstehst du. Als wollte ich eine Frau kaufen.«

»Hm«, machte der Redakteur. »Und wer soll dann photographieren?«

»Kann ich selbst«, sagte Lobig. »Kannst du es dir jetzt vorstellen?«

»Schon eher«, sagte der Redakteur. »Aber du müßtest das dann voll durchziehen.«

»Wie meinst du das?«

»Ja, richtig mit der Frau. Ich meine, die müßte kommen. Man müßte sie sehen und mit ihr sprechen.«

»Ich weiß nicht«, sagte Lobig. Im Prinzip gehöre das natürlich dazu.

»Also, paß auf«, sagte der Redakteur. »Ich gebe dir mal ein vorläufiges Okay. Aber ich muß mit Ortlepp reden. Heute ist Samstag, ich seh ihn Dienstag. Spätestens Mittwoch hast du Bescheid. Und jetzt tschau, du, wir sind auf dem Sprung.« Der Redakteur hängte ein.

Lobig ging ein paar Minuten in seiner Wohnung auf und ab. Dann schlug er in der Samstagszeitung die Seite mit den Bekanntschaftsanzeigen auf. Hier bot niemand asiatische Frauen an. Lobig ging in den Keller und holte einen Stoß Zeitschriften hoch, der schon für die Müllabfuhr zusammengeschnürt war. In einer stand *Wir suchen deutsche Männer* über einem winzigen Bild, das zwei lächelnde Asiatinnen zeigte, darunter nur eine Telephonnummer, wahrscheinlich irgendwo im Süden, zu weit jedenfalls. Eine weitere Anzeige fand Lobig nicht.

Später klingelte das Telephon. Corinna war am Apparat; es gehe ihr gut und sie sei sehr müde und das Wetter sei beschissen, wahrscheinlich würden sie sich morgen totfrieren. Was er denn gemacht habe?

»Nichts Besonderes«, sagte Lobig. Dann erzählte Corinna von Claudias Wohnung. »Die ist durchgedreht«, sagte sie. »Weißt du, die hatte so schöne alte Sachen, von den Eltern, Elbufervilla, verstehst du. Und jetzt stell dir vor, alles raus, bloß noch Möbel aus Eisen. Richtig aus Eisen, mit Rost dran und ganz scharfen Kanten. Furchtbar!«

Das sei jetzt modern, sagte Lobig.

»Klar«, sagte Corinna. »Aber das ist doch total nicht ihr Stil. Sonst nur Chanel und dann dieser Schrott.« Es knackte ein paarmal in der Leitung, dann war kurz ein schriller, heller Ton zu hören. »Bist du noch da?« sagte Corinna.

»Bin ich«, sagte Lobig. Sie sprachen noch eine Weile, dann wünschten sie einander eine gute Nacht.

Abends saß Lobig vor dem Fernseher, es lief eine Westernkomödie. Er dachte wieder an den dicken Mann und seine Frau. Vielleicht sahen die jetzt auch Fernsehen. Es gab ja Kassetten mit türkischen Filmen, vielleicht gab es auch asiatische. Und was wohl aus dem Kind werden würde? Es könnte immerhin zweisprachig aufwachsen, das sei in der Regel eine Art Intelligenztraining. Wer hatte das gesagt? Lobig schüttelte den Kopf. Er schaltete den Fernseher aus, nahm seinen Mantel und verließ die Wohnung.

In der Innenstadt waren kaum noch Menschen unterwegs. Lobig ging durch die Geschäftsstraßen bis zum Bahnhof und betrat die Eingangshalle. Früher haben hier die Gastarbeiter gestanden, dachte er. Wohin wohl die asiatischen Frauen gingen, wenn sie das Heimweh packte? Lobig dachte einen Moment angestrengt nach. Am Ende vielleicht in den Zoo, in das Tropenhaus mit den exotischen Tieren? »Quatsch«, sagte er halblaut.

Der Zeitungsladen hatte noch geöffnet. Lobig ging hinein; aus einem Regal voller Sex-Magazine wählte er, ohne viel zu überlegen, ein halbes Dutzend aus. An der Kasse bat er den Verkäufer, ihm eine Quittung zu schreiben.

»Bitte sehr«, sagte der Verkäufer.

Noch in der Eingangshalle begann Lobig zu blättern. Hier stand, was er suchte, und als er eine Agentur fand, die ganz in der Nähe war, riß er die Anzeige heraus und warf die Magazine in den nächsten Papierkorb. Dann ging er in eine kleine Bar nahe beim Theater. Er bestellte Sekt.

Am Montagmorgen rief Lobig in der Agentur an. Er könne kommen, wann immer er wolle, hieß es; am besten gleich. Er ging darauf noch einmal die Geschichte durch, die er sich am Vortag ausgedacht hatte, dann zog er den dunklen Anzug an, den er für Familienfeiern verwahrte, und fuhr in die dreißig Kilometer entfernte Kleinstadt.

In einem Vorzimmer mußte er kurz warten, dann summte die Sprechanlage. »Herr Mehring ist jetzt frei«, sagte die Sekretärin und wies auf eine Tür. Lobig klopfte und trat ein. Ein Mann stand neben einem Schreibtisch, er mochte in Lobigs Alter sein. »Mehring«, sagte er und streckte seine Hand aus. »Nehmen Sie doch Platz.« Über dem Schreibtisch hing eine Weltkarte. Ein schwarz-rot-goldenes Fähnchen steckte mitten in Europa, mehrere weiße Fähnchen in asiatischen Ländern, sie waren mit dünnen, goldenen Schnüren verbunden.

Lobig nahm die Hand. Er räusperte sich und drehte die Revers seines Jacketts. Dann tat er, als müsse er lange und schmerzhaft husten. »Eine Erkältung«, sagte er. Bei dem Wetter werde er sie einfach nicht mehr los. Er suchte in seinen Taschen.

Der Mann wies noch einmal auf den Besucherstuhl. »Sie sind auf eine unserer Anzeigen hin zu uns gekommen«, sagte er ruhig und setzte sich. Lobig nickte.

»Das ist schön«, sagte der Mann. »Dieser Entschluß ist Ihnen nicht leicht gefallen. Aber Sie dürfen sich absolut keine Sorgen machen.« Er sprach jetzt jedes Wort langsam und deutlich. »Es wird nichts geschehen, das Sie nicht wollen, und nichts, das Ihnen irgendwie peinlich sein muß. Haben Sie das verstanden?«

»Meine Arbeitskollegen«, sagte Lobig.

Der Mann hob die Hände. »Nein«, sagte er und schüttelte den Kopf. »Daran sollen Sie nicht einmal denken. Vergessen Sie das alles.«

Lobig wollte jetzt seine Geschichte erzählen. Er rückte auf dem Stuhl nach vorne. »Ich bin ledig«, sagte er, aber der Mann schnitt ihm das Wort ab. »Natürlich sind Sie das«, sagte er. »Wären Sie sonst zu uns gekommen?« Er lächelte. »Ein Scherz«, sagte er. »Wir haben noch so viel Zeit, um über alles zu reden.« Dann schrieb er etwas auf einen kleinen Zettel und reichte ihn Lobig. »Hier«, sagte er. »Am nächsten Freitag treffen sich die, denen wir geholfen haben. Ein Abend mit Ehefrauen. Kommen Sie dahin und reden Sie mit den Männern. Stellen Sie da Ihre Fragen.« Er schlug sich leicht auf den Schenkel und ging voran zur Tür.

Lobig folgte ihm. »Und der Vertrag?« Der Mann winkte ab. »Später«, sagte er.

Den Rest des Tages und den Dienstag über schrieb Lobig seinen Bericht über die heimlichen Aussiedler zuende. Er hatte allen Text und alles statistische Material bereits in den Computer eingegeben, jetzt ließ er es sich zusammen anzeigen, hier und da änderte er die Reihenfolge, dann mußten die Übergänge neu formuliert werden. Er ließ den ganzen Bericht ausdrucken und überflog einmal rasch die Blätter, ohne sie an der Perforation voneinander zu trennen. Schließlich gab er ein paar Korrekturen ein und speicherte den Text auf einer Diskette. Die steckte er in einen wattierten Umschlag, auf den er zwei Aufkleber mit seiner und der Adresse des *Kuriers* klebte.

Am Mittwochmorgen rief der Redakteur an. »Ich habe Ortlepp erwischt«, sagte er. »Aber nur so zwischen Tür und Angel. Also im Prinzip Okay. Ich glaube, das mit der Undercover-Story hat ihm gefallen.« Es käme natürlich ein bißchen auf die Aufmachung an.

»Was ist jetzt«, sagte Lobig. »Kann ich nun, oder kann ich nicht?«

»Du kannst«, sagte der Redakteur. »Klar kannst du. Alles Endgültige machen wir dann zusammen. Hauptsache, es klappt mit den Photos.«

Am selben Abend kam Corinna aus Hamburg zurück. Lobig holte sie vom Bahnhof ab. »Sind die Beine noch dran?« sagte er. Sie stöhnte. Es sei ganz gräßlich gewesen. Der Photograph habe die ganze Zeit von irgendwelchen Linien geredet, die er zur Deckung bringen müsse. Um sieben Uhr morgens im Hamburger Hafen!

Sie fuhren zu Lobigs Wohnung. Ob es eigentlich wieder um Strümpfe gegangen sei? sagte er, als sie oben waren. Corinna ließ sich im Wohnzimmer auf die Couch fallen. Die Schuhe warf sie in die Luft, dann zog sie ihren Rock hoch und streckte die Beine aus. »Was denkst du!« rief sie. »Röcke! Kurze Röcke für den Frühling. Bis hier.« Sie zeigte es. »Auf ein paar Photos bin ich sogar ganz drauf.« Sie strich über die dunkle Strumpfhose. »Ich sollte meine Beine versichern lassen«, sagte sie. »Das kann man doch, oder?«

»Sicher«, sagte Lobig.

»Und bei dir?« sagte Corinna. »Hast du mittlerweile deinen Schock überwunden?«

»Welchen Schock?«

»Den von der Thai-Frau.«

»Keineswegs«, sagte Lobig. Er erzählte von seinem Besuch in der Agentur.

Corinna richtete sich auf. »Das ist nicht dein Ernst«, sagte sie. »Du willst doch wohl nicht sagen, daß du dir eine Frau bestellt hast!«

»Noch nicht«, sagte Lobig, aber um richtig darüber schreiben zu können, müsse man das schon machen.

»Und die Frau?« sagte Corinna. »Was machst du mit der Frau, wenn sie kommt?«

»Wir bauen das ein«, sagte Lobig. »Sie fliegt natürlich wieder zurück und hat keine Unkosten.« Er klatschte in die Hände. Außerdem könne das nur gut für sie sein. Wer weiß, an wen sie sonst geraten wäre.

»Du bist unmöglich«, sagte Corinna. Sie stand auf und ging in den Flur zu ihrem Koffer. »Das ist der größte Unfug, den ich je gehört habe!« rief sie von dort. Sie kam mit einem T-Shirt zurück, zog ihre Bluse aus und streifte es über. Für einen Moment sah Lobig ihren schwarzen Spitzen-BH. »Der Zweck heiligt die Mittel«, sagte er.

Corinna sah ihn an. »Du kannst nicht mehr dafür«, sagte sie. Sie holte eine Zigarette aus ihrer Tasche und zündete sie an. »Sag mir nur mal, wo sie wohnen soll.

Hier? Oder vielleicht bei mir, damit der Anstand gewahrt bleibt.« Sie sah sich um, Lobig lief in die Küche, einen Aschenbecher zu holen. »Ich mache keine großen Worte«, sagte Corinna, als er zurückkam, »aber wenn du die Sache durchziehst, sind wir fertig miteinander. Hast du verstanden?«

Lobig ging ein paar Schritte durchs Zimmer. »Ich verstehe dich nicht«, sagte er. »Das ist doch mein Job. Und was soll ich sagen, wenn du deine Beine photographieren läßt?«

»Ich will nicht diskutieren«, sagte Corinna. Sie sah auf die Uhr. »Außerdem bin ich jetzt seit sechzehn Stunden auf den Beinen. Ich muß machen, daß ich nach Hause komme.« Sie drückte ihre Zigarette in dem Aschenbecher aus, im Flur rief sie ein Taxi an. Sie verabschiedeten sich kurz. »Bis Samstag«, sagte Corinna. »Und überleg es dir gut.«

Am Freitagabend zog Lobig wieder den dunklen Anzug an und fuhr zu einem Lokal in der Vorstadt. In der Gaststube saßen nur ein paar Männer. Sie starrten Lobig an, als er eintrat. Hinter der Theke stand eine junge Frau und spülte Gläser. Jetzt sah sie herüber. »Da hinten«, sagte sie und zeigte auf eine Tür an der anderen Seite der Gaststube. Lobig ging darauf zu. »Ihr Mantel!« rief ihm die junge Frau nach. »Den können Sie hier aufhängen.« Lobig ging zurück zu dem Garderobenständer neben der Eingangstür. Einer der Männer sagte etwas, ein anderer lachte. »Nochmal dasselbe!« rief der erste Mann.

Lobig durchquerte wieder die Gaststube und trat durch die Tür. Hier war ein kleiner Saal mit einer Bühne an der Stirnseite. Rechts stand ein altes Klavier quer in den Raum, links ein separater Tisch und eine Reihe mit drei oder vier Tischen nebeneinander. Die dort saßen wandten sich Lobig zu. Die Männer standen auf; die Frauen senkten die Köpfe.

»Willkommen«, sagte jemand von der anderen Seite. Mehring trat hinter dem Klavier hervor und wischte sich die Hände an einem Taschentuch. »Technische Probleme«, sagte er, dann reichte er Lobig eine Hand, mit der anderen wies er zu den Tischen und nannte, auf jeden der Männer deutend, einen Namen und eine Zahl. »Die Jahre«, sagte er danach. »Die Jahre, die sie glücklich verheiratet sind.«

Lobig stand einen Moment starr, dann ging er hinüber zu den Tischen. Der Mann, den Mehring Pagenkämper genannt hatte, war der dicke Mann, den er im Kaufhaus gesehen hatte. »Heinz«, sagte der, als er an der Reihe war, daß Lobig ihm die Hand gab. »Wir sagen uns alle du.« Lobig nannte leise einen falschen Namen.

»Dann sind wir ja komplett«, sagte Mehring. Er trat neben Lobig. »Wir haben nämlich immer ein kleines Programm, und jedesmal ist ein anderes Paar zuständig.« Er zeigte auf das Klavier. »Heute wäre es beinahe gescheitert. Ein Pedal hat geklemmt.« Er blickte in die Runde. »Aber wofür hat man schließlich was

Anständiges gelernt?« Die Männer lachten. Inzwischen war die junge Frau aus der Gaststube gekommen. Eine der Asiatinnen fragte Lobig, was er trinken wolle, dann gab sie für alle die Bestellung auf.

»Vielleicht probiert Jinja schon mal, ob es wirklich wieder geht«, sagte Mehring, und eine andere Asiatin setzte sich ans Klavier. »Geht!« rief sie. Kurz darauf kamen die Getränke. Lobig stand noch immer da; als er sein Bier bekam, wies einer der Männer ihm einen Stuhl mitten unter den anderen. Lobig setzte sich, die Frau neben ihm lächelte ihn an.

»Silentium jetzt«, sagte Mehring. »Jinja, was spielst du?«

Die Frau sagte etwas in ihrer Sprache. Die anderen Frauen applaudierten. Dann begann sie zu ihrem Klavierspiel mit heller Stimme zu singen. Nach ein paar Takten erkannte Lobig die Melodie; die Frau sang einen amerikanischen Schlager, der populär gewesen war, als er noch zur Schule ging. Er erinnerte sich, wie albern er die deutsche Version gefunden hatte, und trank sein Bier. Die Frau, die die Bestellung aufgegeben hatte, schrieb etwas auf einen kleinen Block in einem bestickten Futteral.

Die Asiatin sang jetzt ein anderes Lied, das Lobig auch zu kennen glaubte. Er summte die Melodie mit. Die Frau neben ihm lächelte ihn an und legte einen Finger auf ihren Mund. Lobig fiel ein, daß er keinen Photoapparat mitgebracht hatte. Und selbst wenn er einen dabei hätte, unter welchem Vorwand sollte er jetzt photographieren? Aber die Idee ist richtig, sagte er sich. Und zum Photographieren würde immer noch Gelegenheit sein. Das müßte sich von selbst ergeben.

Die Frau am Klavier hatte geendet. Sie stand auf und machte eine kleine Verbeugung. Alle applaudierten ihr, und Mehring geleitete sie zurück zum Tisch, wo sie ihr Mann in die Arme nahm und küßte. Mehring drückte einen Knopf hinter dem Vorhang zur Bühne; es erklang leise Instrumentalmusik, die Tür zur Gaststube öffnete sich, Schüsseln und Platten wurden hereingetragen und auf den separaten Tisch gestellt. »Das kalte Buffet ist eröffnet«, sagte Mehring. »Ich bitte zuzugreifen.«

Alle erhoben sich, nur Lobig blieb sitzen. Da kam der dicke Mann auf ihn zu und beugte sich über ihn. »Es gefällt dir bei uns?« sagte er.

»Ja sicher«, sagte Lobig. »Wirklich, sehr nett.«

Der dicke Mann machte eine Handbewegung in Richtung der Gaststube. »Die gucken uns an«, sagte er. »Jedesmal. Das ist klar, was die denken. Aber uns kümmert das nicht.« Er wies auf die anderen, die jetzt um das Buffet standen. »Wir verstehen uns«, sagte er. »Und man kann nie verlangen, daß alle einen verstehen. Oder nicht?« Er schlug Lobig leicht auf die Schulter. »Komm etwas essen«, sagte er und ging voran.

Lobig folgte ihm. »Heinz«, sagte er. Der dicke Mann drehte sich um. »Ich wollte dich fragen, wie das alles geht. Ich meine, der Vertrag und wie alles abläuft.«

Der Mann sah ihn an. »Das geht ganz leicht«, sagte er. »Mach dir keine Sorgen.«

Am nächsten Morgen wachte Lobig mit Kopfschmerzen auf. Corinna und er trafen sich samstags meist gegen Mittag. Er sah auf die Uhr; es war noch Zeit, die Wohnung aufzuräumen und letzte Einkäufe zu machen. Mit etwas Mühe stand er auf, wusch sich und sah im Kühlschrank nach. Viel war nicht zu besorgen, also ging er in das Lebensmittelgeschäft an der Ecke. Er fand wieder, daß dort alles maßlos überteuert sei. Als er gerade mit dem Staubsaugen fertig war, klingelte es.

»Hallo«, sagte Corinna. Sie blieb in der Wohnungstür stehen. »Wie ist es?«

»Was meinst du? Komm doch rein.«

»Die Thai-Geschichte. Du, wenn du denkst, ich hätte das nur so gesagt, dann irrst du dich.«

»Komm doch bitte herein«, sagte Lobig.

»Nein«, sagte Corinna. »Wenn ich reinkomme, fangen wir an zu reden. Und wenn wir reden, wirst du mir irgendwas beweisen. Ich will aber nicht reden. Ich will eine klare Antwort. Machst du weiter? Ja oder Nein?«

»Wir können das doch drinnen besprechen«, sagte Lobig.

»Ja oder Nein?«

»Ich weiß nicht. – Ja.«

Corinna drehte sich um und ging zur Treppe. »Tschau«, sagte sie und winkte über die Schulter zurück. »Wenn du zur Besinnung kommst, kannst du mich anrufen, jederzeit. Sprich notfalls auf den Anrufbeantworter.« Sie war schon am Treppenabsatz. Lobig trat an das Geländer und beugte sich darüber.

»Du machst dir kein Bild davon«, rief er hinunter. Dann schlug die Haustür.

Lobig blieb am Geländer stehen. Wenn Corinna sich etwas in den Kopf setzte, nutzte kein Reden. Vielleicht sollte er einfach warten, bis seine Reportage erschienen war, und sie ihr zuschicken. Das müßte für sich sprechen. Ja, dachte Lobig, so werde ich es machen. Da klingelte das Telephon in der Wohnung, er ging hinein und hob ab. Es war der Redakteur. »Entschuldige«, sagte er. »Ich hab dich gestern abend nicht erreicht. Neues von wegen der Thai-Sache.«

»Ich höre«, sagte Lobig.

»Also paß auf. Ich habe jetzt mit Ortlepp gesprochen. Eingehend, verstehst du. Grundsätzlich alles okay. Nur eine Kleinigkeit. Er besteht auf einem Photographen. Vielleicht nimmst du Ossig, Corinna müßte ihn kennen.«

»Ausgeschlossen«, sagte Lobig.

»Wieso? Was hast du gegen den?«

»Nichts«, sagte Lobig. »Aber es muß ohne Photograph gehen. Ich mache das allein.«

»Sense«, sagte der Redakteur. »In dem Punkt ist Ortlepp stur. Das gibt keine Bilder, sagt er. Also hör zu: Photograph, oder es läuft nichts!«

»Ich denk drüber nach«, sagte Lobig und hängte auf. Er ging in die Küche und schob ein Fertiggericht in den Mikrowellenherd. Er blieb davor stehen und beobachtete, wie die Soße um das Fleisch herum begann, Blasen zu werfen. Dann klingelte die Zeituhr, Lobig nahm den Kunststoffteller aus dem Herd und setzte sich damit an den kleinen Küchentisch. Nach dem Essen knickte er den Teller zusammen und drückte ihn in den Mülleimer. Das Besteck hielt er unter warmes Wasser und legte es zurück in die Besteckschublade.

Den halben Nachmittag verbrachte Lobig vor seinem Computer. Er versuchte, so genau wie möglich aufzuschreiben, woran er sich erinnerte. Ein paar Details bekam er zusammen. Auf das Futteral des Blocks, in den die Frau die Bestellungen notiert hatte, war ein goldener Drache gestickt. Und die Frau am Klavier hatte *Strangers in the Night* und *My Way* gesungen. In einem separaten Text notierte Lobig alle Namen, die er bislang kannte. Dann suchte er dazu nach den Adressen im Telephonbuch. Aber er fand nur die des dicken Mannes, der mußte in einem Vorort wohnen.

Gegen sechs brach Lobig zu einem Spaziergang auf. Zuerst machte er eine große Runde durch die Innenstadt, dann setzte er sich im Park auf eine Bank in der Nähe des Spielplatzes. Kinder in bunten Anoraks und Mützen spielten auf dem Rasen, am Teich stand jemand, der die Enten fütterte, und zwei große Hunde jagten sich laut bellend. Bald kam eine Mutter und rief nach einem Kind. Die anderen hielten im Spielen inne und sahen dem Kind nach, wie es langsam auf die Mutter zuging.

Lobig steckte beide Hände in die Manteltaschen. Corinna brachte es fertig, sich wegen einer Reportage von ihm zu trennen. Und von dem Redakteur war er wirklich nicht abhängig. Schließlich war immer noch er es, der die Bedingungen nannte.

Lobig stand auf. Eine völlig verschenkte Woche, dachte er; und natürlich würde am Ende das Geld fehlen. Berufsrisiko. Langsam ging er nach Hause. Zuerst würde er Corinna anrufen. »Sprechen Sie nach dem Zeichen«, sagte er laut. Dann räusperte er sich. »Liebe Corinna. Okay. Die Reportage ist gestorben. Außerdem, wer weiß, wie lang sich das hingezogen hätte. Und rechtlich ist das auch nicht ungefährlich. Ich hätte ja vielleicht was unterschreiben müssen. Jedenfalls ist jetzt alles vorbei. Sehen wir uns am Sonntag?« Jemand drehte sich nach ihm um, da ging Lobig rascher nach Hause. Im Treppenhaus machte er kein Licht. Vor seiner Wohnungstür stand der dicke Mann.

»Herr Pagenkämper!« sagte Lobig. »Heinz.«

»Ich muß Sie sprechen«, sagte der Mann. Lobig schloß die Wohnungstür auf und ließ dem Mann den Vortritt. Dann wies er ins Wohnzimmer. Der Mann setzte sich auf die Couch, ohne seinen Mantel auszuziehen.

»Was kann ich dir anbieten?« sagte Lobig.

»Nichts«, sagte der Mann. »Es dauert nicht lange.« Lobig zog sich einen Stuhl heran.

»Ich will es kurz machen«, sagte der Mann. »Wenn uns alle für blöd halten, bitte, das ist deren ihre Sache. Aber Mehring ist gestern hinterhergefahren.« Er tippte sich an die Stirn. »Freier Journalist, da fällt dann der Groschen. Ist ja nicht das erste Mal.«

»Warum kommt Herr Mehring nicht selbst?« sagte Lobig.

»Mehring ist okay«, sagte der dicke Mann. »Er ist jung. Wir nehmen ihm Arbeit ab, wo wir können.« Er nahm den Aschenbecher vom Tisch und wog ihn in der Hand. »Schönes Stück«, sagte er. »Bronze?«

Lobig machte eine schnelle Bewegung. »Was wollen Sie?«

Der Mann stellte den Aschenbecher vorsichtig zurück auf die Tischplatte. »Nichts«, sagte er. »Lassen Sie uns nur in Ruhe.«

»Es gibt ein Recht auf freie Berichterstattung«, sagte Lobig. »Gut. Ich habe natürlich meine Ansichten, aber ich versichere Ihnen, daß ich fair über alles geschrieben hätte. Nur die Fakten, keine Verzerrung.«

»Bleiben Sie weg und schreiben Sie nichts«, sagte der Mann. »Dann passiert auch nichts.«

»Was heißt das?« sagte Lobig und sprang auf. »Wollen Sie mir drohen? Hier, in meiner Wohnung? Warten Sie!« Er lief in den Flur zum Telephon. »Ich hole die Polizei«, rief er. Er wählte die Nummer, da kam der Mann aus dem Wohnzimmer und wandt ihm den Hörer aus der Hand. »Bitte nicht«, sagte er.

»Hilfe!« rief Lobig. Er wollte zur Wohnungstür, doch der Mann faßte ihn am linken Arm und hielt ihn zurück. »Bitte!« sagte er. »So war das nicht gemeint!« Da holte Lobig mit der Rechten weit aus und schlug dem Mann mit aller Kraft ins Gesicht. Der ließ ihn sofort los und wich einen Schritt zurück. Lobig schlug noch einmal zu. Der Mann stolperte und fiel nach hinten. Auf dem Boden sitzend zog er ein Taschentuch hervor und preßte es sich vor den Mund, es wurde blutig. Der Mann sah das Taschentuch an. »Nein«, sagte er, dann schluchzte er laut auf. Lobig ging ins Badezimmer und ließ kaltes Wasser über ein Gästehandtuch laufen. Das brachte er dem Mann. »Stehen Sie bitte auf«, sagte er.

Der Mann erhob sich mühsam. Er fuhr sich mit dem Handtuch übers Gesicht und atmete tief durch. Dann drückte er es sich vor den Mund, öffnete die Wohnungstür und ging hinaus ins Treppenhaus.

Lobig blieb im Flur stehen. Seine Beine zitterten, und die rechte Hand schmerzte sehr. Nach einer Weile nahm er das Telephon und trug es ins Wohnzimmer. Er legte sich auf die Couch und wählte Corinnas Nummer. Es meldete sich der automatische Anrufbeantworter.

»Liebe Corinna«, sagte Lobig nach dem Zeichen. »Ich bins. Es ist jetzt kurz nach acht. Alles ist wieder gut. Komm bitte sofort!« Dann hängte er ein.

Die Nachricht

Als Reichenbach und Fuchs, der Streifenführer, vor der Brücke über die Auffahrt anhielten, waren die Feuerwehrleute schon dabei, den Unfallwagen auf die Räder zu stellen. Fuchs sprach zuerst mit dem Brandmeister, dann mit dem Notarzt; Reichenbach blieb etwas abseits stehen, mit dem Rücken zum Wrack. Die Feuerwehrleute versuchten, den Wagen aufzustemmen. »Hat keinen Sinn!« rief einer. Es solle jemand den Brenner holen.

Reichenbach winkte den Autos, rascher vorbeizufahren. Fuchs trat hinter ihn. »Vermutlich aus Richtung Verteiler über den Zubringer gekommen«, sagte er. »Und dann frontal gegen den Pfeiler. Keine Bremsspur, kein Gegenverkehr, rein gar nichts.«

»Selbstmord?« sagte Reichenbach.

»Keine Ahnung.« Fuchs ging hinüber zu dem Wrack, Reichenbach folgte ihm. Die Feuerwehrleute hatten den Schneidbrenner in Gang gesetzt, Funken sprühten über das eingedrückte Wagendach. »Meine Güte«, sagte Fuchs. Ein Feuerwehrmann bog mit einer Brechstange den Türholm nach außen. Die Scheibe splitterte, und ein Arm schnellte heraus. An der blutigen Hand fehlten die Finger. Reichenbach lief ein Stück und lehnte sich gegen einen Baum. Er würgte und spuckte etwas Speichel aus. Als er wieder bei dem Wrack stand, fuhr mit rotierenden Warnlichtern ein Kranwagen vor.

»Ich ruf die Zentrale«, sagte Fuchs. »Die sollen noch jemand schicken. Das sieht ganz schlimm aus hier.« Er ging zum Polizeiwagen. Mit einem Krachen fiel jetzt die Fahrertür des Wracks heraus, der Körper wurde hervorgezogen und in einen Metallsarg gelegt. Der Notarzt beugte sich darüber, stand dann auf und schüttelte den Kopf. »Sofort tot gewesen«, sagte er zu Reichenbach. Der nickte. »Ich melde es dem Streifenführer«, sagte er und ging hinüber zum Polizeiwagen.

Fuchs hängte gerade das Mikrophon ein. »Übel«, sagte er und stieg aus dem Wagen. »Die haben im Moment keine Leute frei. Alles beim Pokalspiel. Wir müssen das vorerst alleine machen.« Ein Feuerwehrmann trat hinzu und reichte Fuchs eine blutverschmierte Brieftasche. Fuchs holte einen Lappen aus dem Türfach, nahm sie damit und klappte sie auf. »Immerhin«, sagte er und zog einen Personalausweis hervor. »Identität ist damit wohl klar.« Er hielt Reichenbach den Ausweis hin. »Ich bleibe hier«, sagte er. »Und du mußt zu dem nach Hause, Bescheid sagen.«

Reichenbach machte eine Handbewegung.

»Ja ja«, sagte Fuchs. »Ich weiß, das ist schlimm. Hast du noch nie gemacht, oder?«

»Ich kann das nicht«, sagte Reichenbach.

Es gab einen Knall. Die Männer vom Kranwagen hatten ein Stahlseil durch das Wrack gelegt, und als sie es anzogen, sprang das eingedellte Dach zurück.

»Keiner kann das«, sagte Fuchs. »Aber vielleicht sollten wir wissen, was bei dem zu Hause los ist. Nur für alle Fälle, verstehst du?«

»Sicher«, sagte Reichenbach. Er nahm den Personalausweis. »Du machst das schon«, sagte Fuchs, dann ging er hinüber zum Kranwagen und stellte sich zu einem Feuerwehrmann unter das hochgezogene Wrack.

Reichenbach drehte den Personalausweis um, auf der Rückseite war mit einem Aufkleber eine Wohnungsänderung vermerkt, und der Aufkleber war unleserlich. Reichenbach rief die Zentrale. »Personenüberprüfung«, sagte er. »Karmanns, Bernd, geboren 23. 11. 53, wohnhaft hier, vermutlich Kleiststraße.«

Es gab ein Rauschen im Gerät. »Stimmt«, sagte die Zentrale. »Nummer 18.«

»Verheiratet?«

»Moment. Ja. Monika, 6. 9. 57, geborene Wessing. Keine Kinder.«

»Okay. Danke«, sagte Reichenbach. Er schaute im Stadtplan nach, dann startete er. Es war jetzt gegen neun; er mußte ein Stück Autobahn fahren, bis es über die nächste Ausfahrt zurück in die Stadt ging. Der Berufsverkehr hatte schon nachgelassen. Als Reichenbach in der Schlange vor einer Ampel warten mußte, stand neben ihm auf der Überholspur ein kleiner Wagen mit offenem Verdeck. Eine junge Frau saß darin, sie trug ein rotes Kopftuch über langen, blonden Haaren, und aus den Augenwinkeln sah Reichenbach, daß sie zu ihm herüberschaute. Er kurbelte sein

Seitenfenster herunter und drehte den Kopf, da sah die junge Frau rasch nach vorne. Als die Ampel auf Grün sprang, fuhr sie sehr langsam an, Reichenbach blieb auf gleicher Höhe und sah weiter hinüber, den Ellenbogen hatte er aus dem Fenster gehängt. Der Abstand zu den vorderen Wagen wurde bald größer. Die junge Frau sah noch immer nach vorne, niemand hinter ihnen hupte.

»Ziege«, sagte Reichenbach leise, dann schaltete er Blaulicht und Sirene ein, beschleunigte und scherte vor dem kleinen Wagen auf die Überholspur. Die nächste Ampel zeigte Rot, er fuhr langsam in die Kreuzung, und der Querverkehr stoppte. Ein paar Straßen weiter schaltete Reichenbach Blaulicht und Sirene wieder aus, hielt an und sah noch einmal auf den Stadtplan; dann fuhr er bis zu einem weißen Bungalow mit Garage. Dort stieg er aus und drückte die Klingel am kleinen Tor neben der Einfahrt.

»Ja?« sagte eine Frauenstimme aus der Sprechanlage.

»Polizei«, sagte Reichenbach. »Sind Sie Frau Karmanns?«

»Warum? Ja.«

»Ich möchte Sie sprechen.«

Der Türöffner summte, Reichenbach trat auf den Steinweg, der zur Haustür führte. Ich sage es gerade heraus, dachte er. Kein Drumherumreden. Wie es passiert ist und daß es schnell ging und daß es ihm sehr leid tue. Und dann gleich wieder weg. Aber so würde er natürlich nichts erfahren! Ohne stehenzubleiben, zog er seine Brieftasche hervor und nahm daraus eine seiner Karten. Henning Reichenbach stand darauf, Polizeimeister, Anschrift und Nummer seiner Dienststelle. Vielleicht schmeißt sie mich ja gleich raus, dachte Reichenbach. Und weint oder schreit. Dann würde er sagen, er könne sie so nicht alleine lassen. Vielleicht holte er ihr ein Glas Wasser. Oder er würde ihr versichern, daß ihr Mann nicht leiden mußte. Jetzt wurde die Haustür geöffnet. Eine junge Frau in einem hellen Kleid sah Reichenbach an.

»Bitte«, sagte er, nahm die Mütze ab und streckte der Frau die Karte entgegen. »Darf ich hereinkommen?«

Die Frau trat zur Seite. Hinter dem breiten Flur stand eine Doppeltür offen. Reichenbach wies darauf, die Frau nickte, er ging hindurch in ein Wohnzimmer, sie folgte ihm, er setzte sich in einen weißen Ledersessel und legte seine Mütze auf die Armlehne. Eine Fenstertür führte zum Garten. Reichenbach sah kurz hinaus, dann wandte er sich zu der Frau. »Sie sollten sich hinsetzen«, sagte er.

Die Frau schüttelte den Kopf.

»Wissen Sie«, sagte Reichenbach, »es ist das erste Mal für mich, aber das ist nicht wichtig. Ich sage es also gerade heraus. Ihr Mann hatte einen Unfall, er ist gegen einen Pfeiler gefahren, an der Auffahrt zur Autobahn. Er war sofort tot, im selben Moment, wissen Sie, er kann praktisch nichts gespürt haben.« Reichenbach holte tief Luft. »Man sieht dann vielleicht noch einen Schimmer«, sagte er, »wenn das Glas zerbricht. Aber ich weiß es nicht, ich stell es mir nur so vor.« Er stand auf und ging zu der Fenstertür. Jetzt konnte er den ganzen Garten überblicken. Ein paar Geräte lagen auf dem Rasen, und links, gegen einen hohen, hölzernen Zaun hin, saß ein kleiner Junge und spielte mit einem Lastauto.

Reichenbach drehte sich um. »Sie haben also doch Kinder!« sagte er.

»Nein«, sagte die Frau, »das ist Lars, von nebenan, ich passe auf ihn auf.« Sie setzte sich in den Sessel, in dem Reichenbach gesessen hatte. »Was ist passiert?« sagte sie.

»Ein Autounfall«, sagte Reichenbach. »Ihr Mann kam aus Richtung Stadt, wahrscheinlich mit hoher Geschwindigkeit. Es gibt keine Bremsspur. Er ist gegen den Pfeiler der Überführung gefahren. Er war sofort tot.« Reichenbach sah auf seine Armbanduhr. »Es ist jetzt eine Stunde her. Oder etwas weniger.«

»Und das sagen Sie mir so einfach.«

Reichenbach ging und nahm seine Mütze von der Armlehne; er strich darüber. »Es tut mir leid«, sagte er.

Die Frau nickte.

»Wir sind im Moment etwas knapp an Leuten«, sagte Reichenbach. »Eine ganze Hundertschaft ist für das Pokalspiel eingeteilt. Fuchs, mein Streifenführer, ist an der Unfallstelle, vielleicht kommt noch die Spurensicherung. Das ist alles Routine, das macht man immer so, wenn nicht auf Anhieb alles klar ist.«

Die Frau beugte sich vor, stützte die Ellenbogen auf die Knie und legte den Kopf in die Hände.

»Soll ich Ihnen ein Glas Wasser holen?« sagte Reichenbach.

»In der Küche«, sagte die Frau durch die Finger.

Reichenbach sah sich um. Vom Wohnzimmer führte ein Durchgang ins Eßzimmer. Auf dem Tisch stand eine Tonschale, aus der Efeu rankte, und in einer dunkelblauen Glaskugel spiegelte sich das Fenster zum Garten. Reichenbach legte seine Mütze auf den Tisch, öffnete eine Schiebetür und trat in die Küche. Er suchte kurz in den Wandschränken, füllte einen Becher mit Leitungswasser, dann ging er zurück ins Wohnzimmer und hielt ihn der Frau hin.

»Was soll ich damit?« sagte sie.

»Wasser«, sagte Reichenbach.

»Das wollten Sie doch.«

»Nein«, sagte Reichenbach. »Ich fragte Sie, ob Sie wollten.«

»Unsinn.« Die Frau stand auf. »Trinken Sie nur.«

»Ja«, sagte Reichenbach. Er trank einen Schluck. Die Frau trat zu einem flachen, hellen Schrank, öffnete eine Schublade und zog ein Kuvert heraus. »Hier!« rief sie und legte es vor Reichenbach auf die Armlehne des Sessels. »Sein Testament. Machen Sie es auf!«

»Das geht nicht, glaube ich«, sagte Reichenbach. Das müsse sicher ein Anwalt machen. Oder ein Notar.

»Ein Notar?«

»Ganz sicher.« Reichenbach suchte nach einem Platz für den Becher, schließlich ging er ins Nebenzimmer und stellte ihn auf den Tisch neben seine Mütze. Als er zurück ins Wohnzimmer kam, war die Frau in die Doppeltür getreten. »Also gut«, sagte sie. »Dann kommen Sie mit.« Sie ging. »Hier unten!« rief sie. Reichenbach stieg die Treppe zum Keller hinunter, dort trat er zuerst in einen dunklen Flur und dann in einen erleuchteten Raum.

»Was sagen Sie dazu?«

Es war ein großer Raum. Die Wände waren mit hellem Holz verkleidet, neben der Tür stand ein Schrank, an der Stirnwand eine Glasvitrine, zwei Kabelpaare mit Halogenleuchten kreuzten sich an der Decke, und in der Mitte des Raumes war eine riesige Autorennbahn auf einem kniehohen Podest aufgebaut. Vierspurig zog sie durch überhöhte Kurven und lange Geraden, an Tribünen und Boxen neben Start und Ziel vorbei. Figuren von Rennfahrern, Mechanikern und Zuschauern standen neben der Strecke, und rund um das Podest lehnten vier Regiesessel mit aufgedruckten Namen zusammengeklappt gegen die Wand.

»Donnerwetter«, sagte Reichenbach.

»Sie treffen sich alle vierzehn Tage«, sagte die Frau, »in letzter Zeit auch einmal die Woche, wegen der Ferien.«

Reichenbach ging langsam um die Bahn herum. In der Vitrine standen die Modelle von Rennwagen auf flachen Sockeln, daneben kleine Schilder mit technischen Daten und winzige, silberne Pokale. Über einen der Wagen lehnte die Figur eines Mädchens im getigerten Badeanzug.

»Die fahren nicht«, sagte die Frau. Sie wies auf ein großes, flaches Gebäude im Inneren des Bahnrunds. »Aufenthalt im technischen Bereich verboten«, sagte sie und nahm das Dach herunter. Sie zog eine Schachtel hervor, öffnete sie und stellte einen Rennwagen auf die Bahn. Dann griff sie nach einer Fernbedienung, die auf dem Rand des Podestes lag.

»Nicht!« rief Reichenbach. Er nahm der Frau die Fernbedienung aus der Hand und legte sie zurück. »Das war sein Hobby?« Die Frau nickte.

»Das hat sicher eine Menge Geld gekostet.«

Die Frau stellte den Rennwagen neben die Bahn. »Nicht der Rede wert«, sagte sie und verließ den Raum, Reichenbach hörte ihre Schritte auf der Treppe. Ich müßte mit Fuchs telephonieren, dachte er. Natürlich müßte er sich dafür eine Ausrede einfallen lassen. Er sah noch einmal über die Autorennbahn. Völlig verrückt! Aber nur gut, daß die Frau nicht geschrien oder geweint hatte. Als Karin durch ihre Prüfung gefallen war, hatte sie tagelang bei den kleinsten Anlässen geweint; das war furchtbar gewesen.

»Kommen Sie?« rief die Frau von oben. Reichenbach stieg die Kellertreppe hinauf. Die Frau machte ihm ein Zeichen, und er folgte ihr, bis sie ihn beim Arm nahm und in ein Schlafzimmer schob. Ein Fenster zum Garten stand offen, eines der Betten war unordentlich aufgeschlagen, das andere schien nicht benutzt worden zu sein. Über einer Kommode hing ein Hochzeitsphoto in einem silbernen Rahmen.

»Es muß schrecklich für Sie sein«, sagte Reichenbach.

»Schrecklich?« sagte die Frau. Sie schlug das zweite Bett zurück und strich es glatt.

»Natürlich«, sagte Reichenbach. Außerdem seien ja, wie gesagt, die Umstände nicht ganz eindeutig. »Es gibt keine Bremsspur«, sagte er, »verstehen Sie?«

Die Frau schüttelte das Kopfkissen und stellte es auf eine Ecke. »Mein Mann steht jeden Morgen sehr früh auf«, sagte sie. »Er macht dann sein Bett und trinkt Kaffee. Ich komme nämlich schwer raus.«

»So?« sagte Reichenbach; da trat der Junge aus dem Garten vor das Fenster. Er wies mit der Hand. »Tante Monika, ist das Polizei?«

»Ja«, sagte die Frau. Sie ging an Reichenbach vorbei und strich dem Jungen über den Kopf. »Du mußt noch ein bißchen draußenbleiben«, sagte sie. »Ich habe was zu besprechen. Gleich gehn wir einkaufen. In Ordnung?«

»Darf ich die Schiebkarre holen?« sagte der Junge.

»Ja. Aber sei vorsichtig.«

Der Junge lief davon, und die Frau wandte sich um. »Seine Mutter kommt erst in einer Stunde zurück«, sagte sie. »Mögen Sie übrigens Kaffee? Es ist noch welcher warm.«

»Gerne«, sagte Reichenbach. Zusammen gingen sie ins Eßzimmer, die Frau holte eine Tasse Kaffee aus der Küche und stellte sie auf den Tisch neben Reichenbachs Mütze. Den Becher nahm sie weg. »Und Sie wissen nicht, wie es passiert ist«, sagte sie.

»Stimmt«, sagte Reichenbach. »Jedenfalls nicht genau.« Das komme natürlich öfter vor. Später stelle sich dann heraus, daß der Fahrer eingeschlafen war. Oder es ist etwas defekt gewesen. »Sie glauben ja gar nicht«, sagte er, »mit was für Autos die Leute rumfahren. Kein Profil auf den Reifen und die Bremsbeläge vollkommen runter. Dann braucht es nur ein bißchen naß zu sein – und ...« Er fuhr mit der Hand über den Tisch.

»Es war nicht naß«, sagte die Frau. »Und der Wagen ist so gut wie neu.«

»Ja«, sagte Reichenbach. »Entschuldigung.« Er setzte sich und trank von seinem Kaffee. »Es war nur ein Beispiel. Wir müssen ermitteln.«

»Ermitteln?« sagte die Frau. »Ob Bernd Feinde hat?« Sie ging in die Küche, kam mit einer weiteren Kaffeetasse zurück und setzte sich Reichenbach gegenüber. »Sie haben ja jetzt alles gesehen«, sagte sie. »Weiter gibt es nichts.«

Reichenbach wünschte, er hätte etwas zum Schreiben herausnehmen können. Und mit Fuchs müßte er jetzt endlich sprechen. »Wenn Sie erlauben, rufe ich eben vom Wagen aus die Dienststelle an«, sagte er und stand auf.

Die Frau winkte ihm, er solle sitzen bleiben. Aus dem Wohnzimmer holte sie ein schnurloses Telephon und legte es vor Reichenbach auf den Tisch. Er klappte es auf und wählte die Nummer der Zentrale. Die Frau hatte sich wieder hingesetzt. »Reichenbach von Wagen vierzehn«, sagte er. »Können Sie mir Fuchs geben?«

»Moment«, sagte die Zentrale.

»Ich bin nämlich mit unserem Wagen hier«, sagte er zu der Frau. »Die müssen erst nachfragen, wo Fuchs jetzt ist.« Die Frau nickte.

»Fuchs«, sagte es aus dem Hörer. »Was ist los?«

»Das ist dumm«, sagte Reichenbach. Er schaute auf. »Fuchs ist nicht zu erreichen.« Dann sprach er wieder in den Hörer. »Versuchen Sie es bitte weiter. Fuchs soll mich anrufen. In zehn Minuten.« Er las die Nummer vom Telephon ab, klappte es zusammen und gab es der Frau zurück. »Fuchs ist mein Streifenführer«, sagte er. »Wir sind jetzt drei Monate zusammen.«

»Schön«, sagte die Frau. »Und Sie verstehen sich gut?«

»Ja ja«, sagte Reichenbach. Er strich sich mit der Hand durchs Gesicht. Eine Frage, dachte er. Vielleicht reichte das, und alles klärte sich von selbst. »Was meinten Sie eben mit Feinden?« sagte er.

Die Frau zog die Schultern hoch. »Sie haben damit angefangen.«

Reichenbach nickte. »War Ihre Ehe gut?« sagte er.

Die Frau stand auf und trat vor ihn. »Und Sie?« sagte sie. »Sind Sie verheiratet?«

»Nein«, sagte Reichenbach. »Aber verlobt. Schon seit einem Jahr.«

»Zeigen Sie ein Photo. Und sagen Sie nicht, Sie haben keins!«

»Doch doch.« Reichenbach zog die Brieftasche aus der Uniformjacke und nahm ein Photo heraus. »Das ist Karin«, sagte er. »Sie arbeitet in der Zentrale. Wir haben uns auf dem Flur kennengelernt.«

Die Frau nahm das Photo und ging damit zum Fenster. »Hübsch«, sagte sie. »Wollen Sie Kinder?«

»Natürlich. Aber später. Wissen Sie, das ist nicht leicht bei dem Schichtdienst.«

»Lars!« rief die Frau und klopfte ans Fenster. »Vorsicht mit der Schubkarre! Bleib lieber in der Mitte vom Rasen!« Sie trat hinter Reichenbach, legte das Photo vor ihn auf den Tisch und beugte sich über seine Schulter. Er fühlte ihr Kleid an seinem Nacken.

»Wirklich sehr hübsch«, sagte die Frau. »Im Urlaub gemacht?«

»Nein«, sagte Reichenbach. »Nur so, im Garten, letzten Sommer.«

Die Frau richtete sich wieder auf. »Jetzt bin ich Witwe«, sagte sie. Reichenbach nahm das Photo und steckte es wieder ein. Die Frau ging um den Tisch herum und blieb vor ihrem Platz stehen. »Witwe, Witwe, Witwe«, sagte sie. »Wenn man das e am Ende betont, klingt es richtig traurig, finden Sie nicht? Weh, weh.«

»Ich gehe kurz zum Wagen«, sagte Reichenbach. »Vielleicht kann ich Fuchs jetzt erreichen.«

»Bleiben Sie hier«, sagte die Frau. »Bitte!«

»Natürlich«, sagte Reichenbach. »Wenn Sie wollen.«

»Und sitzen Sie nicht so da«, sagte die Frau. »Tun Sie was. Wie ist das mit Karin? Erzählen Sie mal!«

»Da gibt es nichts zu erzählen.«

»Unsinn!« rief die Frau. »Also los. Sind Sie Karin treu?«

»Natürlich«, sagte Reichenbach. »Wo denken Sie hin.«

»Das ist nicht natürlich«, sagte die Frau. »Ich war einmal untreu, letztes Jahr im März nach einem Klassentreffen. Wir sind in ein Hotel gegangen; ich habe mich um sechs wecken lassen und bin nach Hause gefahren. Mein Mann war schon aufgestanden. Er saß da, wo Sie jetzt sitzen. Hallo, hat er gesagt. Dann ist er aufgestanden und hat mir einen Kuß gegeben. Junge, riechst du nach Rauch, hat er gesagt.«

Reichenbach schob die Kaffeetasse von sich. »So?« sagte er.

Die Frau trat wieder ans Fenster. »Ja«, sagte sie. »Wie spät ist es?«

»Da muß ich nachsehen.«

»Ich gehe jetzt eigentlich immer einkaufen. Es wird sonst auch für Lars zu langweilig. Kommen Sie mit.« Sie ging ins Wohnzimmer, Reichenbach folgte ihr, im Garten nahm sie den kleinen Jungen an die Hand und öffnete eine Metalltür zur Garage. Dort stand ein offener Sportwagen. Die Frau drückte einen Knopf, und das Garagentor schob sich hoch. Dann stieg sie in den Wagen, der Junge war schon auf den Notsitz geklettert, hatte eine Pudelmütze hervorgezogen und aufgesetzt. Als Reichenbach auf dem Beifahrersitz Platz nahm, startete die Frau den Motor.

»Ich müßte noch telephonieren«, sagte Reichenbach.

»Als wenn das nicht ein paar Minuten Zeit hätte«, sagte die Frau. Sie setzte aus der Garage, dann fuhr sie in Richtung Innenstadt. »Mein Mann ist nicht gern mit mir gefahren«, sagte sie. »Er konnte nicht beifahren, wissen Sie, er fürchtete sich zu Tode. Andere Männer schimpfen dann. Paß doch auf! Siehst du nicht die Ampel! Nicht Bernd. Er saß nur da, weiß wie die Wand, und hielt sich am Gurt fest.« Die Frau lachte. »Es war furchtbar.«

Reichenbach spürte den Fahrtwind in den Haaren. Seine Mütze hatte er im Haus liegenlassen. Nach einer Weile fühlte er eine Hand auf seiner Schulter. Er drehte sich um; der kleine Junge hatte sich auf den Kardantunnel gestellt. »Du mußt dich hinsetzen«, sagte Reichenbach. »Das ist zu gefährlich.«

Der Junge sah ihn erschrocken an. »Sie machen ihm angst«, sagte die Frau. »Lars, setz dich bitte, der Polizist tut dir nichts.« Der Junge ließ sich wieder in den Notsitz fallen.

»Wohin fahren wir eigentlich?« sagte Reichenbach.

»Wir sind fast da«, sagte die Frau. Sie fuhr durch den großen Verteiler und fädelte sich in die Spur zum Zubringer ein.

»Bitte!« sagte Reichenbach. »Tun Sie das nicht. Denken Sie doch an das Kind. Es gibt da gar nichts zu sehen.« Die Frau schaltete das Autoradio ein. »Bitte!« rief Reichenbach. »Sie sind so tapfer gewesen. Ehrlich, ich bewundere das. Glauben Sie mir, ich hatte eine Heidenangst, als ich zu Ihnen fuhr.« Er schlug mit der flachen Hand auf das Armaturenbrett. »Und jetzt verderben Sie alles. Da!« Er zeigte auf die Abfahrt zur Bundesstraße. »Fahren Sie da hinein!«

Die Frau fuhr an der Abfahrt vorbei. Ein blaues Schild wies zur Autobahn. Sie setzte den Blinker. »Sie wissen nicht, was Sie tun«, sagte Reichenbach. Langsam bogen sie in die Auffahrt ein. An der Unfallstelle stand nur noch ein Polizeiwagen, weiter zurück auf dem inneren Grün. Die Frau fuhr bis zum Pfeiler und hielt schräg daneben an. »Sie dürfen hier nicht parken«, sagte Reichenbach. Sie stieg aus, er schaltete das Radio ab, dann drehte er sich zu dem Jungen. »Du darfst auf keinen Fall raus«, sagte er. »Hast du gehört? Sonst wirst du sofort verhaftet.« Der Junge nickte. Reichenbach stieg an der Fahrerseite aus und lief zu dem Polizeiwagen. Auf der Rückbank saßen zwei Beamte, einer öffnete die Tür. »Was willst du denn?« sagte er. »Und wer ist die Frau da?«

»Vom Unfall hier«, sagte Reichenbach. »Ich habe die Ehefrau benachrichtigt. Bitte laßt mich an den Sprechfunk. Ich muß dringend mit Fuchs reden.«

»Fuchs?« sagte der andere Polizist. Den kenne er nicht.

»Und ihr?« sagte Reichenbach. »Was tut ihr hier?«

»Geschwindigkeitskontrolle«, sagte der Polizist. »Was zum Teufel macht die Frau da?«

Reichenbach sah zum Pfeiler. Die Frau hatte sich gebückt und fuhr mit der Hand über den Boden. »Wißt ihr was?« sagte er. »Ihr laßt mich alle hängen.« Er warf die Tür des Polizeiwagens ins Schloß und lief an dem Sportwagen vorbei zum Pfeiler. Der Junge saß noch auf dem Notsitz, er hatte sich die Pudelmütze über die Augen gezogen. Als die Frau Reichenbach kommen sah, richtete sie sich auf und hielt ihm die offene Hand entgegen. Ein paar Glassplitter lagen darin. »Wie war das?« sagte sie. »Sie haben doch vorhin erzählt, wie das ist.«

»Nichts habe ich«, sagte Reichenbach.

»Doch doch. Man sieht einen Schimmer. Das haben Sie gesagt.«

»Aber das heißt doch nichts!« rief Reichenbach.

»Ich will jetzt nach Hause«, sagte die Frau. »Sie fahren.« Sie ging voraus zum Wagen und setzte sich auf den Beifahrersitz. »Zieh die Mütze hoch, Lars«, sagte sie. »Der Polizist tut keinem was.« Als Reichenbach das Zündschloß gefunden hatte, startete er, fuhr ein Stück zurück und bog vorsichtig in die Auffahrt. »Wir müssen jetzt die Autobahn nehmen«, sagte er.

»Egal. Beeilen Sie sich. Lars' Mutter kommt gleich zurück.«

Auf der Beschleunigungsspur gab Reichenbach Gas und setzte den Blinker. »Wollen Sie nicht hochschalten?« sagte die Frau. Reichenbach schaltete in den vierten Gang. Im Rückspiegel sah er nichts von der Fahrbahn, er wandte den Kopf, dann zog er mit einer abrupten Lenkbewegung auf die rechte Spur.

»Ein wunderbarer Fahrstil«, sagte die Frau. »Lernt man das bei der Polizei.«

»Blöde Kuh«, sagte Reichenbach ohne Stimme.

»Was haben Sie gesagt?« Die Frau beugte sich zu ihm und hielt eine Hand hinters Ohr. »Oder haben Sie nichts gesagt? – Da, schauen Sie.« Sie hielt einen Glassplitter zwischen Daumen und Zeigefinger gegen das Licht. »Ein Andenken, nicht wahr?«

»Lassen Sie das«, sagte Reichenbach. »Und halten Sie den Mund.«

»Warum denn? Wenn ich sage, es ist ein Andenken, dann ist es ein Andenken. Oder nicht?«

»Sie sollen den Mund halten!« sagte Reichenbach. Er sah auf den Tacho. Hinter einer langgestreckten Kurve kam die Ausfahrt in Sicht. Er gab mehr Gas.

»Der Wagen hat übrigens fünf Gänge«, sagte die Frau. »Soll ich Ihnen zeigen, wo der fünfte ist?«

Reichenbach nahm ein wenig den Fuß vom Pedal. »Okay«, sagte er. »Sie sind hiermit vorläufig festgenommen. Was Sie ab jetzt sagen, nehme ich zu Protokoll.«

»Festgenommen«, sagte die Frau und lachte. »Sagen Sie nicht, weswegen! Lassen Sie mich raten.«

Reichenbach bog jetzt in die Ausfahrt ein. Natürlich müßte er Fuchs zuerst eine mündliche Meldung machen, der würde ihm helfen bei seinem Bericht.

»Nicht, daß Sie sich verfahren«, sagte die Frau.

Reichenbach antwortete nicht. An der ersten roten Ampel schaltete er die Warnblinkanlage ein, drückte auf die Hupe und winkte mit dem Arm. Dann fuhr er langsam in die Kreuzung. »Idiot!« schrie ein Lastwagenfahrer, dann sah er Reichenbachs Uniform und legte eine Hand an die Stirn.

»Toll machen Sie das«, sagte die Frau. »Ich wette, Sie sind eigentlich ein Draufgänger. Mein Mann war kein Draufgänger, und jetzt ist er draufgegangen. Komisch, nicht wahr?«

»Schnauze!« sagte Reichenbach. »Miststück. Halt endlich den Rand!«

Die Frau sagte etwas, das Reichenbach nicht verstand. Der Junge hatte sich wieder auf den Kardantunnel gestellt. »Mutti«, sagte er weinerlich.

»Was habe ich dir gesagt?« rief Reichenbach. »Du sollst dich hinsetzen.«

»Tu das«, sagte die Frau.

Als sie vor dem Bungalow ankamen, stand eine Frau im Mantel vor der Garageneinfahrt. »Lars!« rief sie. Reichenbach öffnete die Fahrertür, der Junge drückte sich an ihm vorbei und lief der Frau in die Arme. »Mein Gott, Lars«, sagte die Frau, sie nahm den Jungen auf den Arm und trat neben den Wagen. »Monika«, sagte sie. »Ich weiß es schon. Wo wart Ihr denn?«

Reichenbach stieg aus, da sah er Fuchs neben dem Polizeiwagen stehen und ihn zu sich hinüberwinken. Er ging zu ihm. »Du hast mir einen Schreck eingejagt«, sagte Fuchs. »Und den Kollegen auch. Sag bloß mal, was du an der Auffahrt wolltest?«

»Ich hatte einen Verdacht«, sagte Reichenbach. Er wandte sich um. Die beiden Frauen lagen einander weinend in den Armen. Er machte eine Bewegung auf sie zu.

»Laß nur«, sagte Fuchs. »Die Nachbarin kümmert sich schon. Wir beide sind jetzt auch zum Pokalspiel eingeteilt. Es soll Ärger auf dem Bahnhof geben.«

»Und der Unfallwagen?« sagte Reichenbach.

»Den hat die Spurensicherung. Komm, steig ein!« Fuchs setzte sich auf den Beifahrersitz.

»Und mein Bericht?« sagte Reichenbach.

»Dein Bericht? Den schreibst du später.« Reichenbach startete den Wagen, da faßte Fuchs ihn bei der Schulter. »War schlimm, was?« sagte er. »Wo ist eigentlich deine Mütze?«

Reichenbach faßte sich an den Kopf. »Hab ich verloren«, sagte er. »In dem Sportflitzer, auf der Autobahn, plötzlich wusch, war sie weg.«

»Mach eine Verlustmeldung«, sagte Fuchs.

Unter der Geburt

»Stell dir vor«, sagte Anne. »Katrin ist von einer entfernten Verwandten zur Geburt eingeladen worden.«

Brennagel nahm kurz die Zeitung herunter. »Ach«, sagte er.

»Ja«, sagte Anne. »Es kommen ziemlich viele. Als eine Art Ersatz. Der Vater ist nämlich nicht dabei.«

»Und warum nicht?«

»Seine neue Freundin war dagegen.«

Brennagel faltete die Zeitung zusammen. »Schön«, sagte er.

»Ich würde keine anderen dabei haben wollen«, sagte Anne. Sie war im achten Monat schwanger. »Außerdem ist der Kreißsaal dafür viel zu klein. Die stehen sich ja auf den Füßen. Und wenn dann was passiert. Aber Katrin fand es gut.«

Brennagel stand auf und holte seinen Mantel aus dem Flur. »Ich dreh noch eine Runde«, sagte er. »Darf ich?«

»Sicher«, sagte Anne. »Komm aber nicht zu spät.«

Unten auf der Straße knöpfte Brennagel den Mantel zu. Es war ein schöner Winterabend im Dezember, fast mild. Er ging los. Das Kind würde natürlich noch in die kalte Zeit geboren werden. Bei der Auswahl der Kleidung hatten sie das bedenken müssen. Andererseits kaufte man besser jetzt schon einen leichteren Kinderwagen, der ließe sich später umrüsten. Brennagel überquerte die Straße und ging in Richtung Innenstadt.

Katrin war Annes älteste Freundin. Sie hat keinen Mann und keine Kinder, sagte Brennagel immer im Spaß, also solle man nicht auf sie hören. Katrin hatte den Namen für das Kind ausgesucht. Birte für ein Mädchen, Börge, wenn es ein Junge würde. Anne war ganz begeistert gewesen.

Brennagel schaute ins *Kreuzeck*, dort standen nur zwei Männer an der Theke. Im *Pendel* spielte ein Pianist, und in der *Meisengeige* wurde renoviert. Geh ich eben spazieren, dachte Brennagel. In sechs Wochen würde er zum ersten Mal Vater werden. Die Bedingungen waren gut; seine Anstellung war gesichert, und Anne könnte, wenn sie wollte, später wieder für halbe Tage ins Geschäft. Sie besuchten zusammen einen Geburtsvorbereitungskurs. Das Gästezimmer war ausgeräumt und neu tapeziert worden, die Kindermöbel waren gestern angekommen; Brennagel hatte sie selbst zusammengeschraubt. Zur Geburt würden sie ins Klinikum der Nachbarstadt fahren, sie waren schon einmal dort gewesen und hatten den Kreißsaal besichtigt. Alles war vorbereitet. Ich habe mich nicht verrückt machen lassen, dachte Brennagel. Und wie schnell machten sie einen verrückt!

Brennagel bog in den Hauptmarkt, gerade schlossen die Geschäfte. Als Anne ihm eines Samstagsmorgens gesagt hatte, daß sie schwanger sei, hatte er sie gezwungen, sich wieder hinzulegen. Er war losgegangen, um frische Brötchen zu holen. Im Supermarkt hatte er eine Zeitschrift für Eltern gekauft und sie Anne zusammen mit dem Frühstück ans Bett gebracht. Anne hatte sehr gelacht.

»'n Abend!« rief es von hinten. Brennagel blieb stehen und drehte sich um. Es war Hofner, ein Schulfreund, den er manchmal sah. »Wie gehts?« sagte Hofner, als er herangekommen war. »Wann ist es soweit?« »Sechs Wochen«, sagte Brennagel. Hofner zeigte beide Daumen. »Toi, toi, toi«, sagte er, grüßte kurz und ging weiter. Und er solle sofort Bescheid sagen, rief er noch.

»Sicher«, sagte Brennagel. In der Geschäftsauslage gegenüber lagen Spielzeuge. Anne hatte nicht wissen wollen, ob es ein Junge oder ein Mädchen war. Es ist ein Kind, hatte sie gesagt, und man dürfe es nicht vorschnell auf eine Rolle festlegen. Und Katrin hatte gemeint, man nehme sonst dem Geburtsakt das Überraschende. Schließlich sei jede Geburt ein Wunder, nur die Ärzte machten daraus einen Routinefall.

Brennagel gefiel besonders eine große Modelleisenbahn aus buntem Plastik. Sie sah aus, als könne sie einen Stoß vertragen. In den offenen Personenwagen saßen Puppen und kleine Plüschtiere, in einem Güterwaggon waren Schokoladentafeln gestapelt. Im nächsten Fenster standen Kinderwagen. Brennagel suchte eine Telephonzelle und rief Anne an. Ob sie etwas dagegen habe, wenn er in der Stadt noch zu Abend esse.

»Nein«, sagte Anne.

»Alles in Ordnung?«

»Keine Sorge«, sagte Anne.

Brennagel ging in ein kleines Studentenlokal und bestellte einen Salat mit Schafskäse und ein Bier. Das Lokal begann sich gerade zu füllen; bald kamen zwei junge Frauen und setzten sich zu Brennagel an den Tisch. Sie wickelten ihre langen, haarigen Schals vom Hals und zogen hörbar die Nasen hoch. Dann breiteten sie beschriebene Blätter und ein paar Bücher vor sich aus. »Also komm«, sagte die eine, »hör erst mal zu!« Sie las etwas vor, zwischendurch schlug sie eines der Bücher auf und hielt es hoch. Die aufgeschlagenen Seiten zeigten Tabellen und Schaubilder. »Wie findstes?« sagte sie, als sie geendet hatte.

»Gut«, sagte die andere Frau. »Und ich mach dann die Therapie.« Sie las ebenfalls ein paar Sätze vor. »Ist noch nicht ausformuliert«, sagte sie.

»Würd ich so lassen, ist doch gut. Und dann Diskussion?«

»Ich hab ziemlich Schiß.«

»Blödsinn! Wir trinken jetzt was.« Sie packten Bücher und Papiere wieder ein. »Hier kommt auch kein Kellner«, sagte die eine.

Brennagel hatte inzwischen seine Mahlzeit beendet. Als die beiden Frauen einen Kellner herbeigerufen hatten, zahlte er und ging, seinen Mantel zu holen. Auf dem Weg zur Garderobe sah er an einem kleinen Tisch in der Nähe der Fenster einen der angehenden Väter aus dem Vorbereitungskurs sitzen. Brennagel wollte schon grüßen, aber neben dem Mann saß eine junge Frau, die er nicht kannte. Er drehte sich um, zog rasch seinen Mantel an und verließ das Lokal. Durch das Fenster schaute er noch einmal zurück. Es gab keinen Zweifel.

Brennagel ging hinüber zur Petrikirche. Sie wurde mit starken Scheinwerfern angestrahlt, vor dem Haupteingang stand eine große Tanne mit einer Lichterkette. Brennagel betrat die Kirche und setzte sich in eine der hinteren Bänke. Um den Altar waren ein Priester und eine Reihe von Jungen versammelt. Sie sprachen, Brennagel konnte sie nicht verstehen; vielleicht waren es neue Meßdiener. Er wünschte sich einen Sohn. Er würde ihn hier in der Petrikirche taufen lassen. Er hatte sich erkundigt, das war möglich, auch wenn man zu einer anderen Pfarre gehörte. Und als zweiten Vornamen würde der Junge seinen, Brennagels Vornamen bekommen. Er stand auf, ging zu einem der Altäre im Seitenschiff, zündete eine Kerze an und warf eine Münze in den Blechkasten. Es gab ein lautes Geräusch. Die Jungen am Altar drehten sich zu ihm um. Er verbeugte sich und verließ die Kirche.

Und dieser Mensch saß da mit einer anderen Frau! Brennagel ging wieder an den erleuchteten Auslagen vorbei. Natürlich könnte es ganz harmlos sein; er hatte nur eine Bekannte getroffen. Oder eine Arbeitskollegin. In einem der Geschäfte stand hinter der Eingangstür ein rotgekleideter Weihnachtsmann mit weißem Bart. Er sprach mit einer Frau; Brennagel war, als würden die beiden streiten. Da nahm der Weihnachtsmann den Bart ab und küßte die Frau auf die Wange.

Wenn man sich einmal hat verrückt machen lassen, ist alles verloren, dachte Brennagel. Es stimmte schon, die Geburt war ein Wunder. Aber danach ginge das Leben weiter. Und für Anne und ihn würde das kein Problem sein; sie blieben schon seit langem am liebsten abends zu Hause. Außerdem könnte Katrin später auf das Kind achten, sie hatte sich schon angeboten. Und er würde ein guter Vater werden; er würde natürlich Fehler machen, aber Fehler zu machen ist keine Schande.

Brennagel ging so, daß er auf dem Heimweg noch einmal an dem kleinen Lokal vorbeikam. Durch das Fenster sah er, daß der Mann noch immer mit der jungen Frau zusammensaß. Er hatte jetzt einen Arm um ihre Schultern gelegt und schien auf sie einzureden. Plötzlich zog er sie an sich und küßte sie. Brennagel sah, wie sie ihre Arme um seinen Nacken legte. Während sie sich küßten, fuhr sie ihm mit den Fingern durchs Haar.

Brennagel ging nach Hause. Es sind Abgründe, dachte er unterwegs. Wenn man nur einmal genauer hinschaute. Er küßte Anne zur Begrüßung.

»Du hast was mit Knoblauch gegessen«, sagte sie. »Wie ist es in der Stadt?«

»Es weihnachtet sehr«, sagte Brennagel.

Der nächste Abend des Kurses begann wie immer mit den Entspannungsübungen. Brennagel saß dabei neben Anne auf dem Boden und massierte die Innenseiten ihrer Oberschenkel. Dann folgten die Atemübungen. Sie sollten herausfinden, ob sie mit dem Bauch oder mit der Brust atmeten. Die Uhr in der Hand, zählte Brennagel Annes Atemzüge. Später zeigte die Hebamme Dias von schematischen Zeichnungen und erklärte noch einmal alle Stadien der Schwangerschaft. Brennagel saß im Dunkeln neben Anne auf einem Kissen. Er hatte einen Arm um sie gelegt. Als Eltern seien sie natürlich nervös, sagte die Hebamme. Aber sie dürften nicht gleich zuviel erwarten. Erst bei regelmäßiger Wiederkehr der Wehen über einen Zeitraum von mindestens zwei Stunden herrsche wirklich Sicherheit. Ab da stehe die Frau unter der Geburt, und die Hebamme kontrolliere stündlich die Öffnung des Muttermundes. Aber die erste Regel bleibe: nichts überstürzen.

Als das Licht anging, sah Brennagel wieder nach dem Mann, den er mit einer anderen Frau gesehen hatte. Der saß jetzt mit dem Rücken an die Wand gelehnt, und er hatte seine Frau vor sich zwischen die gespreizten Beine genommen. Seine Hände waren auf ihrem Bauch gefaltet. Man solle sich zu je drei Paaren zusammensetzen und einmal diskutieren, wie die Geburt die Beziehung verändern könne, sagte die Hebamme.

»Unverschämtheit«, flüsterte Anne. »Mit wildfremden Leuten sowas Intimes.«

»Ja ja«, sagte Brennagel. »Aber was willst du machen?« Er trug ihre Kissen zu dem Paar an der Wand. Anne stand mühsam auf und folgte. Ein drittes Paar kam hinzu, der Mann und seine Frau blieben in derselben Haltung. Brennagel und Anne setzten sich. Alle sahen einander lächelnd an.

»Na, wie soll eures denn heißen?« sagte endlich der Mann.

»Birte, wenn es ein Mädchen wird«, sagte Brennagel. »Und Börge, wenn es ein Junge wird.«

»Wir wissen schon Bescheid«, sagte der Mann und strich weiter über den Bauch seiner Frau. »Wir kriegen einen Felix, nicht wahr, Sabine?« Die Frau bog den Kopf in den Nacken und küßte ihn aufs Kinn. Dann begann der Mann von einem Windelsystem zu erzählen, bei dem nichts weggeworfen werden müsse. Allmählich kamen sie ins Reden. Am Ende des Abends verteilte die Hebamme im Umkleideraum Photokopien der Teilnehmerliste; man könne ja vielleicht Kontakt aufnehmen, besonders nach der Geburt. Brennagel sah die Liste durch und steckte sie ein.

Den Heimweg über war Anne sehr wütend. »Dieses Gerede«, sagte sie. Sie mache das nur mit, weil Katrin ihr so zugeraten habe. Jedenfalls ruiniere das die ganze Stimmung.

Brennagel band ihr seinen Schal um den Hals. »Es ist kalt«, sagte er. »Verkühl dich nicht.«

»Schwangere sind außerordentlich widerstandsfähig«, sagte Anne. Diese Frau mache sie krank.

»Es geht doch nur um die Informationen«, sagte Brennagel, »und um die Atemtechnik. Hör über das andere weg.«

»Kann ich nicht. Ich finde das furchtbar.«

»Furchtbar?« sagte Brennagel. »Ich weiß nicht.« Sie gingen eine Weile schweigend. Zu Hause schloß Brennagel auf. »Dieses Paar«, sagte er, »die den Felix kriegen, sollen wir die nicht mal einladen? Nach der Liste wohnen die gleich hier um die Ecke.« Er holte das Papier heraus und zeigte darauf.

»Tatsächlich«, sagte Anne.

Am nächsten Samstag kamen der Mann und seine Frau zum Kaffee. Brennagel zeigte gleich das Kinderzimmer, die Frauen schimpften auf die Hebamme. Dann sprachen sie darüber, wie sie nach der Geburt alles einrichten wollten. »Wir geben Felix nicht aus dem Haus«, sagte der Mann. Erstens seien gute Tagesmütter selten, und zweitens finde er es schrecklich, das Kind wie einen Koffer herumzutragen. Außerdem sei er Lehrer an der Berufsschule und nachmittags meistens zu Hause.

»Richtig«, sagte Brennagel, und vielleicht könne man sich später auch gegenseitig aushelfen. Er habe gehört, es gebe ein Funk-Babyphon, das reiche über zwei, drei Blocks hinweg.

Nach dem Kaffee verabschiedeten sich die beiden. Sein Schwager habe sich nämlich angesagt, sagte der Mann, er komme aus München und es sei die letzte Chance für ihn, seine Schwester schwanger zu sehen.

»Ich verstehe«, sagte Brennagel. »Wie der Junggesellenabschied.«

Später half Brennagel Anne beim Abwaschen. »Komische Leute«, sagte Anne. »Findest du nicht.«

»Du hast etwas gegen den ganzen Kurs«, sagte Brennagel.

Anne stieß einen kleinen Schrei aus.

»Was ist!« rief Brennagel.

»Ich hab ganz vergessen, dir zu sagen, wie die Geschichte mit Katrins Verwandter ausgegangen ist.« Anne ließ das Spülwasser ablaufen. »Rate mal«, sagte sie.

»Ich weiß nicht.«

»Stell dir vor, alles ist abgeblasen worden. Im letzten Moment hat sich der Vater entschlossen, zu der Frau zurückzukommen.«

»So so«, sagte Brennagel. Am Abend sahen sie zusammen einen Film im Fernsehen. Anne stöhnte leise. »Was ist mit dir?« sagte Brennagel.

»Ich kann nicht mehr sitzen«, sagte Anne.

»Soll ich den Fernseher ins Schlafzimmer schieben?«

»Laß nur.« Anne stand mühsam auf. »Ich bin sowieso zu müde.« Sie ging ins Badezimmer, Brennagel schaltete den Fernseher aus. »Dann dreh ich noch eine Runde«, sagte er.

Inzwischen war es viel kälter geworden. Brennagel zog seinen Schal höher, bis er fast über die Ohren reichte, und ging gleich zur Petrikirche. Unter der lichtergeschmückten Tanne standen drei Trompeter in historischen Kostümen und spielten Weihnachtslieder. Die Abendmesse war gerade beendet, und die

Kirchgänger standen in Gruppen vor dem Hauptportal. Die Glocken begannen zu läuten. Da fiel der erste Schnee.

Brennagel ging weiter zu dem Studentenlokal, in dem der Lehrer mit der fremden Frau gesessen hatte. Es war fast leer. Er setzte sich an den kleinen Tisch am Fenster und bestellte einen Tee mit Rum. Jetzt waren es noch knapp fünf Wochen. Natürlich waren das nur die Richtwerte, besonders Erstgeburten verzögerten sich ja in der Regel. Mit einem Mal fühlte Brennagel seine Hände kalt und feucht werden. Alles könnte jetzt geschehen, und es wäre unwiderruflich. Seine Eltern fielen ihm ein und seine Kinderzeit. Das ist ein Maßstab, dachte er, und das beruhigte. Wenn es nicht schlechter käme, könnte er zufrieden sein. Er trank rasch seinen Tee und zahlte.

Nur nicht diese Namen! dachte er, während er wieder an den Schaufenstern vorbeiging. Birte und Börge. Ganz am Anfang hatte er vorgeschlagen, das Kind solle Hermann heißen, nach einem Großvater, den er nicht gekannt hatte. Niemandem hatte der Name gefallen. Es begann noch stärker zu schneien. Das ist gut, dachte Brennagel. Je kälter die Winter sind, desto eher wird es Frühling. Als er nach Hause kam, lag Anne im Bett. »Mein Rücken tut weh«, sagte sie. Brennagel schlug vor, eine Entspannungsübung zu machen. Er setzte sich zwischen ihre gespreizten Beine und fuhr mit den Händen an ihren Schenkeln empor, dann über die Mitte des Bauches und an den Seiten wieder hinunter. »Gut«, sagte Anne. Brennagel half ihr, sich auf die Seite zu drehen. Dann zog er sich aus und ging zu Bett.

Am Mittwoch der kommenden Woche, kurz vor der Mittagspause, meldete sich Brennagel beim Betriebsleiter; seine Frau habe angerufen, er müsse vorsichtshalber rasch einmal nach Hause.

»Fahren Sie«, sagte der Abteilungsleiter. »Und alles Gute!«

Brennagel ging zum Firmenparkplatz, stieg ins Auto und fuhr zur Berufsschule. Im Sekretariat ließ er sich die Nummer des Raumes geben, in dem der Mann gerade unterrichtete. Am Ende eines langen Flures klopfte er an eine Tür. Der Mann öffnete und sah ihn erstaunt an.

»Bitte seien Sie jetzt ganz ruhig«, sagte Brennagel. »Vorerst besteht kein Grund zur Sorge. Ihre Frau ...«

Der Mann trat in den Flur und schloß die Tür hinter sich. »Was ist mit ihr?« sagte er.

Brennagel legte die Hände zusammen. »Es ist wohl soweit.«

»Einen Moment«, sagte der Mann. Er ging zurück in den Klassenraum, Brennagel hörte ein Gröhlen und Pfeifen. Dann trat der Mann wieder in den Flur und wandte sich zur Treppe. »Los!« rief er.

Brennagel folgte ihm langsam. »Wir dürfen nichts überstürzen«, sagte er. »Es ist alles unter Kontrolle.«

»Mann Gottes!« rief der Mann. An der Treppe hielt er an. »Sie haben Nerven. Was ist eigentlich passiert?«

»Die Fruchtblase«, sagte Brennagel. »Wie es im Kurs erklärt worden ist.«

»Und dann?« Sie gingen jetzt die Treppe hinunter, der Mann eine Stufe voraus.

»Es war vor unserer Tür«, sagte Brennagel, »jedenfalls beinahe. Ich glaube, in einem Geschäft. Ein Zufall, meine Frau hat den Krankenwagen angerufen und dann mich.« Sie waren auf dem Schulhof angelangt. Der Mann blieb stehen. »Den Krankenwagen? Warum denn?«

Mehr wisse er nicht, sagte Brennagel. Aber das sei ja normal: wenn es Komplikationen gebe, schicke man die Männer heraus. Jedenfalls seien sie ins Klinikum gefahren.

Der Mann schlug auf seine Hosentasche. »Mein Schlüssel, der ist im Lehrerzimmer.«

»Lassen Sie«, sagte Brennagel, »wir nehmen meinen Wagen.« Zusammen überquerten sie den Schulhof. Brennagel öffnete die Beifahrertür und ließ den Mann einsteigen. Er startete und reihte sich in den Verkehr.

»Ich verstehe das nicht«, sagte der Mann. »Warum denn gleich ins Klinikum?«

»Vielleicht aus Routine«, sagte Brennagel. »Ihre Frau ist jetzt in guten Händen. Beruhigen Sie sich. Wenn wir ankommen, müssen Sie die Ruhe selbst sein.« Sie fuhren durch den Geschäftsverkehr der Innenstadt. An beinahe jeder Ampel mußten sie anhalten.

»Scheiße«, sagte der Mann. »Fahrt doch zu!«

»Wir haben Zeit«, sagte Brennagel. »Nach dem Aufplatzen der Fruchtblase müssen nicht einmal sofort die Wehen einsetzen.«

»Sie haben gut reden«, sagte der Mann. »Es geht ja nicht um Ihr Kind.«

»Na na!« sagte Brennagel. »Mir kann das gleiche passieren. Ich stehe seit Wochen unter größter Anspannung. Glauben Sie mir das. Man läßt sich ja so leicht verrückt machen.« Er schaltete zurück und überholte einen Kleinlaster. »Und die Geburt ist erst der Anfang«, sagte er. Wer wisse denn, was danach alles komme!

Sie erreichten jetzt die Ausfallstraße. »Endlich«, sagte der Mann. »Geben Sie Gas.«

»Gut«, sagte Brennagel. Er drückte das Pedal durch, der Wagen zog schnell an. Als die Geschwindigkeit einhundertsiebzig überschritt, schaltete sich der Drehzahlbegrenzer ein. Brennagel nahm sofort den Fuß ganz vom Gas, ließ den Wagen am Straßenrand ausrollen und stellte den Motor ab.

»Was ist los?« rief der Mann. Brennagel löste die Arretierung der Motorhaube und stieg aus, der Mann folgte ihm. Nebeneinander standen sie und sahen auf den Motor. »Also, was ist?« sagte der Mann.

»Ich weiß nicht«, sagte Brennagel.

»Kein Sprit vielleicht?«

»Ausgeschlossen.«

»Scheiße!« rief der Mann und schlug mit der flachen Hand auf den Kotflügel. Brennagel legte sein Jackett ab und krempelte die Hemdsärmel auf. »Setzen Sie sich hinters Steuer«, sagte er. Der Mann tat es. Brennagel löste das Zündkabel. »Starten!« rief er. Der Anlasser drehte durch.

Der Mann sprang aus dem Wagen. »Kommen Sie«, sagte er und nahm Brennagel beim Arm. »Wir halten einen Wagen an.«

»Tun wir nicht«, sagte Brennagel. »Sie beginnen jetzt, sich falsch zu verhalten. Sie bringen sich nur von einer Schwierigkeit in die andere. Wir müssen uns konzentrieren.«

Der Mann ließ sich auf den Fahrersitz fallen. Brennagel klemmte das Kabel wieder fest. »Zünden«, sagte er. Der Motor sprang sofort an. »Gott sei Dank«, rief der Mann aus dem Wagen. Er rutschte auf den Beifahrersitz, Brennagel schloß die Motorhaube, stieg ein und lenkte zurück auf die Straße. Der Mann sah auf seine Armbanduhr.

»Nur ein paar Minuten«, sagte Brennagel. »Unter Gefahr neigt man dazu, alles falsch einzuschätzen.«

»Gerede«, sagte der Mann. »Mir helfen keine Sprichwörter.«

»Wer hat den Wagen repariert?« sagte Brennagel.

»Okay«, sagte der Mann. »Sie haben recht.« Sie fuhren schweigend, bald kam die Abfahrt zum Klinikum, und kurz darauf hielten sie auf dem Parkplatz vor dem Hauptgebäude. Der Mann lief voran zum Eingang; erst an der Rezeption holte Brennagel ihn ein. Er orientierte sich kurz. »Hier die Treppen hinauf«, sagte er und stieg voran in den zweiten Stock. Vor der Stationstür nahm er den Mann beim Arm. »Sie sind noch nicht ganz ruhig«, sagte er. »Warten Sie noch ein paar Minuten. Sie dürfen keinen abgehetzten Eindruck machen. Atmen Sie tief durch. Konzentrieren Sie sich auf Ihren Körper.«

Der Mann machte sich mit einem Ruck los. »Hören Sie endlich auf!« sagte er. »Ich will meine Frau sehen.«

»Gut«, sagte Brennagel. Er ging voran durch die Stationstür und sah sich kurz um. Dann trat er vor eines der Krankenzimmer, über dessen Tür eine grüne Lampe leuchtete. Er klopfte an. »Herein!« rief es von innen. Brennagel öffnete die Tür einen Spalt. In dem Zimmer waren zwei Betten. Eines war leer, im zweiten saß aufrecht eine junge Frau, die einen Säugling im Arm hielt. Brennagel öffnete die Tür weiter und gab dem Mann ein Zeichen. Der schob sich an ihm vorbei und ging auf die Frau zu.

»Sabine«, sagte er.

Die Frau sah ihn erstaunt an.

Der Mann blieb stehen. Mit einer Hand hielt er sich am Fußgestell des leeren Bettes.

»Was ist?« sagte die junge Frau. Der Säugling machte ein leises, piepsendes Geräusch.

Brennagel stand noch immer in der Tür. Der Mann drehte sich zu ihm um. »Was soll das?« sagte er.

»Ihre Frau«, sagte Brennagel. Er wies mit dem Kopf. »Und Ihr Kind. Ein gesunder Junge. Felix. Ich gratuliere.«

»Das ist nicht meine Frau.« Der Mann fuhr sich mit der Hand übers Gesicht. Dann setzte er sich auf das freie Bett.

»Nicht?« sagte Brennagel. »Vielleicht eine Verwechslung? Ich sah Sie auch neulich mit einer anderen Frau, in einem kleinen Lokal.« Der Mann schwieg. »Sie waren sehr innig«, sagte Brennagel. »Oder sollte ich mich getäuscht haben?«

Der Mann sah zu Boden. »Du Schwein«, sagte er. »Du Mistkerl.«

»Wer sind Sie eigentlich?« rief jetzt die junge Frau. Sie hielt einen Knopf an der Wand gedrückt. Brennagel wies auf den Mann. »Mein Freund wird auch Vater«, sagte er. »Genau wie ich, zum ersten Mal. Da macht man leicht Fehler.« Er faßte den Mann am Arm, da traten ein Arzt und eine Krankenschwester ins Zimmer.

»Was geht hier vor?« sagte der Arzt.

Brennagel zog den Mann am Arm vom Bett. »Mein Freund«, sagte er. »Es geht ihm nicht gut, vermutlich hat er sich in der Tür geirrt. Aber ich kümmere mich um ihn.« Er drängte den Mann aus dem Zimmer.

»Welche Station?« rief der Arzt ihnen nach.

»Danke«, rief Brennagel zurück. Sie gingen die Treppen hinunter und aus dem Gebäude. Es hatte zu schneien begonnen. Auf der Windschutzscheibe des Wagens lag bereits eine Schneedecke. Brennagel stieg ein und stellte den Scheibenwischer an. Der Mann öffnete die Beifahrertür und beugte sich in den Wagen. »Sie können das nicht verstehen«, sagte er.

Brennagel nickte. »Natürlich«, sagte er. »Jedes Leben ist anders. Und wenn man von außen hineinsieht, ist es ein Abgrund.«

»Sie reden«, sagte der Mann. »Und was werden Sie jetzt meiner Frau sagen?«

»Nichts«, sagte Brennagel. »In fünf Wochen kommt unser Kleines, da ist noch viel zu tun.« Er wies hinaus durch die Windschutzscheibe. »Und Weihnachten soll ja deswegen nicht ausfallen.«

»Sie sind verrückt«, sagte der Mann.

Brennagel startete den Motor. »Steigen Sie ein«, sagte er. »Wir fahren.«

Kalte Ente

»Komischer Name«, sagte Thomas; er nahm noch einen Schluck und stellte das Bowlenglas auf den Gartentisch. »Was soll das mit Ente zu tun haben?« Gerade kamen Ellen und Susanne von der Terrasse herunter in den Garten, sie brachten Teller und Besteck. Linus war hinter ihnen, er trug eine Gabel.

»Schönes Geschirr«, sagte Lukas. Er hatte sich im Liegestuhl aufgerichtet. »Alt?«

»Von den Eltern damals zur Taufe«, sagte Susanne. »Ich hätte ja lieber was Modernes gehabt. Kennst du das, wo die Kanne aussieht wie eine Comic-Figur? Steht jetzt bei Schaffrath im Fenster.«

»Kenne ich«, sagte Lukas. »Aber daran sieht man sich leid. Mit diesem hier könnte man alt werden.«

»Wie du redest«, sagte Ellen. »Man soll meinen, du gehst demnächst in Pension.«

»Kein schlechter Ort«, sagte Lukas.

»Nochmal im Ernst«, sagte Thomas. »Kalte Ente. Daß es kalt ist, verstehe ich, aber Ente gibt doch keinen Sinn. Oder muß eine drin schwimmen? Und wenn ja, tot oder lebendig?«

»Ich kann es erklären«, sagte Lukas. »Soll ich? Auf eure Verantwortung?« Er schenkte sich ein Glas ein und hängte die Schöpfkelle an die Bowlenschüssel.

»Vielleicht später«, sagte Ellen. »Gleich kommen Hans und Beate, und Rolf kriegt den Grill nicht in Gang.« Lukas drehte sich in seinem Liegestuhl auf die Seite und sah in den hinteren Teil des Gartens, wo Rolf zwischen Obstbäumen vor dem Holzkohlengrill stand. Er blies gerade mit einem Blasebalg in den dunklen Rauch. »Können wir irgendwie helfen?« rief Lukas.

Rolf winkte ab. Sie sollten nur zusehen, daß Linus ihm nicht zu nahe komme. Die Frauen gingen zurück ins Haus.

»Schöner Tag«, sagte Thomas. Aus dem Nachbargarten hatten sie eine Zeitlang Rasenmähergeräusche gehört, jetzt kam von dort die Stimme eines Fußballreporters.

»Gehst du eigentlich noch hin?« sagte Lukas.

»Zu Borussia?« Thomas legte den Kopf in den Nakken. »Nur wenn schönes Wetter ist«, sagte er. »So wie heute vielleicht. – Hör dir das an!« Rolf hatte laut geflucht. Die beiden wandten sich zu ihm um.

»Ärger mit dem Ding?« rief Thomas hinüber. »Sollen wir doch helfen?«

»Nein nein!« rief Rolf zurück. »Nur Finger verbrannt.«

»Dummes Fleisch muß runter.« Thomas faltete die Hände hinter dem Kopf. »Linus! Bleib schön hier bei Papa.«

»Übrigens, die Kalte Ente«, sagte Lukas. »Soll ich jetzt?«

»Was?«

»Erklären.«

»Ja sicher. Mach nur.«

»Also«, sagte Lukas. »Ein gewisser General von Pape, zu Kaiser Wilhelms Zeiten, der trank nach dem Essen keinen Mocca, sondern bestand immer auf einem *kalten Ende* der Mahlzeit. Und das war dann dies«, Lukas tippte an die Bowlenschüssel, »Weißwein mit Sekt und ein paar Zitronenscheiben. Kalte Ente eben, verstehst du? Hat er quasi erfunden.«

»Wirklich?« sagte Thomas. »Oder flunkerst du?«

»Nein, Ehrenwort!« Lukas legte eine Hand auf seine Brust.

»Keine Schwüre«, sagte Thomas. »Aber Kalte Ente? Ich weiß nicht.«

Jetzt kam Susanne zurück und setzte sich zu den beiden. »Was ist mit der Kalten Ente?« sagte sie. »Stimmt was nicht damit?«

»Nein«, sagte Thomas. »Alles in Ordnung. Lukas hat nur gerade erklärt, warum sie so heißt.«

»Aber man glaubt mir nicht«, sagte Lukas.

»Und warum heißt Kalte Ente Kalte Ente?« sagte Susanne.

»Wegen eines alten Generals«, sagte Thomas. »Der hat sie erfunden als kaltes Ende der Mahlzeit.«

»Verstehe ich nicht.«

Thomas tippte sich an die Stirn. »Na, ist doch klar: kaltes Ende – Kalte Ente!«

Susanne lachte. »Sowas kann auch nur Lukas sich ausdenken. Kaltes Ende, das ist doch lächerlich. Und du fällst natürlich darauf rein.«

»Ich falle auf gar nichts rein«, sagte Thomas. Er stand auf und nahm Linus, der neben einem Blumenbeet kniete, die Gabel aus der Hand. »Ich gebe nur auf deine Frage hin wahrheitsgemäß wieder, was Lukas über die Herkunft von Kalte Ente gesagt hat. Dabei enthalte ich mich jedes Kommentars. Heute ist Samstagnachmittag, das Wetter ist ausgezeichnet, und wir grillen. Wer also bin ich, ein drohendes Streitgespräch vom Zaun zu brechen?«

Susanne stand auf und ging zurück zum Haus. Gerade war Ellen mit einer Schüssel aus der Küchentür getreten. Susanne nahm sie am Arm und zog sie hinein.

Thomas deutete zu Rolf hin. »Vielleicht sollte man doch mal rübergehen.«

»Laß ihn«, sagte Lukas. »Erklär mir lieber, warum ein Streitgespräch droht, bevor man es vom Zaun bricht? Kalte Ente stimmt jedenfalls, ich habs gestern im Radio gehört.«

»Im Radio!« sagte Thomas und setzte sich. »Im Radio sagen sie vieles.«

»Warum sollten sie lügen?«

»Wenn wir wüßten, warum sie lügen, müßten sie damit aufhören«, sagte Thomas.

»Brillant!« Lukas klatschte in die Hände. »Ist das von dir?« Thomas gab keine Antwort, da stand Lukas auf und ging hinüber zu Rolf. »Kommst du klar?« sagte er, als er neben dem rauchenden Grill stand.

»Sicher«, sagte Rolf. Seine Hände waren rußgeschwärzt. »Übrigens, worüber unterhaltet ihr euch?

Ich empfange hier nämlich nur verstümmelte Sätze.«

»Ich habe erklärt, woher das Wort Kalte Ente kommt«, sagte Lukas.

»Interessant. Und woher kommt es?« Lukas wiederholte, was er gesagt hatte.

»Komisch«, sagte Rolf. »Jetzt Achtung!« Er nahm den Blasebalg, der Rauch verzog sich, und die Holzkohle wurde rotglühend. »Na also«, sagte er. »Komm, wir holen das Fleisch.« Zusammen gingen sie ins Haus. In der Küche ließ sich Rolf von Susanne ein nasses Handtuch geben, damit wischte er sich den Schweiß aus dem Gesicht. »Wo ist es?« sagte er. »Im Kühlschrank?«

»Wir kommen mit«, sagte Susanne. Dann trugen sie zu viert die Salate und ein großes Holzbrett mit Koteletts und Würsten ins Freie.

»Wenn ich jetzt anfange, sind die ersten Teile in zehn Minuten fertig«, sagte Rolf. »Dann müßten Hans und Beate hier sein.« Er rollte den Grill zu den Liegestühlen. »Daß die überhaupt kommen«, sagte er. »Ich finde das riskant.«

»Ich bitte dich«, sagte Ellen. »Du hältst Schwangerschaft immer noch für eine Krankheit.« Außerdem sei Beate gerade erst in der siebenunddreißigsten Woche. Und nichts sei besser für sie als Bewegung und frische Luft.

»Trotzdem irgendwie erstaunlich«, sagte Thomas.

»Nicht erstaunlich, selbstverständlich«, sagte Susanne. Aber er wolle ja heute keinen Streit.

»Ich will nie Streit«, sagte Thomas. »Ich habe nur betonen wollen, daß ich ...« Er brach ab, im Haus klingelte das Telephon.

»Ich geh schon«, sagte Susanne und lief zur Terrasse. Ellen, Rolf und Lukas schauten ihr nach, dann legten sie Bestecke und Servietten zusammen.

»Übrigens apropos«, sagte Rolf, »das mit der Kalten Ente habe ich mal ganz anders gehört.«

»Und wie?« sagte Lukas.

»Ich weiß nicht. Vergessen. Es war auf jeden Fall ganz anders. Ich glaube, es hatte überhaupt nichts mit Essen und Trinken zu tun.«

»Das klingt glaubhaft«, sagte Lukas. Er hob beide Hände. »Ich bin schon überzeugt.«

»Bitte!« sagte Ellen. Dann zeigte sie auf Linus, der jetzt mit den Händen in dem Beet grub. Thomas zuckte die Achseln, da stürzte Susanne auf die Terrasse. »Das war Hans!« rief sie. »Beate hat Wehen bekommen. Ich muß sofort hin.«

»Warte!« rief Thomas. »Ich komme mit.« Er sprang aus dem Liegestuhl und klopfte auf seine Hosentaschen. »Der Autoschlüssel!« rief er.

»Hab ich. Los, komm!«

Thomas lief ein paar Schritte, dann blieb er stehen und drehte sich um. »Mein Gott«, sagte er. »Linus. Ihr achtet doch bitte auf ihn?«

»Natürlich«, sagte Ellen. In der Garage wurde der Wagen gestartet.

»Also dann«, sagte Thomas. Kurz darauf knirschten die Autoreifen auf dem Kiesweg vor der Garage.

»Du meine Güte«, sagte Ellen.

»Und was tun wir jetzt?« sagte Rolf. »Die können uns doch nicht so stehenlassen.«

»Hast du nicht verstanden?« sagte Ellen. »Beate hat Wehen.«

»Ich bin nicht taub«, sagte Rolf. »Aber ist Susanne etwa Hebamme? Oder Thomas Arzt?«

»Du hast keine Ahnung«, sagte Ellen. »Vielleicht ist noch nichts fürs Krankenhaus gepackt. Oder Beate kann nicht mehr gehen. Da braucht man jede Hilfe.«

»Na dann«, sagte Rolf. Er wies auf den vollgestellten Gartentisch. »Ich bringe erstmal das Fleisch wieder in den Kühlschrank.«

»Tu das«, sagte Ellen. Als er gegangen war, ließ sie sich in einen Liegestuhl fallen. »Wie soll man mit so einem Mann einmal Kinder kriegen?« sagte sie.

»Du erwartest darauf hoffentlich keine Antwort«, sagte Lukas und setzte sich neben sie.

»Er kümmert sich um die drei, vier Sachen, die ihn interessieren. Alles andere ist ihm letztlich egal.«

»Er ist ein sehr lieber Mensch«, sagte Lukas.

»Natürlich«, sagte Ellen. »Aber stell ihn dir bitte einen Moment als Vater vor. Ich werde die ganze Arbeit haben, und er wird die Bremsen am Kinderwagen reparieren.« Sie stand wieder auf, ging zu Linus hinüber, der ein paar Schritte zur Garage hin gegangen war, und strich ihm über den Kopf. Dann sagte sie ihm etwas ins Ohr, nahm ihn auf den Arm und trug ihn zu den Liegestühlen. »Lieber Himmel!« rief sie. »Dazu bist du bald schon zu schwer.«

»Paß auf«, sagte Lukas. »Versuchsweise mal etwas ganz anderes. Du bist nämlich die einzige, die sich noch nicht zu der Streitfrage Kalte Ente geäußert hat.« Er erklärte ihr kurz, woher der Name stammte.

»Ich weiß nicht, was das jetzt soll«, sagte Ellen. »Ich muß immer an Beate denken. Hoffentlich geht alles gut.« Sie setzte Linus ab und fuhr ihm einmal durchs Haar.

»Ja, hoffentlich«, sagte Lukas und schenkte sich ein Glas ein, da kam Rolf zurück in den Garten. »Wo warst du so lange?« sagte Ellen.

»Ich hab nochmal angerufen«, sagte er. »Aber entweder sind sie schon weg, oder es geht keiner ran.«

»Was wolltest du denn? Die haben doch jetzt alles mögliche zu tun.«

Rolf hob kurz beide Hände. »Ich weiß nicht«, sagte er. »Helfen eben.« Er ging zum Grill. »Die Holzkohle brennt total runter.«

»Laß sie runterbrennen«, sagte Ellen.

»Ganz meine Meinung«, sagte Lukas. »Und ich fahre dann mal nach Hause.«

»Bist du verrückt?« rief Ellen.

»Nein. Aber was tue ich hier? Die Party ist vorbei. Beate hat Wehen, die Holzkohle verglüht, und ihr paßt auf euer Patenkind auf. Wenn ich mich beeile, kann ich noch Sport sehen.«

»Das kannst du auch hier.«

»Ich bin hier nicht zu Hause«, sagte Lukas. »Und ich hätte auch Angst, den Augenblick zu entweihen.« Er stand auf und krempelte seine Hemdsärmel herunter. »Man stelle sich vor: Unter dramatischen Umständen tritt ein neuer Mensch ins Leben. An einem wunderschönen Samstagnachmittag, als wir eigentlich mit seinen Eltern grillen wollten. Ohne Zweifel ein Ereignis, von dem wir später oft sprechen werden. Wißt ihr noch, wird es dann heißen, das war der Nachmittag, als Rolf sich am Grill beinahe die Finger verbrannt hätte. Und Thomas und Susanne hätten sich fast gestritten. Wir jedenfalls saßen da und warteten, und was soll man sagen: plötzlich klingelte das Telephon.« Lukas nahm sein Jackett vom Liegestuhl und schüttelte den Kopf. »Und dann steht einer auf und verrät, daß ich dabei Fußball gesehen habe. Nein, vielen Dank.«

»Tut mir leid, aber ich kann hier auch nicht herumsitzen«, sagte Ellen. Sie faßte Rolf am Arm. »Laß uns zum Krankenhaus fahren, bitte!«

»Und Linus?«

»Fahrt nur«, sagte Lukas. Er warf sein Jackett wieder in den Liegestuhl. »Wenn ich es recht bedenke, ist so alles noch viel schöner.« Er zeigte auf Linus. »Schließlich sind wir zwei die einzigen Junggesellen hier.«

»Du bist ein Idiot«, sagte Rolf. »Aber vielen Dank.« Dann gingen er und Ellen ins Haus, und kurz darauf schlugen die Autotüren.

Als Lukas sich zurück in den Liegestuhl setzen wollte, hörte er wieder die Stimme des Fußballreporters. Der schrie auf, Torjubel übertönte ihn, da wurde das Radio abgestellt. Lukas stand einen Moment still. »Linus!« rief er, »komm bitte mal mit.« Dann ging er langsam voran ins Haus, der Junge folgte ihm. In der Küche drückte Lukas ihm ein kleines Tablett in die Hand, darauf legte er ein paar Koteletts und Würste. »Wir zwei machen uns jetzt eine eigene Party«, sagte er. »Einverstanden? Mit allem Drum und Dran.«

Der Junge nickte. Lukas machte ihm ein Zeichen, er solle gehen, er nahm noch Gewürze von einem Regal und Soßen aus dem Kühlschrank, und als er auf die Terrasse trat, balancierte Linus gerade die Treppe hinunter. »Prima machst du das«, sagte Lukas und überholte den Jungen. Mit dem Blasebalg fachte er die Glut im Grill an, dann nahm er das Fleisch und die Würste von dem Tablett, das Linus ihm hoch über den Kopf entgegenhielt. Es gab ein zischendes Geräusch, als Wasser in die Holzkohle tropfte.

»Und jetzt kommts ganz toll«, sagte Lukas. »Sag mal, deine Eltern haben doch einen tragbaren Fernseher. Weißt du, wo der steht?«

Der Junge lief voran ins Haus. Lukas trug den Fernseher aus dem Wohnzimmer auf die Terrasse. »Und wenn Papa Rasen mäht«, sagte er, »wo steckt er dann den Stecker ein?«

Der Junge zeigte auf eine Stelle unter der letzten Stufe zum Garten.

»Du bist ein Prachtkerl«, sagte Lukas. Er schloß den Fernseher an, zog zwei Liegestühle und den Tisch mit den Salaten und der Bowlenschüssel zur Gartentreppe und lief dann rasch zum Grill. Die Koteletts waren auf der Unterseite schon etwas dunkel geworden, Lukas wendete sie vorsichtig mit den Fingern. Dann füllte er sein Glas, indem er es in die Bowlenschüssel tunkte, häufte Kartoffelsalat auf zwei Teller und schaltete den Fernseher ein. Als er die Antenne ausgerichtet hatte, begann gerade die Nachrichtensendung in einem Privatkanal.

»Setz dich jetzt«, sagte Lukas. »Und nimm deinen Teller. Warst du eigentlich schon mal mit Papa bei Borussia?«

Der Junge schüttelte den Kopf.

»Da wird es aber Zeit«, sagte Lukas. Er legte dem Jungen eine Wurst auf den Teller. »Du kannst sie mit den Fingern nehmen«, sagte er. »Und entweder, du tust der Länge nach Ketchup drüber, oder du machst dir einen großen Klacks auf den Teller und stippst die Wurst jedesmal rein.«

»Und der Kartoffelsalat?« sagte der Junge.

»Okay«, sagte Lukas. »Dafür nimm ruhig eine Gabel.«

Lukas aß und trank. Vor den großen Ferien hatte das Parlament zum letzten Mal getagt und noch eine Reihe Gesetze verabschiedet. Die Lösung der größten Streitfragen sei aber in die nächste Legislaturperiode verschoben, hieß es. In einem afrikanischen Land drohte der eben erst beigelegte Bürgerkrieg wieder auszubrechen, und ein van Gogh war für eine Rekordsumme versteigert worden. Lukas schaltete um, da begann die Sportsendung. Er leerte sein Glas und überlegte kurz, was er mit seinem Kotelettknochen machen sollte. Er sah zu dem Jungen, aber der starrte auf den Bildschirm, und da warf Lukas den Knochen mit Schwung hinter sich in die Obstbäume. Er schenkte sich nach.

Der Sportmoderator erläuterte gerade noch einmal die Situation an der Tabellenspitze. »Kalte Ente«, sagte Lukas und prostete ihm zu. »Ein Getränk aus Weißwein und Sekt mit Zitronenscheiben. Und mit einem komischen Namen. Stimmts, Linus?«

»Was ist?« sagte der Junge.

»Schon gut.« Lukas nahm ein zweites Kotelett.

Im ersten Spiel trafen der Tabellenführer und ein Verfolger aufeinander. Der Junge saß ganz vorne auf dem Liegestuhl, seine Wurst hielt er in der Hand, ohne sie zu essen. Das Spiel endete 0:0, und der Kommentator sprach von Betrug am Publikum. Lukas schüttelte den Kopf, dann begann er, den Knochen seines zweiten Koteletts abzunagen. »Spitzenspiele sind immer verkrampft«, sagte er. »Hörst du, Linus?« Und alle wüßten es, aber trotzdem schürten sie die Erwartungen. Das sei eigentlich der Betrug. Das solle er sich merken.

Im letzten Spiel ging es um den Abstieg. Die Borussia spielte Unentschieden auf eigenem Platz, im Interview danach sprach der Trainer von einem gewonnenen Punkt, die vielen Verletzten seien eben nicht zu ersetzen gewesen. »Gerede«, sagte Lukas. Etwas mühsam richtete er sich in dem Liegestuhl auf. »Das ist ein Grundsatz«, sagte er. »Linus, hörst du? Verlieren ist keine Schande!« Nur Lächerlichkeit töte.

»Was ist lächerlich?« sagte der Junge.

»Gute Frage. Moment eben.« Den zweiten Knochen in der Hand, stand Lukas auf und ging hinüber zum Grill. Es lag noch eine Wurst darauf, aber die war schwarz und dünn wie ein Finger geworden. Lukas trat zum Zaun und schaute hinüber, dann vergrub er den zweiten Knochen neben einem der Zaunpfähle. Er dachte an die Geburt. »Eine Sache auf Leben und Tod«, sagte er leise. Zurück an der Bowlenschüssel, füllte er wieder sein Glas. »Herzlich Willkommen, kleiner Erdenmensch!« Er leerte das Glas in einem Zug.

Die Sportsendung ging gerade zu Ende. »Wo sind Mama und Papa hin?« sagte der Junge.

»Weißt du doch!« sagte Lukas. »Ins Krankenhaus. Mit Gebraus.« Sofort begann der Junge zu weinen.

»Es ist doch nichts Schlimmes!« rief Lukas. »Onkel Hans und Tante Beate sollen bloß ein Baby kriegen.«

Der Junge schrie. Tränen liefen ihm über die Wangen. Lukas stellte den Fernseher ab und nahm den Kopf des Kleinen in beide Hände. »Es ist alles in Ordnung, hörst du! Mit Mama und Papa ist alles in Ordnung.« Der Kleine wandt sich aus seinem Griff und lief heulend ins Haus.

»Scheiße!« sagte Lukas laut, dann ging er hinterher. Er fand Linus im Kinderzimmer, wo der gerade in ein rot und gelb gestreiftes igluförmiges Zelt kroch. Lukas hockte sich vor den Eingang. »Ich erzähle dir etwas Lustiges«, sagte er. »Einverstanden.«

Der Junge weinte leise.

»Also paß auf«, sagte Lukas. »Ich wette, du weißt nicht, was Kalte Ente ist, oder?«

Der Junge schwieg.

»Also Kalte Ente ist das, was wir heute abend zusammen trinken wollten, aus der großen Schüssel. Aber jetzt kommts! Warum um alles in der Welt heißt das Kalte Ente? Das hat doch nichts mit Ente zu tun.«

»Aber es ist kalt«, sagte der Junge aus dem Zelt heraus. Er schluchzte einmal auf.

»Stimmt«, sagte Lukas. »Es gibt viele Worte wie Kalte Ente.« Und meistens klängen die Erklärungen wie dumme Witze. Nicht einmal richtig seien sie immer.

Der Junge weinte wieder.

Und überhaupt, dachte Lukas. Wußte man, woher das Radio seine Weisheiten nahm? Er ließ sich ganz auf den Boden gleiten und rollte sich zusammen. Bald darauf schlief er ein.

Als Lukas erwachte, war es dunkel im Zimmer. Ihm tat der Kopf weh, als er sich ein wenig hastig erhob, fuhr ihm ein Schmerz in die Schulter und wurde ihm schwindlig. Er ging wieder vor dem Zelt in die Hocke. »Linus?« sagte er. Es kam keine Antwort. Auf allen vieren kroch Lukas in das Zelt. Hier war es noch dunkler. Er tastete. »Linus?« sagte er. Der Junge war nicht da. Mein Gott, dachte Lukas. Er kroch rückwärts aus dem Zelt und lief in den Flur, dabei wäre er fast mit der schmerzenden Schulter gegen die Türfüllung gestoßen.

»Linus!« rief er. Dann fand er einen Lichtschalter. »Linus!« Lukas lief hinunter. Er sah in alle Zimmer, dann lief er wieder hinauf. Im Schlafzimmer von Thomas und Susanne sah er unters Bett und in die Schränke. Da, gerade wollte er prüfen, ob die Falltür zum Dachboden verschlossen war, hörte er das Geräusch vorfahrender Wagen.

»Kalte Ente«, sagte er leise, dann lief er rasch die Treppe hinunter, und als die Haustür aufgesperrt wurde, saß er wieder im Garten vor dem laufenden Fernseher im Liegestuhl. Er schloß die Augen und ließ einen Arm über die Lehne hängen.

Unter denen, die auf die Terrasse traten, war auch Hans. Rolf nahm ihn beim Arm. »Schau dir das an«, sagte er. »Es ist nicht zu fassen.« Sie gingen hintereinander die Treppe herab. Ellen wollte Lukas anfassen, aber Rolf hielt sie zurück. »Laß ihn doch«, sagte er und schaltete den Fernseher ab.

»Er hat die halbe Bowle getrunken«, sagte Susanne.

»Die wäre jetzt sowieso zu warm.«

Am Haus wurde Licht eingeschaltet. »Was ist das?« rief Thomas und kam zu den anderen.

»Lukas«, sagte Rolf. »Hat die Stellung gehalten. Ich mache ihn jetzt wach.« Er nahm Lukas' Arm und legte ihn zurück. »Aufwachen, Besuch«, sagte er.

Lukas öffnete die Augen und schaute hoch. »Donnerwetter«, sagte er. »Ist ja schon dunkel.«

»Sieh mal, wer da ist«, sagte Susanne und zeigte auf Hans.

»Ah!« sagte Lukas. »Darf man gratulieren?« Er versuchte aufzustehen.

»Noch nicht«, sagte Hans. »Es war falscher Alarm. Beate bleibt zur Sicherheit die Nacht über im Krankenhaus, und ich werde hier einquartiert.«

»Falscher Alarm?« sagte Lukas. »Ich hatte schon ein Willkommen auf deinen Sohn getrunken.«

»Wir wissen doch gar nicht, was es wird«, sagte Hans. Er hatte sich eine Gabel genommen und probierte die Salate.

»Mein Gott, du hast sicher Hunger«, sagte Susanne. »Warte, ich mache dir was.« Sie wandte sich um, dann blieb sie stehen. »Wo ist eigentlich Linus?« sagte sie.

»Ja, wo ist Linus?«

»Wir haben Sport gesehen«, sagte Lukas. Er rieb sich langsam die Stirn. »Dann sagte er, er wolle ins Bett. Ich habe gefragt, ob ich helfen soll. Nein, sagt er, das kann ich alleine.«

»Das klingt gar nicht nach meinem Sohn«, sagte Susanne. »Aber wer weiß.« Zusammen gingen sie ins Haus, Hans stieß Lukas in die Seite. »Übrigens«, sagte er. »Ich habe gehört, ihr habt hier ein bißchen Namensforschung getrieben, während ihr auf uns gewartet habt.«

»Wie?« sagte Lukas. »Ja natürlich. Kalte Ente, darum ging es.«

»Und man wollte dir nicht glauben?«

»Nicht der Rede wert«, sagte Lukas. Mittlerweile waren sie im Flur. »Ich muß eben mal zum Auto«, sagte er. Die anderen protestierten. Nein! Natürlich fahre er nicht! Er müsse nur etwas holen. Lukas trat auf die Straße hinaus. Er sah sich um. Wenn der Junge einigermaßen wußte, wo das Krankenhaus war, dann konnte er nur in die eine Richtung gegangen sein: raus aus der Siedlung und zur Durchgangsstraße.

Lukas begann zu laufen. Aber was weiß man, was so ein Kind denkt. »Ruhig bleiben«, sagte er leise. »Kalte Ente.« Er lief schneller, zweihundert Meter vor der Einmündung mußte er stehenbleiben, so sehr schmerzte es in den Seiten. Er bekam kaum noch Luft, beim Atmen gab es ein rasselndes Geräusch. Er versuchte auszuhusten, dabei hätte er sich beinahe übergeben müssen.

Etwas langsamer lief er weiter. Wenn ich ihn nicht finde, dachte Lukas. Wenn ich ihn nicht finde. Dann erreichte er die Durchgangsstraße. Gerade fuhr ein Bus vorbei, und rechts, etwa hundert Meter weiter, trat ein kleiner Junge aus einem Wartehäuschen.

»Linus!« schrie Lukas. Er lief, wieder gab es einen Stich in die Seite, und beim nächsten Schrei brachte er nur noch einen schrillen Ton heraus. Dann stolperte er, verlor das Gleichgewicht und schlug in den Grünstreifen neben der Fahrbahn. Sofort wollte er aufstehen, aber da mußte er sich endlich mit aller Macht übergeben.

»Gehts wieder?« sagte ein Mann in Uniform. Er hielt Lukas ein Papiertaschentuch entgegen. Neben dem Mann stand ein kleiner Junge.

»Linus«, sagte Lukas. Er mußte noch einmal ausspucken. Dann stand er mühsam auf und sah an sich hinunter. »Danke«, sagte er.

»Und der Junge gehört zu Ihnen?« sagte der Mann in Uniform.

Lukas nickte. »Familiensache«, sagte er heiser.

»Na ja«, sagte der Mann. »Ich muß dann wieder. Fahrplan ist Fahrplan.«

»Nochmals danke«, sagte Lukas, dann zog er sich vorsichtig das Hemd aus, wischte sich damit Hände und Gesicht ab und warf es in den Straßengraben. »Komm, Linus«, sagte er.

Sie gingen zurück in die Siedlung. »Wir machen jetzt folgendes«, sagte Lukas. »Wir gehen hintenrum bei euch in den Garten, und wenn gerade keiner guckt, bringe ich dich nach oben. Du gehst sofort ins Bett, und ich verspreche, ich sage keinem, was du gemacht hast.«

Der Junge wollte etwas sagen.

»Alle sind wieder zu Hause«, sagte Lukas. »Falscher Alarm. Hörst du! Das Baby kommt frühestens morgen. Oder übermorgen.«

Sie erreichten das Haus, vorn war alles dunkel, und durch die Garage gingen sie in den Garten. Bei den Liegestühlen drückte Lukas Linus auf den Boden. Aus dem Küchenfenster und aus der Terrassentür kam Licht. Lukas ging in die Hocke und zog sein Jackett an. »Aufsitzen«, sagte er leise, und mit dem Jungen auf dem Rücken ging er vorsichtig zur Terrassentür. Dann löschte er das Licht im Flur und rannte hinauf ins Kinderzimmer. Oben glaubte er wieder, sich übergeben zu müssen. Aber es ging noch gerade.

»Was ist denn los!« rief es von unten.

»Ich bin es!« rief Lukas zurück. Er ließ den Kleinen herunterrutschen, und der verschwand sofort in seinem Zimmer. »Kleine Orientierungsschwierigkeiten.«

Jemand schaltete das Licht wieder ein.

»Danke«, rief Lukas und stieg langsam die Treppen hinab.

»Wir hatten dich schon ziemlich vermißt.« Alle saßen jetzt um den Tisch in der Küche. Hans aß. »Erzähl mal«, sagte er. »Wie war es denn eigentlich so als Babysitter?« Die anderen lachten.

»Keine besonderen Vorkommnisse«, sagte Lukas. »Eintracht gegen Bayern ist unentschieden ausgegangen, und Borussia hat einen Punkt geholt. Falls es jemanden interessiert.«

»Jedenfalls hat er der Bowle übel mitgespielt.«

Lukas nahm eine halbvolle Bierflasche vom Tisch und trank daraus. »Ja und nein«, sagte er. »Es heißt nämlich Kalte Ente. Und angesichts des glimpflichen Ausgangs aller heute drohenden Katastrophen sollten wir unsere Worte wieder mit Sorgfalt wählen. Also bitte: Kalte Ente.«

»Und was ist das jetzt?« sagte Hans. Susanne wollte ihm gerade nachlegen, aber er wehrte mit einer Geste ab.

»Danke der Nachfrage«, sagte Lukas und machte eine kleine Verbeugung. »Kalte Ente ist eine Mischung aus Weißwein und Sekt mit einer nicht unbedeutenden Zugabe von Zitronenscheiben. Soweit herrschte heute nachmittag Einigkeit. Bei der Erklärung des Namens gingen die Meinungen dann auseinander. Allerdings konnte die Sache nicht mehr entschieden werden, da die Disputanten zu dringenderen Geschäften gerufen wurden.« Er trank die Bierflasche aus. »Erfrischend«, sagte er.

Die anderen schwiegen. Lukas setzte sich auf die Arbeitsplatte der Küchenzeile, schob den Vorhang des Fensters beiseite und sah hinaus in den Garten. »In äußerster Verkürzung«, sagte er, »gründet sich das Zustandekommen des Namens Kalte Ente auf die Ähnlichkeit der ansonsten weltenfern voneinander getrennten Worte Ende und Ente. Für solche Wortspielereien hält die Geschichte viele Beispiele bereit.« Er drehte sich wieder zu den anderen. »Mir fällt nur gerade keins ein.«

»Palatschinken«, sagte Hans. »Hat mit Schinken nichts zu tun, kommt vom lateinischen placenta.«

»Placenta?« sagte Susanne.

»Ja. Kuchen.« Hans schob seinen Teller von sich. »Aber ihr seid nicht böse, wenn ich gleich zu Bett gehe? Es war doch ziemlich nervig.« Er stand auf, und die anderen machten ihm Platz.

»Warte!« sagte Susanne. »Ich komme mit und zeige dir alles.« Sie gingen zusammen hinaus.

»Das klang überzeugend«, sagte Rolf.

Lukas rutschte von der Arbeitsplatte. »Natürlich«, sagte er, »und wie gerne glaubt man werdenden Vätern.«

»Du bist unmöglich«, sagte Ellen.

Lukas winkte ab. »Einverstanden. Fährt mich jemand nach Hause?«

»Ich«, sagte Rolf. »Komm mit.«

»Ein denkwürdiger Abend, nicht wahr?« Lukas hatte das elektrische Schiebedach geöffnet und die Rückenlehne des Beifahrersitzes weit nach hinten geklappt. »Der gestirnte Himmel«, sagte er und wies nach oben. Sie bogen gerade in die Durchgangsstraße Richtung Innenstadt ein.

»Schnall dich an«, sagte Rolf.

»Klick«, sagte Lukas.

»Was machst du morgen?«

»Ich verbringe den Sonntag«, sagte Lukas. »Am Abend wird es vermutlich Palatschinken mit Kaltem Ende geben.«

»Manchmal verstehe ich dich nicht«, sagte Rolf.

»Was zu beweisen war.«

»Paß mal auf«, sagte Rolf. »Ich will dir mal was sagen, was noch keiner weiß. Nur, damit du siehst, wie ernst es mir ist. Also: Ellen und ich planen nämlich auch Nachwuchs.«

»Ach?« sagte Lukas. Er richtete den Sitz wieder auf.

Rolf schlug einmal mit der flachen Hand auf das Lenkrad. »Wir haben schon einen Test gemacht. Deshalb wollte Ellen auch eben gleich los.«

»Halt bitte mal an.«

»Ist dir schlecht?«

»Nein«, sagte Lukas. Rolf fuhr an den Straßenrand, und Lukas nahm ihn bei der Schulter. »Ihr müßt mir alle verzeihen«, sagte er.

»Verzeihen? Was denn?«

»Die Kalte Ente. Es war gelogen. Ich wollte euch zum Narren halten. Nichts davon ist wahr. Ich habe nicht die geringste Ahnung, warum das Zeug so heißt.« Er zog Rolf zu sich herüber. »Aber du darfst es keinem sagen. Es bleibt ein Geheimnis zwischen uns. Versprochen?«

»Versprochen«, sagte Rolf und schüttelte den Kopf. Er fuhr zurück auf die Straße. Eine Viertelstunde später hielten sie vor dem Haus, in dem Lukas wohnte. Der fand nicht gleich den Verschluß der Beifahrertür und begann, gegen die Scheibe zu tasten, als sei er blind und eingeschlossen.

»Komm«, sagte Rolf. »Keine Fisimatenten.« Er griff an Lukas vorbei und löste die Verriegelung. Lukas stieg aus, schloß die Tür und beugte sich über das offene Schiebedach in den Wagen.

»*Visite ma tente!*« sagte er und tat, als zwirble er einen Schnurrbart. »Besuch mich in mein Zelt, du schöne Kind.« Dann zog er den Schlüssel aus der Tasche und ließ ihn klirren.

Die Nötigung

Kehrstein schaltete das Autoradio aus. »Laß doch«, sagte seine Frau.

»Hast du nicht gehört, der Sender ging weg«, sagte Kehrstein.

»Es gibt Autoradios, die automatisch auf den nächsten Sender umschalten.«

»Auf den nächsten Sender mit Verkehrsfunk vielleicht.« Kehrstein öffnete das Seitenfenster einen Spalt. »Zieht es?« sagte er. Die Frau rieb sich die linke Schulter. »Ich weiß nicht.« Kehrstein schloß das Fenster wieder. »Wie ist es? Rast in einer Stunde?«

Die Frau holte die Straßenkarte aus dem Handschuhfach und schaltete die Innenbeleuchtung ein. »Nein«, sagte sie nach einer Weile, »nicht so lange noch. Auf jeden Fall vor Metz.«

»In Ordnung«, sagte Kehrstein. »Aber es muß hell sein.« Rast im Dunkeln sei blöd.

Sie fuhren seit einiger Zeit auf der Autobahn durch die Ardennen. Mitten in der Nacht waren sie aufgebrochen, jetzt begann es zu dämmern; ihren Ferienort am Mittelmeer würden sie nicht vor Abend erreichen. Kehrstein schaltete das Radio wieder ein und drehte an der Senderwahl. Sie hörten die Nachrichten in französischer Sprache.

»Was sagen sie?« fragte Kehrstein, als wieder Musik folgte.

»Ich habe nicht zugehört«, sagte die Frau.

»Schade«, sagte Kehrstein. »Wir müssen aber wieder Französisch sprechen. Auch miteinander.«

»Hast du das Lexikon eingepackt?«

»Sicher«, sagte Kehrstein. »Bei den Kassetten in der Reisetasche.« Er schaltete das Radio wieder aus. Sie überholten einen Laster, der Baumstämme transportierte. Vorne lagen die Stämme auf der Ladefläche der Zugmaschine, hinten auf einer Plattform mit Doppelachse, die keine Verbindung nach vorn hatte.

»Hast du sowas schon mal gesehen?« sagte Kehrstein.

»Was meinst du?«

»Der Holztransporter.« Kehrstein wies in den Rückspiegel. »Zwischen Zugmaschine und Hinterachse sind Last und Laster identisch.«

»Schön!« sagte die Frau. Vielleicht sollte man es dem Fahrer mitteilen. Es könnte ihm den Weg verkürzen. Sie kniff Kehrstein ins Ohr. »Au!« schrie er.

Ein paar Minuten später überholten sie einen weiteren Holzlaster, dann einen ganzen Konvoi. »Waldschäden«, sagte Kehrstein. »Die Frühjahrsstürme in den Ardennen.«

»Man sieht aber nichts«, sagte Kehrsteins Frau.

»Weil es noch zu dunkel ist.«

»Und woher weißt du es?«

Kehrstein zuckte die Schultern. In diesem Moment flammten hinter ihnen Scheinwerfer auf, es wurde hell im Wagen, eine Hupe dröhnte. Kehrstein riß den Wagen nach rechts zwischen die Holzlaster und trat auf die Bremse. Von der Rücksitzbank fiel die Tasche mit dem Reiseproviant. Ein Flaschenöffner schlug gegen die Mittelkonsole. Kehrsteins Frau schrie auf. Die roten Schlußleuchten eines Holzlasters waren sehr nah. Kehrstein riß den Wagen noch einmal nach rechts und brachte ihn auf dem Seitenstreifen zum Stehen. Die überholten Holzlaster fuhren vorbei, und der Wagen zitterte in ihrem Luftzug.

Kehrstein schaltete die Zündung aus. Die Frau löste ihren Gurt und beugte sich zwischen den Sitzen nach hinten.

»Guck dir die Schweinerei an«, sagte sie und begann, die verstreuten Proviantsachen wieder einzusammeln. Eine Milchtüte war eingedrückt worden und leckte. Kehrsteins Frau packte sie in eine Plastiktüte. »Was sollte das?« sagte sie dann.

Kehrstein legte die Hände auf das Lenkrad. »Ich habe mich furchtbar erschrocken«, sagte er. »Eine absolute Scheißreaktion war das. Aber ich dachte, der fährt mich über den Haufen.«

»Bist du müde? Soll ich weiterfahren?«

»Nein nein. Schon gut. Der wenige Verkehr, weißt du, das lullt einen ein.« Kehrstein stellte den Innenspiegel auf die Abblendstufe, startete den Motor und fuhr zurück auf die rechte Spur. »Außerdem war das glatte Nötigung«, sagte er. »Einen so anzublinken und auf die Entfernung, das ist eine Schweinerei, und verboten ist das auch.«

»Hast du gesehen, was das für ein Wagen war?«

»BMW«, sagte Kehrstein. »Glaub ich jedenfalls. Siebener Reihe vielleicht, auf jeden Fall weiß oder ganz hell.« Er wies mit dem Kopf nach hinten. »Kann man das noch essen?« Kehrsteins Frau nickte, das meiste schon.

»Ich habe das neulich im Radio gehört«, sagte Kehrstein. »Es ist kein neuer Paragraph, nur eine strengere Auslegung der Gesetze. Juristisch gesehen, ich meine abstrakt, ist das nämlich völlig klar: Jemand zwingt mich, unter Androhung von Gewalt, und gegen meinen Willen, eine Handlung zu begehen. Das ist Nötigung.«

Kehrstein beschleunigte. Bald kamen die Holzlaster wieder in Sicht. Er wechselte auf die linke Spur und überholte sie zügig. »Wenn man das nur nach der Straßenverkehrsordnung beurteilt«, sagte er, »dann wäre es Fahren ohne Sicherheitsabstand. Zwei Punkte in Flensburg. Aber der Paragraph Eins öffnet die Verkehrsordnung für das allgemeine Recht.«

»Wir sollten jetzt bald Rast machen«, sagte Kehrsteins Frau. »Die Sachen sind ziemlich durcheinander.«

»Von mir aus«, sagte Kehrstein. Der nächste Rastplatz lag unmittelbar neben einer Tankstelle. »Hier aber nicht«, sagte Kehrstein. Sie fuhren noch eine Viertelstunde, dann bogen sie in ein Areal mit überdachten Tischen und Bänken aus Holz. Auf der anderen Seite der Autobahn ging die Sonne auf, und ein rötliches Licht lag auf den Fenstern der parkenden

Wagen. Kehrsteins Frau trug die Tasche mit dem Reiseproviant zu einem der Holztische, Kehrstein ging ein paar Schritte vom Wagen weg, streckte sich aus und schaute sich um. Von der Hauptspur des Rastplatzes bog eine schmalere Straße ab und führte in eine Senke hinunter. Dort waren weitere Stellplätze und ein kleiner Spielplatz mit hölzernen Geräten. Kehrstein machte noch ein paar Schritte dahin.

»Kommst du?« rief die Frau.

»Moment noch!« rief Kehrstein zurück. Unten stand ein großer, weißer BMW, Fahrer- und Beifahrertür waren offen, ebenso der Kofferraum. Daneben parkte ein Geländewagen, in dem zwei Männer saßen.

»Herbert!«

Kehrstein ging zurück und zu dem Tisch, auf dem seine Frau den Proviant ausgebreitet hatte. »Guck mal«, sagte sie. Die Äpfel hatten braune Stellen von dem Aufprall, und die hartgekochten Eier waren angeschlagen.

»Macht doch nichts«, sagte Kehrstein und suchte in den Frischhaltetüten nach einem Käsebrot. »Ich glaube, der Wagen, der von eben, der steht da unten am Spielplatz.«

»An welchem Spielplatz?«

»Da unten ist ein Kinderspielplatz«, sagte Kehrstein und wies in die Richtung. »Sehr schön, ein bißchen abseits, damit die Kinder nicht zwischen den Autos spielen. Da steht er. Alle Türen auf und der Kofferraum.«

»Bist du sicher?«

»Daß er das ist?« Kehrstein begann, eines der Eier zu pellen. »Was heißt sicher«, sagte er. »Großer BMW. Und hell. Hell war der auf jeden Fall. Außerdem ist nicht viel Verkehr.«

»Wieviele saßen eigentlich drin?«

»Hab ich nicht gesehen«, sagte Kehrstein. »Kann man auch gar nicht.« Er wies in seinen Nacken. »Wegen der Kopfstützen. Das sieht aus wie ein Kopf. Ich gehe gleich nochmal hin.«

»Wieso?«

Kehrstein zuckte die Schultern. »Nur so«, sagte er.

»Mach bitte keinen Blödsinn, ja? Versprichst du mir das?«

»Wieso Blödsinn?« Kehrstein hielt ein angeschlagenes Ei hoch. »Soll ich das noch essen?«

»Hartgekochte Eier machen Verstopfung. Jedenfalls drei Stück auf einmal.«

»Stimmt«, sagte Kehrstein und legte das Ei zurück. Er aß ein Schinkenbrot und goß sich Kaffee aus der Thermoskanne nach. »Wie schnell es jetzt hell wird«, sagte er.

Als die Frau begann, die Reste vom Proviant zum Wagen zu bringen, ging Kehrstein wieder ein Stück hinunter zum Spielplatz. Der Geländewagen war verschwunden, der BMW stand noch da, die Türen geschlossen, nur die Motorhaube war jetzt offen. Kehrstein blieb stehen und lauschte. Er meinte ein Geräusch zu hören, aber das konnte eine Täuschung sein. Schließlich ging er den Weg ganz hinab; da kam ein Mann hinter der Motorhaube hervor. Er war um die Vierzig, hatte dunkle Haare und einen schwarzen Schnurrbart. Er trug eine helle Hose und ein helles Hemd, die Ärmel waren aufgerollt.

»Sie haben ein Problem?« sagte Kehrstein. »Kann ich vielleicht helfen?«

Der Mann rieb seine Hände an einem Tuch. »Ach, ein Landsmann«, sagte er. »Nein nein. Der Wagen ist neu, wissen Sie. Da schaue ich ab und zu mal rein.«

Kehrstein trat näher heran. »Ein schönes Auto«, sagte er. »Und der Motor? Sicher richtig frisiert.«

»Das kann man so nicht sagen.« Der Mann hatte inzwischen einen kleinen Beutel hervorgeholt, dem er ein Erfrischungstuch entnahm. Damit reinigte er weiter seine Hände. »Ein paar Modifikationen«, sagte er. »Alles etwas sportlicher ausgelegt.«

»Fährt sicher seine zweihundert«, sagte Kehrstein und ging einmal um den Wagen herum.

Der Mann lachte. »Allemal.«

Kehrstein wies auf die Reifen. »Rennfelgen aus Alu«, sagte er. »Ich verstehe davon nichts«, er ballte eine Faust am angewinkelten Arm, »aber es sieht stark aus.« Dann strich er mit der flachen Hand über den Kotflügel. »Ich denke immer, schnelle Autos machen aggressiv«, sagte er. »Wenn da einer auf der linken Spur mit hundertzwanzig einen Laster überholt, und ich komme von hinten mit zweihundertzwanzig, Mann, der steht ja für mich auf der Stelle. Und eh der nach rechts verschwunden ist, da muß ich doch voll auf die Bremse.«

Der Mann zuckte die Schultern, er fahre viel im

Ausland, und da sei meistens Limit Hundertzwanzig. Daran habe er sich schon fast gewöhnt.

»Unsinn!« Kehrstein schob sich an dem Mann vorbei, öffnete die Fahrertür und beugte sich ins Wageninnere. »Schon die Instrumente«, sagte er. »Wie die Nadeln dann ausschlagen. Alles knapp vor dem roten Bereich. Und plötzlich so ein Kriecher auf der Überholspur. Ab! Weg mit dem Kerl!« Er deutete auf eines der Instrumente an der Mittelkonsole. »Was zeigt das an?«

Der Mann sah ihm über die Schulter. »Die Öltemperatur«, sagte er.

»Faszinierend!« Kehrstein setzte sich auf den Fahrersitz. »Da sitzen Sie also hier und wissen, wie heiß gerade das verdammte Öl im Motor ist. In meinem Motor ist auch Öl, und nie weiß ich, wie heiß es ist. Man muß sich das vorstellen, das könnte doch mal zu heiß werden, das Öl. Und was dann, frage ich Sie?«

»Dann geht Ihre Ölwarnanzeige an«, sagte der Mann und sah auf seine Armbanduhr. »Ich denke, ich muß mal weiter.«

»Tatsächlich?« Kehrstein legte seinen rechten Zeigefinger auf eine Reihe von Knöpfen neben dem Fahrersitz. »Und wofür sind die?«

»Sitzverstellung«, sagte der Mann.

»Donnerwetter.« Kehrstein drückte einen der Knöpfe, und die Rückenlehne des Fahrersitzes neigte sich mit einem Surren nach hinten.

»Herbert!« rief es in diesem Moment. Kehrstein stieg aus dem Wagen. Seine Frau stand oben am Weg und winkte. »Kommst du?«

Kehrstein winkte zurück. »Ich komme!« rief er. Dann reichte er dem Mann die Hand. »Vielen Dank für die Vorführung«, sagte er. »War bestimmt das letzte Mal, daß ich in so einem Wagen sitze. Weiterhin viel Spaß damit.«

»Danke«, sagte der Mann. Kehrstein lief zu seiner Frau hinauf. »Du warst auf einmal weg«, sagte sie. »Ich dachte schon sonst was.« Sie wies hinunter. »Und, was ist? War er das?«

»Natürlich«, sagte Kehrstein.

»Und du hast Streit mit ihm angefangen?«

»Wieso Streit?« Kehrstein ging voraus zum Wagen. »Ich habe ihm ruhig und sachlich vorgehalten, daß er durch sein Verhalten zwei Menschen in eine gefährliche Situation gebracht hat und daß es den Straftatbestand der Nötigung erfüllt.«

»Und was hat er gesagt?«

»Kannst du dir ja denken.« Sie hatten den Wagen erreicht und stiegen ein.

»Kann ich nicht«, sagte Kehrsteins Frau.

»Er hat natürlich geleugnet, anfangs jedenfalls. Dann habe ich ihn darauf hingewiesen, daß ich im Gegensatz zu ihm für den Vorfall einen Zeugen habe. Dich nämlich.«

»Ich habe doch gar nichts gesehen«, sagte die Frau. »Ich könnte nichts beschwören.«

Kehrstein startete den Wagen. »Du sollst nichts beschwören. Ich wollte ihm nur Angst einjagen.«

»Und?«

»Er hat sich natürlich entschuldigt.« Als sie die

Auffahrspur erreichten, beschleunigte Kehrstein und reihte sich ein. Es war jetzt ganz hell geworden, und der Himmel war fast wolkenlos. Kurz nachdem sie die Grenze zu Luxemburg passiert hatten, überholte sie der BMW. Kehrstein winkte hinüber. Der Mann winkte zurück und hupte einmal kurz. Schnell war er wieder verschwunden.

»Find ich aber nett«, sagte Kehrsteins Frau.

»Ja«, sagte Kehrstein. Bald darauf kam die französische Grenze in Sicht, und wieder passierten sie ohne Kontrolle. An der Mautstation kurbelte Kehrstein das Seitenfenster herunter und zog den Papierstreifen aus dem Automaten. Eine Angestellte in Uniform reichte ihm ein Faltblatt und einen Aufkleber. Kehrstein gab beides seiner Frau. »Was steht da?« sagte er.

Die Frau las. »Allgemeine Sicherheitsregeln für Urlaubsfahrer«, sagte sie. »Rast machen, Freiübungen, Obst essen und so weiter.«

»Und der Aufkleber?«

Die Frau hielt ihn hoch. Er zeigte eine Torte in Form eines Lenkrades, aus der ein Stück geschnitten war. Darunter standen ein paar Worte.

»Was heißt das?« sagte Kehrstein.

»Du sollst mich fahren lassen«, sagte die Frau. »Damit ich ein Stück von der Torte kriege.«

»Bitte«, sagte Kehrstein. »Wir haben es tausendmal besprochen. Ich entspanne mich nicht, wenn du fährst.«

»Ja ja«, sagte Kehrsteins Frau.

Vor Metz wurde der Verkehr dichter. Bald war die

rechte Spur voller Laster, auf der linken fuhren die Personenwagen langsam daran vorbei.

»Das kann ja heiter werden«, sagte Kehrsteins Frau.

Kehrstein schüttelte den Kopf. »Das wird gleich besser«, sagte er. Er schlug leicht auf das Lenkrad. »Das ist die *autoroute du soleil*, die wird fast nur von Touristen befahren. Die Laster nehmen die Landstraße, wegen der Gebühr. Und Verkehr ist nur zwischen den Mautstationen.«

»Meinst du?« sagte Kehrsteins Frau.

Kurz darauf kamen zuerst erst die rechte, dann die linke Spur zum Stehen. Kehrstein kurbelte das Schiebedach zurück und richtete sich auf.

»Siehst du was?« sagte die Frau.

Er ließ sich wieder in den Sitz fallen. »Nein«, sagte er. »Aber ich glaube, ich sehe den BMW. Rechts, sechs oder sieben Wagen voraus.«

»Ach«, sagte Kehrsteins Frau. »Das ist doch eine Stunde her, daß der uns überholt hat.«

»Wer so hemmungslos rast, muß eben öfter anhalten«, sagte Kehrstein. »Er sammelt dann Kraft für seine Nötigungen.«

»Du hast immer noch Wut auf ihn«, sagte die Frau. »Laß ihn jetzt. Ich mag das nicht, wenn du dich über andere Autofahrer aufregst. Das hat was Kleinmütiges.«

»Ich rege mich nicht auf«, sagte Kehrstein. »Mich interessiert höchstens der Charakter. Stell dir das mal vor. Er jagt den Leuten Angst ein, dabei hat er es nicht einmal eilig. Als ich einmal in meinem Leben bei Rot über die Ampeln gefahren bin, hatte ich es verdammt eilig.«

»Und du hast gehupt und die Scheinwerfer an- und ausgestellt.« Die Frau faßte ihn beim Arm. »Das war meine schönste Autofahrt, trotz der Wehen.«

»Ja«, sagte Kehrstein. »Übrigens, ich bin nach wie vor davon überzeugt, daß eine Dreizehnjährige noch mit ihren Eltern in Urlaub fahren kann.«

»Nicht diese Diskussion«, sagte die Frau. »Wir haben das lange besprochen.«

Die linke Spur zog vor, und sie kamen knapp hinter den BMW zu stehen. »Also«, sagte Kehrstein. »Soll ich jetzt hingehen und mich bei dem Kerl dafür entschuldigen, daß ich ihn zur Rede gestellt habe?«

»Nein«, sagte die Frau. »Aber bis zum Hotel sind es noch tausend Kilometer. Und du willst die ganze Strecke fahren. Also bitte! Dann tu aber auch alles, damit die Fahrt so angenehm wie möglich wird.«

»Soweit ist es gekommen«, sagte Kehrstein. »Ich werde von der Autobahn gestoßen und muß das Maul halten.« Er kurbelte das Seitenfenster herunter und lehnte sich hinaus. »Ich glaube, es ist ein Unfall«, sagte er. Die Frau riß das Papier von einem Schokoladenriegel und hielt ihn zu ihm herüber. »Abbeißen«, sagte sie. »Gibt verbrauchte Energie sofort zurück.«

Kehrstein biß ab und machte schmatzende Geräusche. Dann plötzlich zogen beide Spuren an. Er hatte Mühe, den Wagen in Fahrt zu bringen und Anschluß zu halten. Hinter ihnen hupte es. »Endlich«, sagte er. Kurz darauf fuhren sie an einer Baustelle vorbei.

»Jetzt kommen gleich die Kirchen«, sagte Kehrsteins Frau. Die Autobahn führte an einem Wasser vorbei, dahinter war die Innenstadt zu sehen. »Wie oft wollten wir hier schon aussteigen«, sagte Kehrstein.

»Hast du den BMW nochmal gesehen?«

»Der nötigt weiter vorne.« Die Frau lachte.

Hinter Metz schaltete Kehrstein das Autoradio wieder ein. Eine Zeitlang war ein deutscher Sender klar zu empfangen. Vor Nancy wurde der Verkehr vorübergehend wieder dichter, gegen Mittag fuhren sie durch Burgund. Es war warm geworden, Tafeln mit Leuchtbuchstaben über der Autobahn zeigten die Temperaturen an.

»Halt am nächsten Rastplatz?« sagte Kehrstein. »Wir müssen auch tanken.« Kurz darauf bog er in eine Tankstelle ein und hielt vor den Zapfsäulen. Seine Frau wollte gehen, die Toiletten zu suchen, und er zeigte ihr, wo er parken würde. Nachdem er die Tankrechnung bezahlt hatte, fuhr Kehrstein den Wagen auf den Parkplatz, stieg wieder aus, setzte sich auf die Motorhaube und sah sich um. Da, etwa dreißig Meter weiter in derselben Reihe, parkte der weiße BMW. Der Fahrer stand daneben und sprach mit einem dunkelhaarigen, bärtigen Mann. Er gestikulierte stark. Einmal wandte er sich ab, ging ein paar Schritte auf die Straße und kam dann wieder zurück.

Kehrstein schloß den Wagen ab und schob sich zwischen den Autos der gegenüberliegenden Parkreihe hindurch. Hinter ihren Hecks geduckt ging er bis da, wo der BMW stehen mußte. Er hörte die beiden Männer sprechen, und weil er nicht verstehen konnte, was sie sagten, kroch er auf allen vieren zwischen zwei Wagen näher heran. Er hielt den Atem an.

»Impossible!« hörte er den BMW-Fahrer rufen. Der andere antwortete; beide sprachen Französisch, es schien Kehrstein, mit einem Akzent. Angestrengt versuchte er, der Unterhaltung zu folgen; es gelang ihm nicht. Einmal, glaubte er, nannten sie Zahlen, welche, hätte er nicht sagen können. Dann hörte er Namen heraus, von Orten vielleicht oder von Personen.

Aber was solls! dachte Kehrstein. Er drehte sich um, und als er zwischen den Wagen hervorkriechen wollte, stieß er gegen die Beine einer Frau. Sie schrie auf, die beiden Männer hielten in ihrem Gespräch inne. Mit ein paar Schritten waren sie neben Kehrstein. Der richtete sich auf und klopfte sich den Staub von der Hose.

»Sie?« sagte der BMW-Fahrer. Der bärtige Mann stellte hastig ein paar Fragen, aber der andere machte nur eine Handbewegung.

»Ja«, sagte Kehrstein. »Zufall, nicht wahr? Wir machen hier Rast. Meine Frau sucht die Toiletten.« Er zeigte zu den Gebäuden hinüber.

»Das ist nicht ihr Wagen«, sagte der Mann. »Und der hier auch nicht.«

»Nein nein«, sagte Kehrstein. »Meiner steht da hinten. Ich habe mir die Füße vertreten, wissen Sie. Wir sind ja seit drei in der Früh unterwegs. Eigentlich sollte ich längst meine Frau fahren lassen, aber wissen Sie, ich entspanne mich nicht dabei.«

»Und was tun Sie auf dem Boden?«

»Dummheit«, sagte Kehrstein. Er zog ein Zehn-Franc-Stück aus der Hosentasche und hielt es hoch. »Runter gefallen«, sagte er. »Dabei brauche ich es für die Autobahn-Gebühr. Man tauscht ja nur Scheine. Wir verwahren immer ...«

»Ist gut«, unterbrach ihn der Mann. »Noch weit heute?« Kehrstein nannte den Namen des Ortes am Mittelmeer.

»Dann gute Fahrt«, sagte der Mann. Er nahm den anderen am Arm und zog ihn zurück zu dem weißen BMW. Dabei sprach er leise auf ihn ein. Kehrstein lächelte die Frau an, die etwas sagte, das er nicht verstand. Rasch ging er zu seinem Wagen zurück. Seine Frau stand vor der verschlossenen Beifahrertür mit zwei Flaschen im Arm. »Wo warst du?« sagte sie.

»Schnell«, sagte Kehrstein. Er öffnete die Tür, half der Frau in den Wagen, dann stieg er selbst ein und startete den Motor.

»Aber was ist denn?« sagte die Frau. »Wir wollten doch Rast machen.« Sie hielt die Flaschen zwischen den Beinen und bemühte sich, den Gurt anzulegen. »Was hast du denn?«

»Er ist wieder da«, sagte Kehrstein und setzte aus der Parklücke. Dann fuhren sie an dem weißen BMW vorbei, Kehrstein wies hinüber. »Wir müssen vor ihm auf der Spur sein.«

»Bist du verrückt«, sagte die Frau. »Was in aller Welt soll das? Fahrt ihr ein Rennen?«

»Vielleicht«, sagte Kehrstein. Er zog auf die Autobahn. »Ich habe ihn belauscht. Er trifft hier überall Leute. Deshalb hat er es so eilig. Überall hat er Termine. Die Autobahn ist sein Büro, verstehst du, und er ist hier der Chef.«

»Unsinn«, sagte die Frau. »Und zum letzten Mal! Das ist unser Urlaub. Seit Wochen freuen wir uns darauf, und jetzt drehst du durch, weil dich jemand angehupt hat.«

»Es war Nötigung«, sagte Kehrstein. Er hielt den Wagen auf der linken Spur und schaute in den Rückspiegel. Wenn schnellere Fahrzeuge kamen, fuhr er nach rechts und ließ sie vorbei. »Nun komm schon«, sagte er. Nach einigen Minuten erschien der weiße BMW im Rückspiegel. »Das ist er«, sagte Kehrstein und drosselte das Tempo. Rasch war der Wagen knapp hinter ihnen. »Er hat wieder einen Termin«, sagte Kehrstein. »Du wirst sehen.«

»Laß das! Ich bitte dich.«

Der BMW blendete ein paarmal auf und hupte dabei. Kehrstein blieb auf der linken Spur. Eine Zeitlang überholten sie eine Reihe langsam fahrender LKW. Als sie daran vorbeigezogen waren, scherte der BMW nach rechts aus, aber Kehrstein setzte sich vor ihn. Der BMW mußte scharf abbremsen, seine Reifen quietschten.

»Überholen auf der rechten Spur«, sagte Kehrstein. »Auch kein Kavaliersdelikt. Bringt einen in Teufels

Küche. Zum Beispiel, ich ziehe nach dem Überholen zurück, guten Glaubens, kommt da einer aus dem toten Winkel, bumms, und ich werde zur Rechenschaft gezogen.«

»Was redest du? Laß ihn doch vorbei.«

Der BMW kam auf und zog auf die Überholspur. Kehrstein war schneller. Sie fuhren dicht an dicht.

»Unterschreiten des Mindestabstandes«, sagte Kehrstein. »Das hatten wir schon. Stell dir vor, ich müßte jetzt wegen eines plötzlichen Hindernisses abrupt auf die Bremse.« Er schaltete das Licht ein und gleich wieder aus. Der BMW machte eine Vollbremsung, schleuderte ein wenig und blieb dann zurück.

»Halt an!« schrie Kehrsteins Frau. »Halt sofort an und laß mich aussteigen!«

»Warum?« sagte Kehrstein. »Keine Ursache.« Dann fuhren sie eine Weile schweigend. Kehrstein sah von Zeit zu Zeit in den Rückspiegel. Als der BMW wieder erschien, überholten sie gerade das Schlußfahrzeug eines Militärkonvois. Der BMW fuhr wieder dicht auf, zog plötzlich nach rechts und verschwand zwischen den LKW.

»Verdammt!« rief Kehrstein. »Der Hund nimmt die Standspur.« Er drückte das Gaspedal durch, der Wagen beschleunigte. »Mach schon, mach schon«, sagte Kehrstein und schlug auf das Lenkrad. Bald zog er mit Höchstgeschwindigkeit an den Militärlastern vorbei. Voraus in einer langgezogenen Steigung war die Spitze des Konvois zu erkennen. Dort fuhren zwei Motorräder in einigem Abstand vor einer Reihe von

Jeeps. »Ich schaffe es nicht!« schrie Kehrstein. »Ich schaffe es nicht!«

Der weiße BMW kam gerade hinter den Militärlastern hervor, da hob der Fahrer des ersten Motorrads eine Hand und zog auf den Standstreifen. Der BMW bog scharf nach links und brach zwischen den Jeeps hindurch auf die Überholspur. Kehrstein bremste ab. Der BMW fuhr auf den Mittelstreifen und schleuderte zurück nach rechts. Quer zur Fahrbahn stehend hob er vom Boden ab und überschlug sich in der Luft. Er fiel mit der Fahrerseite zurück auf die Straße und überschlug sich weiter, bis er auf das Dach zu liegen kam. Die ersten Fahrzeuge der Militärkolonne hielten an. Kehrstein bog zwischen sie ein, hielt auf der Standspur und schaltete den Motor ab.

»Um Gottes willen«, sagte die Frau.

Kehrstein stieg aus und ging am Rand der Standspur entlang bis dahin, wo der weiße BMW mitten auf der Fahrbahn lag. Benzin lief aus. Soldaten des Militärkonvois kamen mit Feuerlöschern und Erste-Hilfe-Koffern; einer rief Kommandos, ein Jeep wurde quergestellt, um die linke Spur zu sperren. Aus dem Fahrerfenster des BMW hing ein Arm.

Kehrstein drehte sich um. Seine Frau stieg gerade aus dem Wagen. »Nicht!« rief er. Sie hielt inne. Im Laufschritt kehrte er zum Wagen zurück. »Das ist kein Anblick«, sagte er. »Außerdem wird schon alles unternommen. Laß uns weiterfahren.« Er startete, und auf der Standspur fuhren sie langsam an den Unglücksort heran. Ein Soldat winkte sie weiter.

»Wir haben jetzt Glück«, sagte Kehrstein. »Hinter uns haben sie gesperrt. Wer weiß, für wie lange.« Sie verließen die Standspur. »Wie weit noch bis Lyon?«

»Ich weiß es nicht«, sagte die Frau.

»Dann sieh auf der Karte nach. Daumenbreite gleich fünfzig Kilometer. Als Faustregel.«